IL VOTO DI MERCER
BUTLER RANCH
LIBRO IV

HEATHER SLADE

Traduzione di
VALENTINA GIGLIO

Tektime

SENZA TITOLO

Il voto di Mercer

Butler Ranch Libro 4
Heather Slade

IL VOTO DI MERCER

***Dal mondo frenetico di New York ai dolci vigneti della
Central Coast californiana,
Dovere e desiderio si intrecciano mentre i segreti
minacciano di essere svelati.
Riuscirà l'amore di Mercer e Quinn a sopravvivere alla
tempesta delle rivelazioni?***

MERCER

Ho dedicato la vita a proteggere gli altri, ma Quinn Hess mette in discussione tutte le mie certezze. La mia missione era semplice: tenerla al sicuro. Non mi sarei mai aspettato di innamorarmi di lei. Quando i pericoli del passato riaffiorano e i segreti vengono alla luce, mi ritrovo in bilico tra dovere e desiderio. La presenza di Quinn risveglia in me qualcosa che non sapevo esistesse. Ma posso fidarmi del mio cuore, quando ogni momento potrebbe portare un nuovo pericolo? Tra le viti inondate dal sole, sono determinato a proteggerla dal male. Ma quando le verità si svelano, mi chiedo: il nostro amore può resistere al peso di segreti vecchi di decenni?

QUINN

Pensavo di sapere chi ero, ma tutto è cambiato quando ho scoperto la verità sul mio passato. All'improvviso, il mio mondo si è riempito di guardie del corpo, minacce nascoste e una famiglia che non sapevo esistesse. Mercer Bryant doveva essere il mio protettore, ma è diventato molto di più. Mentre navigo in questa nuova realtà, mi ritrovo attratta da lui in modi che non mi sarei mai aspettata. Con il pericolo in agguato e la mia identità in discussione, posso fidarmi del legame innegabile che condividiamo? Tra i rampicanti della mia eredità, devo decidere se il nostro amore è abbastanza forte da resistere alla tempesta di rivelazioni che minacciano di dividerci.

PROLOGO

QUINN

Capodanno

Quella sarebbe sicuramente passata alla storia come la settimana peggiore della vita di Quinn. Invece di tornare a casa, stava continuando il suo festival dello squallore trascorrendo la festa più bella dell'anno sulla costa opposta e da sola, esattamente come aveva trascorso il Natale.

L'ultima volta in cui Quinn aveva parlato con sua madre, lei le aveva detto che sarebbe stata fuori città e irraggiungibile fino al giorno del Ringraziamento. Forse più a lungo. Quella festività era arrivata ed era passata senza una parola da parte sua.

Quinn aveva continuato a sperare per tutto dicembre, pensando che sua madre l'avrebbe sicuramente chiamata, o le avrebbe mandato un messaggio, o qualsiasi altra cosa, ma non era successo. Gli innumerevoli messaggi, whatsapp ed e-mail che le aveva inviato erano rimasti senza risposta.

Era in piedi nella cucina della casa in affitto e fissava fuori dalla finestra l'oceano scuro, cupo e dall'aspetto gelido, desiderando più di ogni altra cosa di non essere così sola. Anche se ne capiva il motivo.

Invece di piangersi addosso, decise di andare a correre. Forse si sarebbe sentita meglio. Se non proprio meglio, un po' meno patetica.

Si cambiò e andò alla ricerca di una delle guardie del corpo in servizio quel giorno, per informarlo dei suoi progetti. Si chiamava Monk e parlava solo quando era assolutamente necessario. Comunque, Quinn sapeva che era lì.

Due uomini la seguirono a breve distanza quando, dopo aver fatto stretching, iniziò a correre lentamente. Una volta scaldata e dopo aver preso il ritmo, accelerò il passo. Di solito si fermava al parco, ma quel giorno aveva voglia di andare più lontano. Scese i gradini di legno che portavano dal pontile alla sabbia e continuò a correre.

La spiaggia era più affollata di quanto si aspettasse, visto e considerato che faceva un freddo cane.

Quando arrivò alla scogliera all'estremità dell'arenile, si fermò e controllò il cellulare; non si aspettava davvero un messaggio da Mercer, ma ciò non significava che dovesse trattenersi dal guardare.

Quinn si girò per correre nella direzione opposta, ma andò a sbattere contro una donna che era appena sbucata da dietro una delle grandi rocce.

"Merda. Mi dispiace tanto. Non guardavo dove stavo andando," balbettò.

"Nessun problema. Probabilmente è colpa mia. Nemmeno io stavo guardando," ribatté la donna.

Quinn provò la sensazione che si fossero già incontrate. Guardò dietro di sé e vide Monk e l'altro ragazzo che si aggiravano nelle vicinanze.

"Hai un aspetto familiare," disse la donna, e Quinn scoppiò a ridere.

"Stavo pensando la stessa cosa."

"Davvero? Che buffo. Vivi a Cambria?"

"No. Sono qui solo di passaggio."

"Io sono Ainsley Butler. Piacere di conoscerti..."

Quante possibilità c'erano di imbattersi in un membro della famiglia Butler proprio quel giorno?

"E tu sei..."

"Oh, ehm, scusa... sono Quinn. Quinn Hess."

Ainsley le prese la mano, ma non la lasciò andare.

"Ehi, Ains. Cosa succede?" chiese un uomo sorprendentemente attraente. "Chi è lei?" aggiunse, notando che Ainsley continuava a tenere la mano di Quinn nella sua.

"Cris, lei è..."

"Sono Quinn," rispose lei.

"Cris Avila, piacere di conoscerti... Aspetta un attimo. Quinn?" Cris guardò Ainsley, che l'aveva presa sottobraccio.

"Quinn, potrà sembrare folle, ma c'è una famiglia che voglio farti conoscere."

AFFERRARE IL BRACCIO DI UNA PERSONA CHE AVEVA APPENA incontrato probabilmente non era la cosa più educata che Quinn avesse fatto in vita sua, ma fu un riflesso. Si era talmente abituata a essere tenuta nascosta che il fatto che qualcuno sapesse chi era la sbalordiva al punto da sentirsi stordita.

"Scusa, non volevo conficcarti le unghie nel braccio." Quinn abbassò la mano, scosse la testa e rivolse lo sguardo verso l'oceano. "Come fai a saperlo?"

"Mio fratello Naughton ha detto che sei andata a trovarlo."

"*Sul serio?*"

Ainsley le strinse la mano. "Mi ha anche detto che sei la figlia di Kade, il mio fratello maggiore."

"Hai detto *figlia*?" Quinn aveva le vertigini.

"Mi dispiace. Pensavo che lo sapessi."

"Lo sapevo. Cioè, sul mio certificato di nascita c'è il suo nome."

"Cos'hai intenzione di fare ora?"

"Non un granché." Si trattenne dal dire che era come ogni altro giorno della sua vita.

"C'è una lettera che voglio mostrarti."

QUINN

GIUGNO PRECEDENTE

C'erano cose peggiori che trascorrere il ventunesimo compleanno a New York con le proprie quattro migliori amiche, ma c'erano anche cose migliori da fare. L'unica cosa che Quinn desiderava quell'anno era avere notizie di sua madre. Non importava che la chiamasse, le mandasse un sms, un messaggio via e-mail, un piccione viaggiatore o che si presentasse alla sua porta: Quinn voleva solo che quello fosse l'anno in cui sua madre si sarebbe ricordata del suo compleanno.

L'ultima volta che avevano parlato era stato quasi un mese prima, quando Quinn si era laureata alla Barnard. Avevano litigato dopo una cena con quelle stesse amiche, anch'esse appena laureate. Sua madre era stata scortese per tutta la cena e Quinn l'aveva affrontata.

"Le conosci da anni, almeno potevi comportarti in modo civile," le aveva detto.

Era evidente che quella provocazione era stata una perdita di tempo. Sua madre non le aveva offerto alcuna spiegazione per quel comportamento, tantomeno delle scuse.

"Mi piacerebbe venire a trovarti quest'estate," aveva detto Quinn la mattina dopo, sperando di appianare le cose prima che la madre prendesse il volo di ritorno in California.

"Non è un buon momento," le aveva risposto lei.

"Non lo è mai," aveva borbottato, ma la madre aveva fatto finta di non averla sentita.

Si era sentita ferita, ma non avrebbe dovuto essere così; non erano mai state vicine. Come avrebbero potuto esserlo? Sua madre l'aveva spedita in collegio sulla costa orientale, dove Quinn aveva conosciuto le sue amiche quando aveva sette anni.

Fino ad allora, aveva frequentato l'elegante San Ysidro Day School di Montecito. Quinn non aveva ancora capito perché sua madre avesse deciso di mandarla via, ma la sua ipotesi era che non la volesse intorno a sé più di quanto la volesse in quel momento.

"Sei così fortunata a non dover sopportare la nostra stessa merda," aveva sentito dire più di una volta dalle amiche che chiamava la sua tribù.

Fortunata? Lei non la vedeva così. Suo padre era morto prima che lei nascesse, quindi non aveva dovuto affrontare il dramma infinito che avevano vissuto le sue amiche con i brutti divorzi dei loro genitori.

Inoltre, non aveva mai desiderato molto. Non aveva mai dovuto badare a spese per quanto riguardava l'istruzione o il tenore di vita. L'unica cosa che desiderava e che nessuno era mai stato in grado di darle era una famiglia.

LA SERA PRIMA, LA SUA TRIBÙ L'AVEVA PORTATA FUORI PER festeggiare il suo ventunesimo compleanno.

Quinn era rientrata dopo le quattro del mattino e non si era alzata dal letto prima dell'una. Avrebbe dormito tutto il giorno, ma quella sera c'era un'altra festa a Southampton, in parte in suo onore. Se non voleva sembrare un cadavere, doveva alzarsi, mangiare e forse anche prendere un po' di sole, prima che arrivasse l'ora di uscire.

Controllò il telefono, ma non c'erano nuovi messaggi dall'ultima volta che l'aveva guardato, e di certo non c'era nulla da parte di sua madre.

Quando sentì bussare alla porta dell'appartamento, per poco non rovesciò la tazza di tè al miele e camomilla sul davanti della canotta sottile come carta velina. Posò là tazza sul bancone della cucina e aspettò, pensando che non avrebbero bussato di nuovo. I portinai del palazzo erano ben decisi a non concedere l'ingresso ai non residenti e, dato che non conosceva l'unico altro inquilino di quel piano, se non perché lo salutava nelle rare occasioni in cui lo vedeva da lontano, chiunque stesse bussando doveva trovarsi nel posto sbagliato.

"Signorina Sullivan?" si sentì chiamare da una voce vagamente familiare. "Ha una consegna."

"Solo un minuto." Quinn abbassò lo sguardo sul cosiddetto pigiama che indossava e che non copriva quasi nulla del suo corpo esile.

"Lo lascio qui," sentì dire dalla voce.

"Grazie, ma... ehm... aspetti." Guardò dallo spioncino, ma non c'era nessuno. Dopo aver aperto la porta, abbassò lo sguardo su un vaso di rose bianche che si trovava al di là della soglia. Lo raccolse e lo posò sul tavolino dell'ingresso.

. . .

Tre ore dopo, Quinn si ricordò delle rose. In quel lasso di tempo, aveva parlato con due delle sue amiche, le gemelle Aine e Ava, delle avventure della sera precedente e di cosa avrebbero indossato per la festa di quella sera. Si era fatta la doccia, poi si era sdraiata sul letto. I cinque minuti in cui aveva programmato di riposare gli occhi si erano trasformati in un pisolino di due ore.

A malincuore, si alzò e si diresse verso il corridoio per leggere il biglietto che accompagnava l'inattesa consegna.

"Buon 21° compleanno, tesoro."

Un brivido le corse lungo la schiena per la mancanza di una firma, soprattutto perché sua madre non l'aveva mai, mai, nemmeno una volta, chiamata "tesoro."

L'idea di buttare giù altri shottini carichi di alcol e di ballare in riva al mare con cento dei suoi più cari "non amici" la faceva sentire nauseata. Si stava annoiando da morire, tanto che iniziava a pensare di sborsare i 500 dollari che le sarebbero costati per tornare a Manhattan da sola.

La festa a casa dell'ex conduttore di un programma mattutino era sembrata allettante, ma la realtà era a metà strada tra l'imbarazzante e il disgustoso.

In quell'ultima mezz'ora, aveva occupato una panchina vicino alla sabbia, fissando la luce della luna sull'acqua e chiedendosi chi le avesse mandato ventuno rose bianche.

Se si fosse trattato di Aine o di Ava, nessuna delle due sarebbe riuscita a mantenere il segreto. La prima cosa che una di loro le avrebbe chiesto, quando fosse entrata nel loro appartamento nel pomeriggio, sarebbe stata se avesse ricevuto qualcosa di interessante per il suo compleanno. Penelope o Tara sarebbero state più discrete, ma anche in quel caso, non aveva mai sentito nessuna delle sue amiche pronunciare la parola "*tesoro.*"

Quinn si alzò e si sgranchì le gambe, dopo aver preso la decisione di informare le amiche che se ne stava andando. Quando si allontanò dall'acqua, intravide una persona che le sembrava familiare, ma che non riuscì a riconoscere.

Il vialetto di ghiaia che stava percorrendo non era ben illuminato, quindi riusciva a vedere l'uomo in piedi, con le spalle appoggiate all'arco di pietra che separava il cemento che circondava la piscina della casa dal giardino, meglio di quanto lui potesse vedere lei.

Dopo essersi avvicinata, fu certa di averlo riconosciuto come un inquilino del suo palazzo, ma cosa mai ci faceva lì il signor Bryant?

Ricordava il giorno in cui si era trasferito. Lei aveva pensato che lavorasse per una ditta di traslochi. Aveva scoperto il contrario quando, alla fine della giornata, era salita in ascensore con il resto dei traslocatori.

"Non ho ancora incontrato il mio nuovo vicino," aveva detto. "Spero che oggi non vi abbia fatto lavorare troppo."

"No signora," aveva risposto uno degli uomini. "Il signor Bryant ci ha dato una mano."

Dopo averlo visto quel giorno, anche da lontano, era rimasta sorpresa che il consiglio avesse approvato la vendita dell'appartamento. Lui sembrava un tipo da abbellire la copertina di un romanzo rosa dei SEAL - non che lei li leggesse- ma comunque... si vedeva da lontano che era un militare.

Avvicinandosi di soppiatto, Quinn si fece aria sul viso quando scorse la silhouette della schiena muscolosa. Quell'uomo doveva proprio indossare una camicia *così* stretta?

Sembrava che stesse cercando qualcuno, ma invece di farsi strada tra la folla, rimase in disparte.

Quinn non aveva ancora deciso se salutarlo o meno, quando lui si girò e la guardò.

"Ciao," mormorò.

Lui strinse gli occhi, poi li spalancò dopo averla riconosciuta. "Salve."

Sotto le luci della festa, Quinn notò che i capelli dell'uomo, che aveva pensato fossero castani, erano più di un color sabbia e, avvicinandosi, vide che gli occhi erano di una leggera tonalità di nocciola, come una caramella mou.

"Signor Bryant..." Cosa poteva dire per non offenderlo? Il suo primo impulso fu di chiedere cosa ci facesse lì.

"Mi chiamo Mercer."

Le guance di Quinn avvamparono. "Mi scusi, signor Mercer."

"Solo Mercer."

Oh. *Mercer* era bello. Anzi, bellissimo, con un corpo che le faceva battere il cuore. La camicia nera aderente con lo scollo a V metteva in risalto i muscoli della parte anteriore come quelli della parte posteriore, e le braccia erano solide come una roccia.

Quinn ebbe la sensazione che la prima impressione, cioè che si trattasse di un militare, fosse corretta. Lui teneva i capelli molto corti, ma la barba curata e mediamente incolta lo escludeva dal servizio attivo. Non era così?

Scosse la testa a quel ricordo, che non si era resa conto di aver conservato. Erano anni che non passava del tempo con i nonni, almeno da quando era partita per il collegio, ma le era rimasto impresso un ricordo del nonno che parlava dei suoi giorni nei Marines.

Lei gli aveva chiesto cosa significasse la parola "testa di latta" e lui le aveva risposto che non aveva nulla a che fare con il taglio di capelli estremamente corto che ancora portava, ma piuttosto con il fatto che un marine fosse disposto ad eseguire gli ordini senza fare domande.

"Le nostre teste sono dure, ma a volte vuote," aveva scherzato.

Quel giorno avevano parlato anche della barba, perché la nonna aveva detto che la sua non avrebbe superato la prova.

"Cosa ci fai qui?" La domanda le sfuggì dalle labbra anche se, un minuto prima, aveva deciso che sarebbe stato scortese chiederlo.

"Devo incontrare degli amici," rispose lui quasi troppo in fretta, come se avesse previsto che glielo chiedesse. "E tu?" aggiunse.

"Sono con delle amiche, anche se..." A Quinn piaceva che lui mantenesse lo sguardo fisso e non finisse la frase quando lei esitava. "Stavo pensando di andarmene."

"Anch'io," mormorò lui.

"Stavo per chiamare un taxi, se vuoi condividere un passaggio," gli propose.

"Ho la macchina."

Oh. Significava che le stava offrendo un passaggio o che rifiutava il suo invito a condividerlo?

Lui si girò per andarsene, ma si voltò quando Quinn non lo seguì. "Vieni?" le chiese.

"Forse dovrei avvisare le mie amiche..." Di nuovo, lui non finì la frase. "Credo che potrei mandare un messaggio."

Lui annuì e le fece cenno di seguirlo.

"Eccoci qui," disse, fermandosi accanto a un'elegante decappottabile che a Quinn ricordava un proiettile.

"Bella macchina," disse quando lui le aprì la portiera, aspettò che si sedesse e la chiuse dietro di sé.

"Grazie. Non è mia."

"No?" *Interessante.* Forse nemmeno l'appartamento lo era, anche se Quinn non aveva visto nessun altro entrare o uscire. "Di chi è?"

"Appartiene a un amico."

"È bello che il tuo amico te la lasci usare." Quinn passò la mano sulla pelle morbida e scura. "Che cos'è?"

"Una Jaguar Serie 1 E-Type. Uh... sessantadue."

Le aveva risposto come se si aspettasse che lei sapesse cosa significava. Jaguar era l'unica parte che le suonava familiare. Avendo vissuto a New York e dintorni in quegli ultimi quattordici anni, le automobili non erano un argomento che aveva avuto modo di conoscere a fondo. Non aveva nemmeno mai imparato a guidare.

Quinn si rilassò sul comodo sedile avvolgente e spostò l'attenzione dall'uomo accanto a sé alla calda brezza estiva sul viso.

"Hai freddo?" le chiese lui quando furono in autostrada.

"È una bella sensazione. Anche se... forse un po'."

Mercer allungò il braccio dietro il sedile e tirò fuori una coperta. "Ti dispiace se lascio la capote abbassata?"

Quinn si accoccolò sotto la coperta. "No, va bene così. E tu? Hai una giacca?"

"Non soffro il freddo," rispose lui.

"Mai?"

"Non in estate."

"Hmm."

Mercer si girò e la guardò quando lei non continuò. "Sì?"

"Niente."

Quando lui apparve divertito, Quinn si rese conto che era la prima volta che lo vedeva fare qualcosa di diverso dall'aggrottare la fronte. "Hai un bel sorriso."

Lui distolse lo sguardo come se non fosse abituato a ricevere complimenti. "Anche tu," lo sentì mormorare.

Lo studiò più a lungo di quanto avrebbe dovuto. Anche se probabilmente lui aveva percepito quello sguardo prolungato, non lo diede a vedere. Chi era quell'uomo? E come faceva uno che sembrava avere meno di trent'anni, e che probabilmente aveva prestato servizio in qualche ramo dell'esercito, a permettersi un appartamento da due milioni di dollari nel cuore di Manhattan? Quinn pensò che potesse avere un fondo fiduciario, come lei, ma non sembrava corrispondere nemmeno a questo.

MERCER

Quando Quinn si assopì, Mercer lasciò uscire il respiro che gli sembrava di aver trattenuto da quando erano saliti in macchina.

La preoccupazione per quello che aveva fatto all'inizio della giornata gli aveva fatto combinare un pasticcio. E quella sera, invece di trovarla senza che lei sapesse che la stava cercando, era stata Quinn a trovare lui. Era comunque contento che l'avesse fatto. Altrimenti, chissà come sarebbe tornata a casa. Southampton distava due ore abbondanti dal loro edificio, con molte zone deserte lungo la strada. Rabbrividì, pensando al pericolo in cui lei avrebbe potuto cacciarsi.

La guardò più volte mentre dormiva. La luce della luna brillava sui suoi capelli biondi, quasi bianchi, e le illuminava le guance arrossate, probabilmente per il troppo tempo trascorso al sole. Diventava sempre più bella di giorno in giorno, mentre lui la vedeva trasformarsi da adolescente a giovane donna.

Mercer scosse la testa e maledisse silenziosamente il suo ex capo, l'uomo responsabile delle tentazioni che doveva affrontare ogni giorno.

Quando si fermò nel posto riservato nel parcheggio dell'edificio, Quinn non si mosse.

"Siamo arrivati," le disse dolcemente, tentato di passarle un dito sulla guancia.

Quinn si tirò su di scatto. "Oh, mi dispiace tanto. Ho davvero dormito per tutto il viaggio di ritorno? Che ingrata," farfugliò.

"Eri stanca."

Lei allungò le braccia sopra la testa e la maglietta si sollevò, esponendo la pelle del ventre. Quando Mercer alzò lo sguardo e incontrò il suo, lei sorrise come se lo avesse sorpreso a sbirciare di nascosto.

Quando nessuno dei due sbatté le palpebre e scese dall'auto, lui cedette alla tentazione alla quale era diventato troppo difficile resistere: si chinò in avanti, la attirò vicino a sé e la baciò. Quinn gli appoggiò il palmo sulla coscia e aprì la sua dolce bocca alla sua. Lui strinse la presa e rese il bacio più profondo, finché il gemito di lei non lo fece desistere dal fare qualcosa che sapeva di non dover fare. Non era una fantasia: le sue labbra erano davvero su quelle di Quinn e il frutto che aveva assaggiato rimaneva proibito.

Si allontanò, senza permettersi di guardarla negli occhi. Se lo avesse fatto, avrebbe perso quel poco di determinazione che possedeva. Invece, aprì la portiera, fece il giro e aprì quella di lei.

"Grazie," sussurrò Quinn mentre scendeva dalla macchina, toccandosi le labbra con la punta delle dita.

"Non c'è di che."

"Sei stato la mia salvezza stasera, signor Mercer." Quinn si allontanò dall'auto per permettergli di chiudere la portiera.

"Solo Mercer," ribatté lui distratto.

Quinn non aveva idea di quanto avesse appena colpito nel segno. Salvezza forse non era la parola più appropriata. Piuttosto protettore.

Lei aspettò che lui premesse il pulsante di chiamata quando arrivarono all'ascensore, come aveva aspettato che le aprisse la portiera. Era una donna a cui era stato insegnato che non c'era nulla di male nel lasciare che un uomo prendesse l'iniziativa. Aveva dei modi impeccabili; lui ne aveva avuto la prova abbastanza spesso. Come al solito, era pieno di orgoglio, anche se non aveva nulla a che fare con l'educazione della ragazza.

Quando raggiunsero l'undicesimo piano, Mercer non accompagnò Quinn alla porta. Dall'angolo arrotondato al quale era appoggiato, poteva vedere che lei era entrata tranquillamente nel suo appartamento, senza nessuna possibilità che lo invitasse a entrare.

Quinn salutò con la mano prima di chiudere la porta. "Sogni d'oro, signor Mercer," disse mandandogli un bacio.

"Solo Mercer," si disse lui dopo aver sentito lo scatto della serratura.

La porta del suo appartamento era a pochi passi. Quando la raggiunse, inserì il codice della tastiera e appoggiò il pollice sul lettore di impronte, finché la porta non si sbloccò.

Entrò in casa, si mise di fronte al muro, vi appoggiò la testa, poi chiuse gli occhi, fece un respiro profondo e ripeté in silenzio la promessa che aveva fatto.

Aveva giurato di vegliare su di lei, di proteggerla e di tenere al sicuro lei e la famiglia. Parlare con lei, toccarla, *baciarla* o sognarla non facevano parte di quel voto. I sogni erano fuori dal suo controllo, ma il resto... lo sapeva bene.

· · ·

MERCER SI SCOLLEGÒ DALLA POSTA ELETTRONICA E CHIUSE IL portatile. Era ancora troppo agitato per dormire. Invece, si mise a camminare, pensando a tutte le regole morali ed etiche che si era autoimposto di non infrangere in quelle ultime ore.

Non sarebbe stato possibile tornare da Quinn senza che lei venisse a sapere chi era. Si era opposto all'idea di trasferirsi in quell'edificio, sapendo che sarebbe stato un terreno insidioso, e aveva ragione. Una cosa era la *coincidenza* di trovarsi alla stessa festa quella sera. La volta successiva che si fosse presentato dove si trovava lei, sarebbe apparso strano. Dopo di che, sarebbe diventato inquietante.

Non aveva nemmeno scalfito la superficie del bacio. Era tutto come aveva immaginato. Se lei non avesse emesso quel gemito, le loro labbra avrebbero potuto essere ancora unite sul sedile anteriore di un'auto in un parcheggio. *Gesù.*

Doveva fare dei cambiamenti drastici, e presto. Mercer controllò l'ora. Era quasi mezzanotte sulla costa occidentale; la sua chiamata avrebbe dovuto aspettare fino al mattino. Da quel momento in poi, avrebbe avuto il tempo di decidere quanto di quello che era successo quella sera poteva confessare.

Prese il tablet accanto al letto e aprì il libro che aveva iniziato la sera prima. Non c'era niente di meglio di un romanzo di spionaggio scritto da qualcuno che non sapeva nulla di come funzionavano davvero le cose, per farlo addormentare.

QUINN

uinn inspirò il profumo delle rose del suo compleanno quando le superò nel corridoio. Era pronta a scommettere che Mercer fosse il tipo di uomo che avrebbe mandato un regalo del genere a una donna con cui aveva una relazione.

Non riusciva ancora a credere di aver dormito per tutto il viaggio di ritorno. Lui doveva considerarla molto maleducata, anche se non era sembrato dispiaciuto. *"Eri stanca,"* aveva detto.

Non era da lei fidarsi così tanto di qualcuno che conosceva appena, ma con lui si sentiva inspiegabilmente al sicuro, come se gli importasse davvero di lei.

Quinn sgranò gli occhi, che si riempirono di lacrime. Era patetica. Riceveva così poco amore e attenzioni da convincersi che il suo vicino, con il quale aveva avuto a malapena una conversazione, si preoccupasse per lei.

Riuscì a non controllare il telefono finché non si infilò nel letto. Non ci sarebbe stato nessun messaggio da parte di sua madre, Quinn lo sapeva, ma non poteva impedirsi di sperare di sbagliarsi.

Il sonno arrivò facilmente una volta chiusi gli occhi, solo perché si permise di fantasticare sul signor Mercer e sul bacio che avevano condiviso.

IL SOGNO CHE STAVA FACENDO, OVVERO CHE IL TELEFONO vibrava incessantemente, sembrava troppo reale. Quinn si alzò di scatto e prese il cellulare dal comodino. Sullo schermo lampeggiò *Aine*.

"Ciao," rispose.

"*Dove diavolo sei?*" urlò la sua amica sopra il rumore della festa in sottofondo.

Merda. Si era dimenticata di mandare un messaggio per avvisare che se ne stava andando. "Mi dispiace tanto. Sono a casa."

"Cosa? Non ti sento."

"Sono a casa," gridò al telefono.

"Dove sei? Mi è parso che avessi detto che sei a casa."

"Sono a casa," gridò lei di nuovo.

"Ma che cavolo?" Quinn sentì il fruscio del telefono in sottofondo e Aine dire: "È a casa."

Altro fruscio, poi: "Aspetta."

Rimase in attesa, mentre il rumore della festa si faceva più lontano.

"Sei semplicemente scomparsa. Che diavolo, Quinn?"

Aine sembrava ubriaca, il che significava che la conversazione sarebbe continuata in loop.

"Ascolta," cominciò Quinn. "Ho incontrato una persona che conoscevo e che stava tornando in città, così gli ho chiesto un passaggio. Mi dispiace di non averti avvisata. Ne parliamo domani, ok?"

"Sei sparita," disse ancora Aine.

"Buona notte, tesoro. Ci sentiamo domattina." Quinn chiuse la chiamata e spense il telefono. Ora che le sue amiche sapevano che era a casa, nessun altro avrebbe cercato di contattarla quella notte.

❦ 4 ❦
MERCER

ercer entrò nella palestra dell'edificio alle sei, come faceva ogni mattina, e si allenò duramente. Aveva passato la notte a rigirarsi nel letto, ripensando al tempo trascorso con Quinn e a tutto quello che avrebbe dovuto gestire in modo diverso.

Quando correva, si sentiva in uno stato di perfetta concentrazione, in un equilibrio perfetto tra velocità e comfort. Le sue gambe erano sciolte e il suo cuore batteva forte, quindi quando la porta della palestra si aprì, lo sentì solo nel profondo del subconscio. Quasi tutte le mattine era l'unica persona lì e non aveva mai visto la donna che aveva incrociato il suo sguardo nello specchio. Che diavolo stava combinando Quinn?

Lei lo salutò con la mano, come aveva fatto la sera prima, quando gli aveva mandato un bacio, poi si avvicinò a una delle macchine ellittiche dall'altra parte della palestra.

Lui rispose con un cenno del capo, poi concentrò la propria attenzione sulla televisione che non guardava mai, cercando di ascoltare le notizie che non gli erano mai interessate prima. Al diavolo la sua frequenza cardiaca ben controllata. Visto che l'ellittica era rivolta nella direzione opposta al suo tapis roulant, poteva vedere nello specchio il riflesso del sedere sodo di Quinn, enfatizzato dai pantaloncini da corsa troppo corti. La canottiera che indossava copriva a malapena il reggiseno sportivo quasi inutile.

Non era l'unico a guardare dove non avrebbe dovuto. Quinn fissò lo specchio davanti all'ellittica finché i loro sguardi non si incrociarono per la seconda volta. Mercer fermò il tapis roulant, scese e si asciugò il sudore dal viso con l'asciugamano da palestra. Poi tirò fuori il telefono dalla borsa, finse di controllarlo, quindi lo gettò nella sacca insieme all'asciugamano.

"Buona giornata," disse aprendo la porta per uscire.

"Aspetta." Quinn fermò la macchina e gli si avvicinò. "Non devi andartene per colpa mia."

"Ho finito," borbottò lui, chiudendosi la porta alle spalle. Si sentiva uno stronzo per averle parlato in quel modo, ma non poteva permettersi che la situazione con Quinn degenerasse.

La volta successiva che Mercer la incontrò fu in ascensore, più di una settimana dopo.

"Ciao," disse lei, guardandolo a malapena e facendolo sentire un idiota.

Lui annuì, nuovamente esitante a incoraggiare la conversazione.

"È stato un piacere vederla, signor Mercer," disse lei quando la porta si aprì sull'atrio. Uscì, ma non abbastanza velocemente da nascondere il dolore impresso sul viso.

Mercer sapeva che era sola; lo era stata per gran parte della vita. A parte le quattro ragazze con cui era molto amica dai tempi del college, Quinn non socializzava molto. C'era stato qualche appuntamento occasionale, che gli aveva fatto salire la pressione alle stelle, ma era raro che lei accettasse un secondo appuntamento.

La cosa più dura, però, era che Quinn non aveva mai perso la speranza di riallacciare un giorno i rapporti con sua madre, cosa che, come Mercer sapeva, non sarebbe mai accaduta.

"EHI, PAPS." MERCER RISPOSE ALLA CHIAMATA CHE ARRIVÒ PIÙ tardi quella sera da uno dei suoi soci.

"Abbiamo bisogno di te qui. Prendi gli accordi necessari e vola fino a qui domani mattina."

"Che succede?"

"Io e Razor ti aggiorneremo quando arriverai."

Meno di cinque minuti dopo, quando arrivò un'altra chiamata, Mercer non fu sorpreso di vedere "Barbie", il nome in codice di Lena Hess, apparire sul display.

"Cosa posso fare per te, Lena?"

"Come sta mia figlia?"

Cosa poteva dire che non fosse già stato detto? Ripetere a Lena quello che lei già sapeva non avrebbe cambiato nulla. "Esattamente come te l'aspetti."

"Hai già parlato con Paps?"

"Sì."

Per quanto volesse sapere cosa stava succedendo, Lena era l'ultima persona alla quale lo avrebbe chiesto.

"C'è altro?" chiese invece.

"No."

"Allora ne parliamo domani," disse prima di chiudere la chiamata.

QUANDO FINÌ DI PRENDERE "GLI ACCORDI NECESSARI" ERA L'UNA di notte. Stava per andare a dormire quando sentì l'ascensore che si fermava al piano. Non sentì nessun passo nel corridoio, quindi chiamò il piano di sotto. Sapeva che Vinnie era di turno; era una delle telefonate che aveva fatto poco prima.

"Signor Bryant. Stavo proprio per chiamare il suo numero. La signorina Skipper sta per uscire dall'edificio."

"Proceda."

"Sì, signore."

Dove diavolo pensava di andare nel cuore della notte?

Quando Mercer uscì dall'ascensore, Quinn era girata di spalle ed era immersa in una conversazione con Vinnie. Lui disattivò innanzitutto la porta di emergenza, poi uscì. Prese il vicolo che portava all'ingresso principale, dove aveva due possibilità. Poteva aspettare e seguirla, oppure entrare e occuparsi lui stesso della *signorina Skipper*.

Quando vide il segnale di Vinnie, capì che la decisione era già stata presa per lui.

"Buonasera, signore," lo salutò Vinnie. "Ha passato una serata piacevole?"

Mercer annuì, posando lo sguardo su Quinn come se fosse sorpreso di vederla. "Posso accompagnarti?" Le sfiorò il gomito con la punta delle dita e lei barcollò.

"Sto uscendo," balbettò lei.

Se quella mancanza di equilibrio non glielo avesse fatto capire, sarebbe bastato l'alito di Quinn a farlo. Aveva bevuto, e non poco.

Mercer alzò intenzionalmente un sopracciglio e lei arrossì.

"Colazione anticipata?" le chiese.

Quinn si appoggiò a lui. "Qualcosa del genere. Hai fame, signor Mercer?"

Non ne aveva affatto, ma se avesse accettato di accompagnarla, avrebbe saputo dove si trovava e avrebbe potuto riportarla a casa sana e salva. "Sto morendo di fame."

Vinnie li precedette. "*Mmm, mmm.* Sono mesi che non mangio il pollo e i waffle di Sarge." Si strofinò la pancia. "Sono ottimi, vero?"

Il Sarge's Diner si trovava a pochi passi di distanza, ma avrebbero comunque preso il taxi che era apparso miracolosamente davanti alla porta d'ingresso.

Mercer le mise un braccio intorno alla vita e la fece salire sul veicolo in attesa. Quando lui salì dopo di lei, Quinn gli appoggiò la testa sulla spalla. "Non riuscivo a dormire..." mormorò.

Lui annuì.

Quando lei chiuse gli occhi, Mercer fece un cenno con l'indice e Tom, anche lui membro del suo gruppo abituale, capì che non doveva fermarsi alla tavola calda. Invece, guidò attraverso Manhattan, dal centro fino al Lower East Side, poi li portò a casa.

"Siamo tornati," disse Mercer dolcemente quando Tom accostò davanti all'ingresso del loro palazzo, questa volta incapace di resistere alla tentazione di accarezzare la guancia di Quinn con un dito.

Come aveva fatto in precedenza, lei si svegliò di soprassalto.

"Mi sono addormentata di nuovo?"

Lui sorrise. "Sì."

"Dormo sempre con te." Quinn arrossì. "Non suonava bene, vero?"

Mercer scese dall'auto e le porse la mano. "Entriamo."

"Non abbiamo mangiato. Eri affamato."

"Mi preparo un panino." La accompagnò all'ascensore, rivolgendo un cenno della testa a Vinnie, che gli fece l'occhiolino mentre passavano.

Quando raggiunsero l'undicesimo piano, la accompagnò dietro l'angolo, fino alla porta, e aspettò mentre lei digitava il codice sulla tastiera.

"Vuoi entrare?"

Mercer aprì la porta e la fece passare.

"Potrei prepararti qualcosa da mangiare."

"Sto bene così," mormorò lui, seguendola attraverso l'atrio e lungo il corridoio. "Ti porto a letto."

Quinn si sfilò le scarpe e aspettò che Mercer tirasse indietro le lenzuola. Come una bambina assonnata, si infilò nel letto e lui la coprì con il lenzuolo.

"Rimarrai qui?" sussurrò lei.

Quando Quinn chiuse gli occhi, lui si chinò e la baciò sulla fronte. "Non stanotte, tesoro. Dormi un po'."

"Mmm, mi hai chiamata *tesoro*, signor Mercer," disse lei prima di riaddormentarsi.

Merda. Era vero. Se lo sarebbe ricordato al mattino o sarebbe stato solo un ricordo confuso, che avrebbe scambiato per un sogno?

❦ 5 ❦

MERCER

Mercer infilò il biglietto sotto la porta di Quinn prima di cambiare idea.

Vado fuori città per qualche giorno. Colazione quando torno? —Mercer

Aggiunse nella mente: *per favore, non fare un'altra scenata come quella di ieri sera mentre sono via.*

Erano passate solo quattro ore da quando l'aveva messa a letto. Avrebbe dormito almeno per altre cinque o sei ore, se non di più.

Mercer si chiese, ancora una volta, quanto avrebbe ricordato Quinn della notte precedente. Forse menzionare la colazione nel biglietto non era stata una buona idea. Le avrebbe dato un altro motivo per convincersi di non avere sognato. Ormai era troppo tardi, però. Si baciò due dita e le appoggiò per un attimo sulla porta, sperando che la vita di Quinn scorresse tranquilla mentre lui era via.

La notte precedente, quando le aveva baciato la fronte, aveva avvertito un cambiamento. Non era stata solo una sensazione, ma una reazione fisica che confermava che le cose stavano cambiando. Quinn faceva parte della sua vita da molto tempo, ma ormai anche lui avrebbe fatto parte della sua.

LE CONSEGUENZE DELLE AZIONI DI QUEGLI ULTIMI DUE GIORNI lo colpirono con forza quando l'aereo atterrò. Aveva superato il limite con Quinn. Anzi, ne aveva superati diversi, e per quel motivo molte cose sarebbero cambiate. Chiuse gli occhi e desiderò, come faceva spesso, di poter discutere della situazione con il suo ex capo.

Doc Butler era stato più di un capo per lui. Era stato un insegnante, un mentore e, in un certo senso, un fratello maggiore.

Si erano conosciuti quando Mercer era uno studente di Relazioni Internazionali e Lingue Straniere alla Stanford University. Anche la sorella minore di Doc, coetanea di Mercer, era una studentessa della prestigiosa istituzione.

Dato che lui era anche iscritto al programma ROTC della Marina Militare, era finito nel mirino di Doc.

Una volta laureato, la vita di Mercer aveva preso una direzione che non avrebbe mai potuto immaginare. Invece di diventare sottotenente con un impegno di servizio di quattro anni, era andato direttamente a Camp Lejeune, nel North Carolina, per completare nove mesi di addestramento nelle forze speciali.

A ventidue anni, era diventato il membro più giovane di una squadra d'élite composta da militari in servizio attivo e agenti della CIA, chiamata Divisione Attività Speciali del Servizio Clandestino Nazionale dell'agenzia, o NCS.

Quattro anni dopo, aveva accettato un lavoro presso un'organizzazione di intelligence privata chiamata K19 Security Solutions, fondata da Doc insieme a Paps e Razor, altri due membri della squadra. Il lavoro si era trasformato in qualcosa di più quando gli era stata offerta una quota nella società. Ora, due anni dopo, Mercer era più ricco di quanto avesse mai sognato, e faceva un lavoro che comprendeva la protezione dei beni, la pressione occulta e interrogatori rigorosi, o qualcosa di peggio, quando necessario.

Mercer accese il telefono e inviò un messaggio a Paps. *Atterrato.*

Il posto dove di solito parcheggiava la sua auto era vuoto. Avrebbe dovuto essere il primo indizio che qualcosa non andava. Tirò fuori il cellulare e inviò un altro messaggio. *Trasporto mancante.*

Situazione. L4P23.

Salì le scale fino al quarto piano e si diresse verso il ventitreesimo posto, dove invece di un veicolo trovò una moto ad attenderlo. "Cavolo, sì," mormorò sorridendo mentre prendeva il casco appoggiato sulla Ducati Monster 1200.

Non era una situazione casuale. Era un regalo di Paps e Razor.

Grazie, ragazzi.

Mercer accese la moto, cercando di decidere quale delle tante strade secondarie avrebbe preso dall'aeroporto privato vicino a San Luis Obispo, attraverso le colline fino a Harmony, una piccola città sulla costa centrale della California, dove il K19 possedeva una casa. Non era l'unica proprietà che possedevano. Ce n'erano molte altre, compreso l'appartamento di Mercer nell'edificio di Quinn.

Avevano scelto di acquistare a Harmony per la sua posizione relativamente remota, la mancanza di un quartiere commerciale e la vicinanza a Paso Robles.

Mentre usciva dal parcheggio, fece ruotare le spalle. Era proprio quello di cui aveva bisogno. Anche solo quindici minuti sulla strada aperta, lontano dal caldo opprimente e dal rumore di New York City, lo avrebbero aiutato ad affrontare qualsiasi merda gli stesse per piombare addosso.

"GRAZIE PER IL GIRO, RAGAZZI," DISSE MERCER A RAZOR E PAPS quando entrò in casa dal garage dove aveva parcheggiato la moto.

«Ehi, Ottantotto." Paps aveva l'aspetto di uno che non dormiva da diversi giorni.

"Che succede?"

"Dobbiamo rafforzare la scorta di Skipper," rispose Razor.

"Perché?"

"Cosa significa per te il nome Rory Calder?"

Molto. La prima volta che lo aveva sentito era stato quattro anni prima, quando era passato davanti all'ufficio del suo capo e lo aveva visto sbattere il telefono sulla scrivania con tanta forza da romperlo. "*Gesù Cristo,*" aveva urlato.

"Che succede, Doc?" aveva chiesto Mercer, infilando la testa nella stanza.

"Quella roba non passa mai di moda," sbottò Doc.

"Scusi, signore," aveva mormorato Mercer.

"Chiudi quella dannata porta."

Meno di quindici minuti dopo, Mercer era stato informato di un caso risalente a diciotto anni prima, che coinvolgeva un marine diventato una spia russa di nome Rory Calder, uno stupro, un matrimonio segreto e un bambino.

Il certificato di nascita fornito dall'NCS indicava il nome della bambina come Quinn Analise Sullivan.

La storia di copertura era che il padre di Quinn, Angus Sullivan, un ufficiale dei Marines, era stato ucciso in azione prima della sua nascita. Sua madre, Lena Hess, proveniente da una famiglia importante della California, non aveva mai preso il cognome del padre di Quinn.

In realtà, l'identità Sullivan era stata creata per garantire che nessuno sapesse del legame della bambina con la madre o il padre.

Il motivo per cui Doc aveva sbattuto giù il telefono e chiamato Mercer era che Quinn, nome in codice Skipper, aveva avviato le pratiche per cambiare legalmente il suo cognome da Sullivan a Hess. La chiamata era arrivata da Lena, che chiedeva a Doc di impedirlo. Quel compito era toccato a Mercer.

LA VOLTA SUCCESSIVA CHE AVEVA SENTITO IL NOME DI CALDER era stato subito dopo una riunione mattutina del K19, quando Doc gli aveva chiesto di andare nel suo ufficio.

"Ho accettato un incarico, ed è il più pericoloso della mia carriera," aveva esordito Doc.

La missione, gli aveva spiegato, era quella di trovare un ex agente che era diventato un rinnegato. Senza che lui avesse bisogno di dirlo, Mercer aveva capito che l'agente al quale Doc si riferiva era John "Leech" Hess, il padre di Lena Hess e il nonno di Quinn.

Le informazioni erano state compartimentate e tardavano ad arrivare, ma secondo Doc, l'agente in pensione da tempo era impegnato in una missione suicida. La sua intenzione era quella di infiltrarsi nei servizi segreti russi e assassinare la spia che aveva tradito non solo il suo Paese, ma anche lo stesso Leech, insieme a decine di altri agenti che erano stati assassinati quando la loro copertura era stata scoperta. Quella spia era Rory Calder.

"Ho bisogno di una promessa da parte tua, Ottantotto," gli aveva detto Doc.

"Qualsiasi cosa, capo."

"Quinn."

Una sola parola, un solo nome, e Mercer aveva capito cosa Doc si aspettava da lui: aveva giurato di proteggerla fino a quando il capo non avesse fatto ritorno.

MENO DI UN MESE DOPO, AVEVANO RICEVUTO LA NOTIZIA CHE Doc era stato ucciso in azione.

Persino Mercer non era sicuro che fosse davvero morto, o se fosse così coinvolto che nessuno poteva esserne certo.

Doc, Paps, Razor e Mercer, i quattro uomini che possedevano in parti uguali la K19 Security Solutions, avevano ciascuno una cassetta di sicurezza che doveva essere aperta dagli altri tre in caso di morte di uno di loro.

Da quel giorno, Mercer aveva continuato a onorare la promessa originale e a eseguire meticolosamente le altre istruzioni che Doc gli aveva lasciato nella cassetta di sicurezza.

Nei quattro anni trascorsi da quando lui aveva sentito il suo nome per la prima volta, Quinn si era trasformata da un'adolescente che richiedeva solo un monitoraggio marginale a una giovane donna che si sarebbe trovata in grave pericolo, se l'uomo di cui stavano parlando avesse scoperto la sua vera identità.

"FAMMI UN RESOCONTO," DISSE MERCER A PAPS.

"È ricomparso, e il momento non potrebbe essere più preoccupante."

"Significa che Leech non l'ha trovato," aggiunse Razor. "E nemmeno Doc."

Dato che entrambi gli uomini erano scomparsi, presumibilmente morti o dichiarati tali, l'ipotesi più naturale era che Calder li avesse raggiunti per primo.

"Cosa ci fa qui?" chiese Mercer.

"Al momento sta recitando la parte del figliol prodigo tornato dal regno dei morti e si sta dedicando anima e corpo all'azienda vinicola di famiglia."

"Da quanto tempo è tornato?"

"Nessuno lo sa," rispose Razor.

Quella notizia era ancora più preoccupante, dato che significava che aveva agito nell'ombra, facendo chissà cosa e chissà per quanto tempo.

"Dov'è Lena?" chiese Mercer a Paps. Sapeva che lei era lì; la sua Mercedes CLS400 Coupé bianco perla era parcheggiata nello stesso garage in cui lui aveva lasciato la Ducati.

Paps gemette e scosse la testa.

Sì, non c'era affetto tra Paps e la sua protetta. Praticamente si odiavano dal giorno in cui le era stato assegnato come capo della scorta. Mercer doveva ammettere che, se lei fosse stato il suo capo, a quel punto l'avrebbe uccisa lui stesso.

"Sta dormendo," borbottò Razor.

Era già passato mezzogiorno, ma Mercer non era sorpreso di sapere che non si era ancora alzata quella mattina. La notizia della ricomparsa di Calder doveva averla spaventata, dato che aveva trascorso gli ultimi ventun anni della sua vita aspettandosi che accadesse. La donna viveva sotto costante protezione, sette giorni su sette, ventiquattr'ore al giorno. Non aveva alcuna privacy, non poteva scappare di nascosto per una vacanza da sola e non poteva trascorrere del tempo con sua figlia.

Razor si girò sulla sedia. "Allora, Skipper..."

Mercer alzò le spalle.

"Ciao," disse una voce dal corridoio.

Sia Razor che Paps si alzarono quando Lena entrò nella stanza, ma lei non si sedette al posto di nessuno dei due. Rimase invece in piedi, con le braccia conserte.

Se non avesse mai incontrato Quinn, Mercer non sarebbe stato in grado di indovinare il colore naturale dei capelli di sua madre. Come quelli della figlia, i suoi capelli lunghi fino alle spalle erano quasi bianchi, anche se lui si domandò se lei si rendesse conto che sembravano più grigi che biondi. Anche Lena, come sua figlia, era alta e magra, ma il suo corpo aveva perso l'atleticità naturale di Quinn. Il colore della pelle abbronzata non sembrava più naturale dei suoi capelli, mentre il rossetto arancione brillante e le unghie abbinate la facevano sembrare un personaggio dei cartoni animati.

"Cosa avete intenzione di fare?" chiese lei.

"Abbiamo un piano, Barbie e, come ti ho detto più volte, non devi preoccuparti, ma limitarti a fare quello che ti viene detto."

Lena lanciò un'occhiataccia a Paps, poi si rivolse a Mercer.

"Possiamo parlare in privato?"

Lui la condusse in un'altra stanza che avevano allestito come soggiorno e sala riunioni.

"Sono stata io a scoprire che era tornato," disse lei.

"Come?"

"È venuto a vedere la proprietà."

Di recente, Lena aveva messo in vendita metà della tenuta di famiglia e, da quanto lui aveva sentito da Paps, aveva suscitato un interesse molto maggiore di quanto si aspettassero.

"Chi ha firmato l'accordo di riservatezza?"

"C'è stato così tanto interesse per questo terreno che è stato impossibile stare al passo con tutte le visite."

Mercer si sentiva pronto a strangolarla. "*Chi* ha firmato l'accordo di riservatezza, Lena?"

"Un tizio di nome Trey Deveux, ecco perché non mi diceva nulla."

Quel nome non diceva nulla neppure a lui, ma non c'era dubbio che Paps e Razor lo avessero passato alla squadra per indagare sul possibile collegamento.

"Dimmi come hai scoperto Calder," la esortò Mercer.

"Ieri, mentre passeggiavo nel vigneto, ho visto qualcuno uscire dalle cantine. *Sapevo* che era lui, ma mi sono convinta che i miei occhi mi stessero ingannando. Poi lui mi si è avvicinato." Lena rabbrividì. "Avrebbe potuto uccidermi, se avesse voluto."

Mercer ne dubitava; Lena non rimaneva mai senza protezione. "Non avrebbe potuto. C'era Paps."

"C'è un'altra cosa che dovresti sapere."

Mercer annuì, invitandola a continuare.

"Enzo Avila ha conservato del vino nelle nostre cantine."

"Perché?" E che diavolo c'entrava quella faccenda?

"C'è un problema di obbligazioni. Hanno prodotto troppo e non hanno portato le obbligazioni fiscali al livello appropriato."

"Quindi voleva nasconderlo."

Lena annuì.

Il che significava che l'Ufficio delle imposte sugli alcolici era coinvolto in tutto ciò, oppure lo sarebbe stato, se lo avesse scoperto. Una volta terminato di parlare con Lena, Mercer avrebbe chiesto a Paps cosa sapeva perché, ovviamente, lui ne sapeva più di lei.

"Cosa c'entra questo con Calder?"

"Non ne sono sicura."

Mercer sospirò. "Cos'altro devo sapere adesso, Lena?"

"E Quinn?"

"È al sicuro."

"Come puoi esserne certo, se sei qui?"

Mercer sentì le spalle irrigidirsi, come ogni volta che lei gli faceva delle domande. "Non è affar tuo."

"È *mia figlia*."

Mercer sapeva che discutere di quelle cose con Lena non avrebbe portato a nulla. Oltre a rassicurarla sul fatto che sua figlia era al sicuro, come aveva fatto innumerevoli volte in passato, non c'era altro di cui parlare.

"Ci sono state offerte per la proprietà?" le chiese.

"Non ancora, ma mi aspetto che ne arrivino presto."

Era contento di sapere che non era ancora arrivata nessuna

offerta. Il fatto che Calder si fosse trovato nelle cantine lo infastidiva. Che motivo poteva avere per curiosare lì sotto?

Quando se ne andò, fu sollevato di vedere che lei non lo seguiva.

"È possibile annullare il contratto per la vendita della proprietà di Old Creek Road?" chiese ai suoi due soci.

"Perché?" volle sapere Razor.

"Perché ci deve essere un motivo, se Calder era in quelle cantine," rispose Paps.

"Sono d'accordo," aggiunse Mercer.

"Facile," disse Razor, prendendo il telefono.

Pochi minuti dopo, chiuse la chiamata. "Fatto. Se ne occuperà Wendt."

Peter Wendt era stato per anni l'avvocato della famiglia Butler, ma soprattutto era un ex agente della CIA.

"Chi lo dirà a Barbie?" chiese Razor.

Mercer sospirò. "Lo farò io."

Paps doveva avere a che fare con lei ogni giorno in un modo o nell'altro, anche quando era qualcun altro a occuparsi della sua sicurezza. Il minimo che Mercer potesse fare era concedergli una tregua per quel giorno. Mentre si allontanava per scoprire dove fosse finita, non sentì Paps protestare.

La reazione di Lena fu proprio quella che si aspettava.

"Devo vendere quella proprietà," obiettò. "Ho bisogno di soldi."

"No, non è vero," ribatté Mercer.

"Voi tre sembrate aver dimenticato che l'uomo che mi ha violentata e lasciata in fin di vita vent'anni fa è tornato. Se pensate che me ne starò seduta ad aspettare che finisca il lavoro, vi sbagliate. Me ne vado da qui, non appena avrò sistemato tutto."

Mercer dovette sforzarsi di non alzare gli occhi al cielo. Anche se Lena fosse stata in grado di organizzare di sparire, non sarebbe mai riuscita a farla franca. Qualunque cosa avesse fatto, ovunque fosse andata, sarebbe stata pianificata e orchestrata nei minimi dettagli dal K19.

"Sono d'accordo sul fatto che non dovresti stare qui e, quando sarà il momento giusto, prenderemo le disposizioni necessarie. *Lo sai* bene. Sai anche che ci sono soldi più che sufficienti per permetterti di vivere comodamente ovunque tu vada, per tutto il tempo che resterai lì."

Mercer non aveva idea di cosa avesse spinto Lena a voler vendere il resto della tenuta, ma quando lei aveva deciso di farlo, lui, Paps e Razor non avevano visto alcun motivo per fermarla. Tuttavia, le cose erano cambiate e dovevano andare a fondo, per capire perché Calder stesse curiosando nelle grotte.

"Ma..."

Mercer non la interruppe a parole, si limitò a scuotere la testa.

"Non mi sei mai piaciuto," affermò lei con tono beffardo.

Quello era apparso evidente quattro anni prima, quando, al posto di Doc, era stato lui a impedire a Quinn di cambiare nome. Anche se la sua preoccupazione era giustificata, Mercer si chiedeva se Lena avesse sperato di usarla come scusa per passare del tempo con l'ex marito.

A quel punto, Doc aveva una relazione con un'altra donna, Peyton Wolf, una madre single con due figli. Anche se non fosse stato così, Mercer dubitava che avrebbe ricambiato l'interesse di Lena.

"Ancora non capisco perché ti abbia affidato mia figlia. Immagino che tu sia migliore di Pinco e Panco, là dentro." Indicò l'altra stanza.

Mercer non voleva mettersi a discutere con lei. Lena non poteva sapere fino a che punto si erano spinti i due uomini che aveva appena denigrato per proteggere la sua famiglia, e non l'avrebbe mai saputo. Anche Mercer si era chiesto perché Doc avesse scelto lui, quando lo aveva convocato nel suo ufficio, un anno e mezzo prima, e gli aveva affidato la guida della squadra di Quinn.

"*Ma che c...*" sentirono dire dall'altra stanza.

Lena corse davanti a Mercer e, quando entrarono nella stanza, lui notò che gli schermi erano spenti.

"Non mi piace nessuno di voi," mormorò lei, girando sui tacchi per uscire.

Mercer la seguì.

"Venerdì cenerò con Maddox Butler," disse prima di sbattere la porta della camera da letto.

Bene. A quel punto, lui avrebbe saputo della terra che Doc gli aveva lasciato. Mercer tornò in ufficio per vedere cosa stesse bestemmiando Paps.

"Lanciamo una moneta e vediamo chi va a prenderlo a botte," sentì che Razor diceva.

"Chi?" chiese Mercer.

"Lang Becker. L'ex di Peyton sta cercando di ottenere la custodia dei figli."

ALLA FINE, DECISERO CHE SAREBBE STATO PAPS AD ANDARE AL bar a parlare con Lang, dato che assomigliava più a Doc rispetto a

Razor. Considerando che a quell'ora del giorno Lang di solito era mezzo ubriaco, non sarebbe stato difficile convincerlo di avere ricevuto la visita del fantasma di Kade Butler o dell'uomo in carne e ossa. In ogni caso, il piano era quello di spaventarlo a morte, tanto da fargli ritirare la richiesta di custodia.

Paps si massaggiò il petto mentre usciva dal bar e tornava al furgone. "Sarebbe divertente, se non facesse così dannatamente male."

Mercer sapeva esattamente cosa intendeva. Che fossero tutti soci alla pari o meno, Doc era stato il loro leader e la sua perdita li aveva colpiti tutti duramente.

❦ 6 ❦

QUINN

Il signor Mercer l'aveva chiamata *tesoro*. Anche se tutto il resto della notte precedente era confuso, quella parola, pronunciata dalla voce di lui, era cristallina. Non era stato un sogno: lui era stato nel suo appartamento.

Quinn si diresse verso la cucina, camminando praticamente sulle nuvole, ma si fermò quando vide un pezzo di carta sul pavimento vicino alla porta d'ingresso.

"Signor Mercer," sussurrò.

Mentre passava le dita sulle parole che lui aveva scritto, le venne in mente qualcosa. Portò il biglietto in cucina e lo posò sul tavolo da pranzo, dove aveva spostato il vaso di rose. Erano appassite, ma non era riuscita a buttarle via.

Mentre estraeva il biglietto dai gambi spinosi e lo teneva accanto al foglietto, notò che la calligrafia era perfettamente identica. Quinn si chiese come avesse fatto lui a sapere che era il suo compleanno, il ventunesimo per giunta.

Ma non importava. Un uomo affascinante le aveva regalato dei fiori, l'aveva baciata e l'aveva chiamata "tesoro". Le aveva anche lasciato un biglietto e l'aveva invitata a colazione. Non era una persona che aveva incontrato a una festa o in un bar. Non era un donnaiolo; viveva nel suo stesso palazzo.

PER QUANTO ALL'INIZIO QUINN FOSSE ENTUSIASTA DI raccontare alla sua tribù di Mercer, qualcosa la tratteneva. Anche quando le altre continuarono a parlare dei ragazzi che avevano incontrato, lei sentì il desiderio di tenere il *suo ragazzo* per sé.

Invece, ripassò mentalmente ogni minuto trascorso con lui, finché anche quello non le venne a noia. Poi immaginò come sarebbe stato quando lui fosse tornato. Dopotutto, l'aveva invitata a colazione.

Il biglietto diceva che sarebbe stato fuori città per qualche giorno. Cosa significava? Più di due, giusto? Ma meno di cinque. Cinque sarebbero stati troppi. Non era forse vero?

Pensò di chiedere a uno dei portieri se sapevano quando sarebbe tornato, ma lui sarebbe venuto a saperlo e avrebbe capito perfettamente quanto fosse immatura la sua vicina appena ventunenne.

Invece, aveva declinato l'invito a uscire, perché preferiva di gran lunga stare a casa, chiudere gli occhi e pensare a lui piuttosto che partecipare a una festa affollata e rumorosa, dove non riusciva a sentire i propri pensieri.

"Che ti succede?" le chiese Aine durante la colazione che l'aveva costretta ad andare a fare fuori.

Delle sue quattro amiche, Quinn era soprattutto affezionata a lei e alla sua gemella, Ava.

"È per tua madre?" le chiese.

Quella era la seconda cosa migliore di Mercer, dopo il suo fascino mozzafiato: quando pensava a lui, non pensava a sua madre, almeno non così tanto.

"Non saprei," mentì. "È solo che non mi va bene."

"Cosa?"

"La vita."

Quella parte era vera. Si era laureata a maggio e da allora non aveva fatto nulla di produttivo. Anche se dal punto di vista finanziario non ne aveva bisogno, mentalmente non era così.

Si ripeteva che il motivo di quell'inattività era il fatto di non sapere dove fosse sua madre, ma in caso contrario, avrebbe fatto qualche differenza?

E Mercer? L'unica cosa alla quale riusciva a pensare era il suo ritorno. E se l'avesse respinta di nuovo, come aveva fatto quando era entrata in palestra? Cosa le sarebbe rimasto da aspettare con ansia allora?

"Ho bisogno di un lavoro," sbottò.

"*Un lavoro?*"

"Dio, Aine. Non fare quella faccia inorridita." Sì, un lavoro. Qualcosa di importante da fare nella vita, in modo che non fosse un vasto deserto.

"Non sono inorridita."

Quinn rise. "Sì, invece."

Anche Aine scoppiò a ridere. "Cosa vuoi fare?"

Con una laurea in Studi urbani, Quinn aveva diverse opzioni. Durante l'ultimo anno aveva fatto uno stage presso un gruppo privato per la conservazione storica, che le aveva persino offerto un posto a tempo pieno. Avrebbe dovuto chiamarli. Quando aveva chiesto quando volevano che iniziasse, le avevano risposto in autunno. Detto questo, forse non avevano ancora trovato un sostituto.

"Quinn?"

"Scusa, Aine. Sto pensando."

"Lo so, ma sono preoccupata per te. Molto preoccupata."

Lei fece un sorriso forzato. "Non preoccuparti. Starò bene."

"Stasera andiamo all'Amity Hall."

"Non so..."

"Passo a prenderti alle nove. Se necessario, ti trascinerò lì con la forza."

Forse uscire le avrebbe fatto bene. Meglio che stare a casa senza far nulla, il mercoledì sera.

MERCER

Mercer aveva una giornata piena davanti a sé. Una volta consegnati i documenti necessari all'avvocato, avrebbe dovuto trasferire una grossa somma di denaro. Lui, Paps e Razor ne avevano parlato la sera prima e il piano era che Lena sparisse nei giorni successivi. Per farlo, avrebbe avuto bisogno di contanti.

Qualcuno bussò alla porta della camera da letto, che fungeva da ufficio quando Mercer si trovava sulla costa occidentale. Invece di alzarsi, fece ruotare la sedia da scrivania e aprì la porta. Sia Paps che Razor erano fermi sulla soglia.

"Possiamo fare qualcosa per aiutarti?" chiese Paps.

"Abbiamo bisogno che Lena se ne vada il prima possibile."

"D'accordo," disse Razor. "Ci stiamo lavorando."

Mercer decise che quello era il momento giusto per raccontare loro di lui e *Skipper*. "C'è qualcosa che devo dirvi su di me e Quinn…"

"Ti copriamo le spalle, Ottantotto," disse Paps.

Mercer scosse la testa. Ovviamente lo sapevano già.

"Guardate, guardate," disse Razor, tenendo in mano il portatile. "Skipper ha deciso che è ora di crescere."

"Fammi vedere." Mercer afferrò il cellulare quando Razor glielo passò.

Come previsto, Quinn aveva accettato un'offerta di lavoro nello stesso posto in cui avevano organizzato il suo tirocinio prima della laurea.

"Tocca a me." Razor prese il portatile quando Mercer glielo restituì, lo chiuse e lo mise in una borsa che poi si mise a tracolla. "Tabon Sharp ha un colloquio da organizzare." Si guardò le unghie. "Forse una serie di colloqui. Non mi dispiacerebbe conoscere un po' meglio "Quinn"."

Paps posò una mano sulla spalla di Razor. "Smettila, *Tabon*."

Mercer non ricordava di averlo mai sentito rivolgersi a Razor con il suo nome di battesimo o con quel tono di voce.

Anche se lui e Razor avevano più o meno la stessa età, era stato Paps ad assumere il ruolo di leader, o di figura paterna, quando avevano ricevuto la notizia della morte di Doc. Tuttavia, non era da lì che derivava il suo nome in codice.

Quando Doc lo aveva incontrato per la prima volta, Gunner Gadot aveva l'abitudine di alzare le mani in aria come pistole e gridare "pap-pap," imitando lo sparo.

"Era così fastidioso," aveva detto Doc quando aveva raccontato la storia a Mercer, poco dopo che lui era entrato a far parte della squadra. "Chiamarlo 'Paps' lo ha curato da quell'abitudine."

Quella che era iniziata come un'operazione di quattro uomini, ormai contava più di cinquanta collaboratori sul libro paga in qualsiasi momento.

Gli mancavano quei giorni più semplici. Ora, sembrava che il loro unico scopo fosse quello di sistemare cose che erano successe anni prima. Come perni allentati su un mucchio di granate, che erano tutte potenziali mine antiuomo. Un esempio calzante: Rory Calder.

La missione di Doc non era finita quando era stato dichiarato morto in azione; era cambiata ed era diventata la loro missione: sua, di Paps e di Razor. Invece di cercare un agente scomparso, ne stavano cercando due. Rimaneva da vedere se li avrebbero trovati vivi o morti, ma in ogni caso dovevano essere trovati.

L'improvvisa ricomparsa di Calder aveva reso più urgente la ricerca. Se c'era anche solo una minima possibilità che uno dei due fosse ancora vivo, la squadra doveva scoprire perché Rory era lì, cosa stava cercando e chi altro lavorava con lui.

Lena uscì dal posto in cui si era nascosta, mostrando loro il telefono. "Ha contattato qualcuno." Il cellulare finì sul pavimento, dove lei lo aveva gettato. Pochi secondi dopo, sentirono sbattere una porta.

Mercer raccolse il dispositivo abbandonato e guardò lo schermo. "Calder le sta chiedendo di incontrarlo."

"*Gesù Cristo,*" sibilò Paps. "Ha il suo numero."

"Aspetta un attimo," disse Razor. "Fammi vedere."

Mercer gli passò il telefono.

"Tipica reazione esagerata da parte di Barbie. Questo non è il suo telefono usa e getta, è il suo numero normale."

"Avrei dovuto capirlo," mormorò Mercer, irritato con se stesso per aver reagito in modo altrettanto esagerato di Lena.

"È anche colpa mia," aggiunse Paps. "Siamo tutti nervosi, e questa situazione deve finire subito."

Mercer e Razor annuirono entrambi.

"Smettiamola di comportarci da idioti e concentriamoci." Paps indicò Razor. "Devi andare via."

"Sì, signore. Qualcuno di voi ha tempo per trovarmi un alloggio a New York?"

"Ci penso io," rispose Mercer.

Quando avevano concordato l'acquisto dell'appartamento nell'edificio di Quinn, avevano avuto intenzione di usarlo inizialmente come base sulla costa orientale, proprio come la casa di Harmony quando erano sulla costa occidentale. Tuttavia, data la nuova relazione di Mercer con Quinn e l'imminente colloquio con *Tabon,* Razor avrebbe dovuto abitare altrove.

"Ho bisogno di una pausa," affermò Paps dopo che Razor se ne fu andato. "Sto diventando troppo vecchio per queste stronzate."

Mercer era dieci anni più giovane di Paps, ma anche lui ne aveva abbastanza di quelle stronzate. L'ultimo anno e mezzo era stato un inferno per tutti loro, e la ricomparsa di Calder aveva peggiorato la situazione in modo esponenziale.

"Dobbiamo riorganizzarci," disse Paps il pomeriggio successivo, tirando fuori una birra dal frigorifero. "Ne vuoi una?"

Mercer annuì e bevve un sorso dalla bottiglia che Paps gli aveva passato.

"Lena incontrerà Maddox Butler domani," disse Mercer. "Cosa dovremmo fare riguardo alla richiesta di Calder?"

"È logico che lei lo ignori. Non ha alcun motivo per accettare di parlargli."

"Giusto. Quindi aspettiamo."

"Più o meno," mormorò Paps. Si alzò, guardò fuori dalla finestra della cucina e si grattò il mento. "Vai," disse.

"Come?"

"Torna in città."

Mercer non sapeva come rispondere. Non era da Paps prendere decisioni del genere, soprattutto con lui e Razor.

"Quando le cose si surriscalderanno, ti riporteremo qui. Nel frattempo, stai solo perdendo tempo."

Mercer avrebbe voluto ribattere, ma Paps non aveva torto. Non c'era niente che desiderasse di più che tornare da Quinn.

"L'ho visto."

"Cosa?" chiese Mercer.

"Hai sorriso."

"No. Te lo stai immaginando."

SE NEW YORK NON FOSSE STATA DALL'ALTRA PARTE DEL PAESE, Mercer avrebbe guidato la Ducati fino a lì. Invece, ne avrebbe comprata una quando fosse tornato. Guidarla a Manhattan sarebbe stato un vero tormento ma, una volta uscito dalla città, avrebbe trovato un sacco di strade secondarie da percorrere.

Non riuscì a dormire durante il volo, cosa insolita per lui. Le minacce, pur essendo comunque presenti, erano contenute quando volava, quindi di solito approfittava del tempo libero.

Quel giorno, però, l'ansia lo teneva sveglio. La vita di Quinn era stata abbastanza tranquilla mentre lui era via.

"È distratta," gli disse Tom, quando chiamò per riferirgli che lei era al sicuro nel suo appartamento.

Era colpa sua, ma non aveva bisogno di dirlo. Tom lo sapeva bene quanto lui. Era stato via per tre giorni, ma gli erano sembrati il doppio.

Aveva perso cinque ore di quella giornata, viaggiando da un fuso orario all'altro attraverso altri tre, ma era tornato a Manhattan ed era quasi arrivato all'appartamento.

Non aveva un piano, ma in qualche modo avrebbe visto Quinn quella sera, anche se avesse significato accamparsi nel corridoio per fingere di incontrarla per caso. Mercer si sentiva sempre meglio quando poteva vederla con i propri occhi, invece di affidarsi a qualcun altro per avere un resoconto.

uarto giorno. Dio, che agonia. Quinn era passata dall'aspettare con ansia il ritorno di Mercer alla certezza che, una volta tornato, lui non si sarebbe affatto ricordato di lei o del biglietto.

Non aveva ancora parlato di lui alle sue amiche. Se si fosse rivelato meno interessato a lei di quanto la sua immaginazione le aveva fatto credere, si sarebbe sentita umiliata e in imbarazzo.

L'altro problema era... come lo avrebbe descritto? Ovviamente Aine, Ava, Penelope e Tara le avrebbero chiesto prima di tutto che aspetto avesse, poi che lavoro facesse, chi conoscesse e chi lo conoscesse, cose che lei per lo più non sapeva.

Si era trasferito lì più di due mesi prima e le poche ricerche che aveva cercato di fare presso il Consiglio di amministrazione del condominio non avevano portato a nulla.

"Rispettiamo la privacy dei nostri residenti, signorina Sullivan. Lo sa bene," le aveva detto il giorno prima la signora Markham, quella più incline ai pettegolezzi.

Lei aveva insistito: "Sì, lo capisco, ma dato che vive al mio stesso piano, mi farebbe piacere saperne di più sul suo passato. Sono sicura che capisce la mia preoccupazione."

La signora Markham le aveva letteralmente dato una pacca sulla mano, poi si era sventolata il viso. "È un bel ragazzo, vero? E quel *fisico*. Oh, mio Dio."

"Non ci avevo fatto caso."

"Lei non l'aveva notato, e io ho festeggiato il mio trentesimo compleanno la settimana scorsa. Andiamo, non c'è da vergognarsi ad ammirare un uomo di bell'aspetto, mia cara. Provi a fare conoscenza, forse allora troverà la risposta alle sue domande."

La signora Markham doveva avere ottant'anni, o quasi, e Quinn pensò che avesse ragione. Il modo migliore per scoprire tutto quello che voleva sapere su quell'uomo era chiederglielo direttamente. Sperava di avere l'occasione di farlo.

❧ 9 ❧

MERCER

Mercer guardò dietro l'angolo, come faceva ogni volta che usciva dall'ascensore all'undicesimo piano, e lei era lì, appoggiata allo stipite della porta.

Non si concesse il tempo di riflettere. Lasciò cadere la borsa sul pavimento del corridoio e le si avvicinò a grandi passi.

"Ciao," mormorò Quinn un attimo prima che lui la stringesse a sé, trovasse le sue labbra con le proprie e le intrecciasse le dita tra i capelli.

"Ciao," rispose lui, staccandosi quel tanto che bastava per guardarla negli occhi prima di tornare a baciarla appassionatamente.

Appoggiando la fronte contro la sua, cercò di trovare un modo per spiegare quel comportamento impulsivo. "Quinn..."

Lei gli posò le dita sulle labbra. "Mi sei mancato, signor Mercer."

Lui sorrise. "Anche tu mi sei mancata, signorina Quinn."

"Solo Quinn."

Mercer rise, facendo scorrere il dito dall'attaccatura dei capelli lungo la guancia fino alla bocca. Le afferrò il viso e posò di nuovo la bocca sulla sua. Quante volte aveva sognato di baciarla, sentendosi ogni volta un traditore per averlo fatto? Ma ormai non poteva fermarsi. Quinn non era la sua pupilla, né una sua responsabilità, né una sua risorsa. In quegli ultimi diciotto mesi, lei gli era entrata nel cuore, dove lui aveva intenzione di tenerla per sempre, anche se avesse significato lasciare il K19.

Quinn lo prese per mano e lo condusse nel suo appartamento. "Aspetta," disse. "La tua borsa."

Avrebbe preferito lasciarla nel corridoio piuttosto che portarla nell'appartamento, ma entrambe le cose erano da irresponsabili.

"Dammi un minuto." Prima che lei potesse protestare, la baciò di nuovo. "Torno subito."

Mercer lasciò Quinn nell'atrio dell'appartamento, prese la borsa e girò l'angolo verso la porta di casa sua. Digitò il codice, scansionò l'impronta digitale ed entrò quando sentì il clic. Stava per posare la borsa sul pavimento quando fu pervaso da una strana sensazione. Non c'era nulla di insolito, nessun segno di effrazione, ma qualcosa non andava.

Se Razor fosse entrato nell'appartamento mentre lui era via, lo avrebbe saputo. Una battaglia infuriava dentro di lui. Ogni istinto gli diceva di controllare le riprese delle telecamere di sorveglianza, ma una bella donna lo stava aspettando; una donna insicura e cauta come lui, anche se per ragioni completamente diverse.

Tutto ciò era l'esempio perfetto di quanto fossero state pericolose e imprudenti le sue azioni in quell'ultima settimana e illustrava le conseguenze della sua incuria.

"Mercer?" Sentì la voce di Quinn fuori dalla porta.

Lasciò cadere la borsa che ancora teneva in mano, si voltò, uscì e chiuse la porta dietro di sé.

"Tutto bene?"

"Sì." Accompagnò Quinn fuori dal suo appartamento.

"Me lo diresti, se non fosse così?"

Mercer sorrise, cosa che lui stesso ammetteva di fare raramente, ma che con lei gli veniva molto naturale. "No."

"Cosa sta combinando, signor Mercer?"

"Al momento, ho intenzione di portare una bella donna fuori a cena."

Lei lo studiò, guardandolo prima negli occhi, poi squadrandolo dalla testa ai piedi.

"Dimmi cosa stai pensando, Quinn."

"Sto morendo di fame."

"Che ne dici di un ristorante indiano?" chiese lui.

"Ajento?"

Mercer riconobbe il nome del ristorante. Quinn ci cenava spesso con le sue quattro migliori amiche.

"Fammi... ehm... andare a cambiarmi."

Le fece cenno di andare avanti, poi chiuse la porta dietro di sé. "Vai," le disse quando lei rimase nell'atrio, come se stesse aspettando il permesso.

Lei fece un passo avanti. "Baciami di nuovo."

Invece delle labbra, Mercer le baciò la fronte e la fece girare in modo che fosse rivolta verso la camera da letto. Sorrise quando lei incrociò le braccia e sbuffò. "Vai, piccola. Sto morendo di fame."

Lei si allontanò, ma si voltò a guardarlo. "Preferisco "tesoro" a "piccola"."

Mercer scosse la testa ed entrò in cucina, dove trovò sia il biglietto che le aveva lasciato un paio di giorni prima, sia quello che aveva allegato alle rose. Eccole lì, tutte le prove di cui lei aveva bisogno per avere la certezza che era stato lui a mandarle i fiori per il compleanno. Si chiese cosa avesse provato quando aveva capito. Si era sentita a disagio? Si chiese anche che tipo di domande gli avrebbe fatto durante la cena.

Mentre lei si cambiava, Mercer mandò un messaggio a Razor, chiedendogli di controllare le riprese delle telecamere di sorveglianza dell'edificio, dell'undicesimo piano e dell'appartamento. Non aveva bisogno di spiegargli il motivo né di domandargli di controllare ogni singola stanza, né di chiedergli di controllare anche l'appartamento di Quinn, già che c'era.

"Prendiamo l'auto di lusso del tuo amico?" chiese lei una volta saliti sull'ascensore.

"Andiamo a piedi," rispose lui.

Quando l'ascensore si fermò, Mercer fece un passo avanti, appoggiò la schiena alla porta aperta e le fece cenno di precederlo.

"Tutto bene?" gli chiese di nuovo Quinn quando uscirono dall'edificio.

Lui annuì. "Sì, perché?"

"Non ti lasci sfuggire nulla, vero?" rifletté lei.

"Cosa intendi?"

"Sta evitando qualcuno, signor Mercer? Un'ex fidanzata che vive nel quartiere, forse?"

"Non essere sciocca," rispose lui, prendendole la mano e stringendola leggermente.

"O è così, oppure sei una spia in missione segreta."

"Ancora più assurdo." Si fermò al passaggio pedonale, le cinse le spalle con le braccia e le avvicinò la bocca all'orecchio. "Ha una fervida immaginazione, signorina Quinn."

Lei allungò una mano e gli baciò la guancia. "Il semaforo è verde," disse, tirandolo verso la strada.

Mercer si trattenne, però, aspettando che gli altri pedoni lasciassero il marciapiede, poi guardò a destra e a sinistra per controllare che non arrivassero auto.

Quinn fece una smorfia.

"Che cos'era?" chiese lui.

"Per un attimo sei stato molto paterno." Quinn rise mentre salivano sul marciapiede opposto.

"Ah sì? Beh, questo non lo è." La fece allontanare dal marciapiede affollato, all'interno dello stretto spazio di un edificio senza ascensore, e la baciò con passione.

"Ha funzionato," disse lei, facendo un respiro profondo. "Non ti vedrò mai più in quel modo."

Lui si chinò a sussurrarle all'orecchio. "Sai cosa mi fai, Quinn?"

"La stessa cosa che tu fai a me."

Quando la guidò lungo il marciapiede e per un altro mezzo isolato fino al ristorante, l'aroma gli fece brontolare lo stomaco. Altrimenti, sarebbe stato tentato di tornare all'appartamento.

. . .

"Sei mai stato in India?" gli chiese Quinn una volta seduti in fondo alla sala da pranzo, dove Mercer poteva vedere chiunque entrasse o uscisse.

"Sì."

"Io no. Anche se ho sempre desiderato andarci," disse lei, osservando il menu.

"Ti dispiace?" chiese lui quando il cameriere si avvicinò al tavolo.

Quinn posò il menu e vi appoggiò sopra le mani. "Niente affatto."

"Due Kingfishers." Mercer la guardò e lei annuì.

Procedette a ordinare quelli che sapeva essere i suoi piatti preferiti, aggiungendone alcuni dei suoi, e chiese di mantenere un livello medio di piccante.

"Perché penso che avresti chiesto un piccante extra, se non fossi stato con me?"

Extra piccante. Doveva proprio usare quelle parole? Il corpo di Mercer era già caldo per via della loro passeggiata costellata di baci. Invece di rispondere, allungò il braccio sul tavolo e le prese la mano.

"Raccontami della tua settimana."

"Beh," iniziò lei. "Ho risolto il mistero di chi mi ha mandato i fiori per il mio compleanno."

Mercer annuì. "Cos'altro?"

«Ho cercato di capire come facevi a saperlo."

"E?"

"Nessuna teoria. Anche se ho deciso di lasciar perdere."

"Perché?" Dio, si stava divertendo un mondo.

"Con così tanti misteri che circondano Mercer, ho pensato che non fosse importante come altri."

Lui le sfiorò il dorso della mano con le dita, poi la girò e le accarezzò lentamente il palmo. Sapeva che non avrebbe dovuto dirlo, ma lo fece comunque. "Se potessi farmi una domanda, quale sarebbe?"

"Il fatto è questo, signor Mercer. Come mai, senza conoscerla affatto, so che non ha alcuna intenzione di rispondere a nessuna delle mie domande?"

"Te ne concederò una."

"Uhm... mi piace. Una domanda e lei risponderà onestamente?"

"Nel limite delle mie possibilità."

"Me l'aspettavo."

Mercer si sentì circondare dalle fiamme. Ben presto sarebbe stato avvolto dal fuoco che lui stesso aveva appiccato. Aveva gettato il fiammifero quando le aveva regalato i fiori, aveva gettato legna secca sulle braci ardenti quando l'aveva baciata e ora stava inondando le loro vite con del liquido infiammabile. Si sporse in avanti e la guardò negli occhi. "Fai quella giusta, Quinn."

"Sei stato via per un paio di giorni. Dove sei andato?"

"Sulla costa occidentale. Per lavoro."

Il cameriere portò loro la birra, insieme a papadum con chutney di menta e coriandolo, samosa di verdure con chutney di imli e bhaji di cipolla croccanti.

"I miei preferiti," commentò Quinn. "Non avrò spazio per la cena, per non parlare del naan; è sempre il mio punto debole." Fece una pausa. "Quando ti ho chiesto dove sei stato, non era quella la mia domanda, comunque."

"Lo sapevo," ribatté lui, reggendo ogni vassoio affinché lei potesse servirsi.

"Certo che lo sapevi, signor Mercer. C'è qualcosa che non sai di me?" Quinn sorrise. "Non rispondere."

Dopo che lei ebbe assaggiato un po' di ogni antipasto, Mercer si servì.

"Raccontami qualcosa della tua settimana," disse, aspettando che lei iniziasse a mangiare prima di farlo lui.

Lei intinse il papadum nel chutney di imli. "Lunedì ho un colloquio di lavoro."

Mercer portò alla bocca un pezzetto di bhaji e chiuse gli occhi mentre lo masticava.

"È il migliore, vero?" chiese Quinn.

"Questo posto? Sì. Uno dei miei preferiti fuori dall'India."

Quinn lo studiò. "Cosa diresti se ti chiedessi di portarmi in India?"

"Sì."

"Semplicemente così?"

Mercer bevve un sorso di birra e la guardò dritto negli occhi. Lei lo fissava senza respirare.

"Ti porterò ovunque, Quinn."

Lei sorrise e le sue guance arrossirono, forse per il cibo piccante, ma più probabilmente per l'intensità di quella conversazione.

"Chi sei?" mormorò lei.

"Chi pensi che sia?"

Quinn ci pensò su un attimo. "Non ne ho idea."

"Questo ti spaventa?"

"Dovrebbe?"

"Rispondi alla domanda, Quinn."

Lei posò la forchetta sul piatto, la spostò di lato, appoggiò gli avambracci sul bordo del tavolo e incrociò le mani. "No, Mercer. Niente di te mi spaventa. Quindi te lo chiedo di nuovo. Dovrebbe?"

"Fidati del tuo istinto."

Quinn aprì le mani e le tenne aperte sul tavolo, e lui vi appoggiò sopra i palmi. "Non ho più fame," gli disse.

"Io sì."

Quinn cercò di ritirare le mani da sotto le sue, ma lui le tenne strette.

"Non di cibo," specificò Mercer, gettando benzina sul fuoco che stava divampando tra loro.

"Allora di cosa?"

Chiamò il cameriere. "Ci impacchetti il resto del nostro ordine, per favore."

"Mercer?"

"Non preoccuparti, Quinn. Ci prenderemo il nostro tempo e vedremo come andrà a finire questa cosa tra noi."

Lei arrossì e distolse lo sguardo.

"Va bene?"

"Sì," rispose Quinn, poi si alzò. "Scusami."

"Certo," disse lui, alzandosi a sua volta.

· · ·

Mercer aveva ricevuto il via libera venti minuti prima. Se Razor si fosse preoccupato riguardo alla presenza di qualcuno nel suo appartamento, lo avrebbe detto. L'assenza di ulteriori allarmi significava che non aveva trovato nulla, anche se ciò non tranquillizzava Mercer. Fidarsi del proprio istinto, come aveva detto a Quinn, lo aveva tenuto in vita.

"Pronta?" le chiese quando lei tornò al tavolo.

Quando Quinn annuì, lui le mise la mano libera sulla vita e la condusse alla porta d'ingresso.

"Hai bisogno di aiuto?" gli chiese lei, guardando la borsa sovraccarica che lui teneva nell'altra mano.

Mercer sorrise. "Ce la faccio."

Lui non aveva fretta, e nemmeno Quinn. Quando le chiese di nuovo del colloquio di lavoro che aveva in programma, lei gli raccontò tutto quello che già sapeva sul team di conservazione storica. Mercer amava il suo entusiasmo, vederla tanto animata. Non c'era dubbio che avrebbe ottenuto il lavoro, ma sapere che ci avrebbe messo tutta quella passione lo riempiva di orgoglio.

Non aveva idea di cosa sarebbe successo tra loro una volta arrivati al suo appartamento, ma qualunque cosa succedesse, non sarebbe stata frutto di un suo piano.

In quel momento, non la stava sorvegliando né stava cercando di rendere sicura la sua vita a sua insaputa. Era invece un uomo talmente attratto da una donna da non riuscire a pensare ad altro che a stringerla tra le braccia.

Quando l'ascensore raggiunse il loro piano, Quinn esitò. Mercer le posò una mano sulla schiena e la guidò verso la porta.

Lei si fermò e si appoggiò alla parete fuori dall'appartamento. "Ti prego, Signor Mercer, dimmi che entrerai."

"Sì, entro."

Lei sospirò. "E resterai?"

Mercer posò la busta con il cibo indiano sul pavimento accanto ai piedi e si chinò, intrappolandola tra il proprio corpo e il muro. Prima le baciò la fronte, poi entrambe le palpebre, le guance e la punta del naso. "Con calma, tesoro. È così che andrà."

Quando la sua bocca si posò su quella di lei, Quinn ansimò e si aprì a lui. Mercer le accarezzò il viso e approfondì il bacio, mantenendolo delicato e assaporando la sensazione della lingua che accarezzava la sua.

Sentì Quinn allungare il braccio e digitare il codice sulla tastiera della porta. Quando avvertì il clic di apertura, la fece entrare e la intrappolò di nuovo, questa volta tra la parete dell'atrio e il proprio corpo.

"Potrei baciarti per ore," mormorò, staccandosi per guardarla negli occhi velati.

"Vorrei che lo facessi," sussurrò lei.

"Invitami a entrare."

Quinn sorrise. "Sei già dentro."

"Più dentro."

Quinn si infilò sotto il suo braccio e gli fece cenno con la mano. "Entri, signor Mercer."

"Con grande piacere."

La seguì in cucina, dove aprì la confezione del cibo indiano sul bancone.

"La parte migliore è che sarà molto più buono più tardi," disse lei, annusando il pollo tandoori che lui aveva ordinato.

"Sei sicura di non avere fame adesso?" le chiese.

"Non di cibo," ribatté lei, ripetendo quello che lui aveva detto al ristorante, poi lo prese per mano e lo condusse fuori dalla cucina nel soggiorno, che assomigliava molto al suo.

Le pareti finestrate offrivano una vista sulle luci vivaci della città, mozzafiato subito dopo il tramonto. Su un lato c'era un pianoforte che, come lui sapeva, Quinn suonava bene, e bellissime opere d'arte adornavano le pareti. L'unica cosa che non vide furono le foto. Anche se sapeva che non ce n'erano, la cosa lo colse comunque di sorpresa. Non c'era nemmeno una foto della sua tribù di cinque persone.

Neanche Mercer aveva foto nel suo appartamento, ma era diverso. Non era casa sua e, anche se lo fosse stata, non sarebbe stato nel suo stile. Aveva foto digitali delle persone che contavano, come Quinn, che poteva guardare quando ne aveva voglia.

Quell'assenza di propri ricordi fotografici non lo infastidiva, ma quella di lei sì.

"A cosa stai pensando?" gli chiese lei, trascinandolo verso il divano di fronte alla vista sulla città.

Mercer si sedette il più vicino possibile e le mise un braccio intorno alle spalle. "A te."

"Pensi spesso a me?" gli chiese.

"Sì." Più di quanto lei potesse immaginare.

"Anch'io penso a te."

Rimasero seduti in silenzio, toccandosi ma senza parlare, accarezzandosi ma senza baciarsi. Quinn gli passò la mano sul petto, poi fece scivolare le dita lungo l'avambraccio. Quando le spostò sulla coscia, lui le bloccò la mano con la sua.

"Attenta, tesoro," la avvertì.

Lei arrossì e cercò di ritrarsi, ma lui la tenne stretta.

Mercer non riusciva a individuare il giorno o l'ora esatti in cui aveva iniziato a vedere Quinn come una donna piuttosto che come un'adolescente. Non aveva sentito la terra girare sul proprio asse né aveva avvertito il bisogno di analizzare quel cambiamento. Era successo lentamente, in modo naturale, esattamente come sarebbero andate le cose tra loro.

L'enormità della responsabilità che sentiva per ogni aspetto della vita di quella donna era sempre presente, ma non soffocante. Era semplicemente così. Nessuno poteva conoscerla come la conosceva lui, e per quanto alcuni potessero trovare inquietante questo fatto, Quinn diceva che non la spaventava. Non che lei ne conoscesse la portata.

"Mercer?"

"Sì?"

"È tutto a posto, vero? Anche tu lo pensi, giusto?"

"Non va solo bene, tesoro. È perfetto. Non andare alla ricerca di qualcosa di negativo che non c'è."

Lei gli appoggiò la testa sulla spalla e sospirò. "È quello che fanno le persone, no? Se qualcosa sembra troppo perfetto, dubitano che sia autentico."

Lui annuì. "Qualunque cosa debba succedere tra noi, succederà. Fidati del tuo istinto." Era la seconda volta, o forse anche la terza, che le ripeteva quelle parole, ma non c'era niente di più importante che potesse dirle. Voleva che Quinn si fidasse di lui e, dato che lo conosceva appena, lei poteva contare solo sul proprio istinto.

"Sono preoccupata per qualcosa, ma non è questo," esordì lei.

Quando Quinn non continuò, lui la face girare in modo che fosse rivolta verso di lui. "Dimmi cosa ti turba, tesoro."

"Non so dove sia mia madre."

Se c'era una cosa che poteva creare imbarazzo tra loro, era proprio quell'argomento. Mercer avrebbe ascoltato, ma non avrebbe potuto commentare. Se lei si fosse fidata del proprio istinto, come lui continuava a insistere che dovesse fare, avrebbe percepito il suo disagio.

"Non le parlo da maggio, quando è venuta qui per la mia laurea."

Mercer la guardò negli occhi, concentrandosi esclusivamente su come lei si sentiva riguardo all'assenza di sua madre, piuttosto che su quello che lui sapeva al riguardo.

"Non siamo mai state molto vicine..."

"Nessuna foto." Si guardò intorno, commentando quello che già sapeva.

"No."

"Perché no?"

Lei rifletté a lungo prima di rispondere, e lui aspettò, senza alcuna fretta.

"Non so bene come dirlo..."

Mercer inclinò la testa.

"Tu conosci già la risposta, vero?" gli chiese lei dopo un attimo.

"No."

"Sono sempre stata sola," disse Quinn dopo aver fatto un respiro profondo. "Vedere delle foto in cui non ci sono mi sembra una bugia."

Non era mai stata sola, e forse un giorno lui sarebbe stato in grado di dirglielo. Mercer prese il telefono e fece qualcosa di talmente insolito per lui che scoppiò a ridere. La strinse a sé e scattò una foto di loro due insieme.

"Fammi vedere," disse lei, allungando la mano verso il suo braccio.

Senza guardare, lui le porse il telefono.

"Wow. Credo che sia la foto più bella che abbia mai visto di me stessa." Quinn ridacchiò. "È una bella foto anche per te."

Mercer girò il telefono per poterla guardare. Aveva ragione, era una foto fantastica di Quinn. Era comunque fotogenica, ma in quella foto sembrava felice, e purtroppo era una cosa rara.

"Me la mandi?"

Mercer scosse la testa.

Quinn si allontanò da lui, ma non abbastanza da non toccarlo più. "Perché no?"

"Presto avrai la prova che non è una bugia, tesoro."

"Prego che non lo sia," sussurrò lei, appoggiando di nuovo la testa contro di lui.

Era quasi mezzanotte quando lo stomaco di Mercer brontolò. Aveva mangiato pochissimo a cena e, prima di allora, non ricordava quand'era stata l'ultima volta che aveva mangiato. Fece un respiro profondo, non volendo disturbarla.

"Te ne vai, vero?"

Lui scosse la testa, si alzò e le tese la mano, ma Quinn incrociò le braccia sul petto e mise il broncio.

"Va bene, se è così che vuoi giocare," la stuzzicò, incrociando anche lui le braccia e dirigendosi verso la cucina. "Non posso prometterti che ti lascerò molto da mangiare."

Quinn balzò giù dal divano, corse nel corridoio ed entrò nella cucina dall'altra entrata. "Oh, no, non lo farai. Quel pollo Makhani è *mio*."

Mercer scosse la testa e ridacchiò.

"Cosa?"

La attirò a sé. "Mi piace vederti felice, Quinn."

Il sorriso scomparve dal suo viso. "Come fai a capire la differenza?"

"Perché la conosco." Le afferrò il viso con una mano e la baciò.

Quando gli passò la lingua sul labbro inferiore, Quinn mormorò: "Mmm, piccante," assaporando il papadum che lui aveva appena mangiato.

Mercer si avvicinò ancora di più, premendo l'erezione contro di lei, poi si ricordò di averle detto che avrebbero preso le cose con calma.

Quando si allontanò, lei sospirò e lui le pizzicò il naso.

"Ho fame," brontolò.

"Di cibo," ribatté lei, e lui annuì. "Anch'io."

Riscaldarono gli avanzi e si sedettero al tavolo della cucina, chiacchierando tranquillamente di cose senza importanza. Quinn parlava più di lui, ma Mercer dubitava che la situazione sarebbe mai cambiata.

Non voleva percorrere il corridoio e girare l'angolo per raggiungere l'altro appartamento, ma doveva farlo. Erano quasi le due del mattino e, se non se ne fosse andato subito, sapeva che sarebbe finito nel letto di Quinn, sepolto a fondo dentro di lei.

"So che sembra sciocco…"

"Continua," disse Mercer quando lei si morse il labbro inferiore.

"Questa è stata una delle serate più belle della mia vita."

"Anche per me, tesoro."

QUANDO MERCER VARCÒ LA SOGLIA DELL'APPARTAMENTO, SI sentì di nuovo a disagio. Guardò le stesse registrazioni della sorveglianza che aveva visto Razor e, come il suo partner, non vide nulla. Nessuno era entrato nell'appartamento, nessuno era salito a quel piano e nessuno era andato nell'appartamento di Quinn. L'unica spiegazione logica era che quella sensazione di inquietudine non aveva nulla a che fare con le pareti che lo circondavano, ma proveniva invece da qualcosa dentro di lui.

Alzò le spalle, desiderando di potersi scrollare di dosso il brivido che gli faceva rizzare i capelli sulla nuca.

Prima di darle il bacio della buonanotte, Mercer aveva inserito il proprio numero di cellulare nel telefono di Quinn e le aveva chiesto di chiamarlo al mattino, quando fosse stata pronta per il loro appuntamento a colazione. Lei si era strofinata la pancia e gli aveva detto che non riusciva a immaginare di poter avere di nuovo fame per giorni.

"Allora un caffè," aveva detto lui, e lei aveva sorriso.

"Mi lascerò portare ovunque, signor Mercer, o forse dovrei dire in ogni luogo? Colazione, caffè, India."

Chiuse gli occhi, ricordando quanto fosse stato bello sentire il corpo di lei accanto al suo. Era proprio come aveva sognato che fosse. C'era stata una remota possibilità che la Quinn che pensava di conoscere non fosse la versione autentica di lei, che la realtà non potesse competere con la fantasia. Semmai, era più divertente, più intelligente, più dolce e persino più bella di quanto avesse immaginato.

Sarebbe stato facile restare con lei quella notte, e lei glielo avrebbe permesso. Ma non era quello che voleva. Non con Quinn.

Il cellulare vibrò per un messaggio di Paps, che lo informava che non c'erano notizie significative dalla California e gli diceva di godersi il fine settimana.

Se fosse riuscito a scrollarsi di dosso quell'angoscia, avrebbe fatto proprio questo. Ma era nervoso, e nemmeno una notte di sonno decente avrebbe potuto cambiare la situazione.

QUINN

Quinn era al settimo cielo. Per anni aveva ascoltato le sue amiche, in particolare Tara, parlare di come si erano "innamorate" di qualche ragazzo che avevano appena conosciuto. Ma ora le capiva.

Non riusciva a pensare ad altro che a Mercer. Voleva stare con lui continuamente e odiava il fatto che se ne fosse andato la notte precedente, anche se capiva il motivo per cui l'aveva fatto.

Quello che non capiva era perché riponesse tanta fiducia in lui. Era come se, nel profondo, sapesse di potersi fidare di lui non solo per i suoi sogni, ma anche per i suoi incubi.

Gli mandò un messaggio, dicendogli che era sveglia e pronta per fare colazione quando voleva. Guardò se comparivano i tre puntini in movimento che indicavano che lui stava rispondendo, ma non apparve nulla. Qualche minuto dopo, sentì bussare alla porta.

La aprì e si appoggiò allo stipite. "Pensavo che avessi cambiato idea."

"Invitami a entrare," ribatté lui.

Lei si spostò di lato e gli fece cenno di entrare.

"Prima tu," disse Mercer, mettendole una mano sulla schiena. La guidò attraverso l'atrio fino al soggiorno, dove rimasero in piedi a guardare il panorama mattutino della città.

"So che è difficile per te fidarti di me," esordì, fermandosi per metterle le mani sulla vita e girarla verso di sé. "Potrà sembrarti difficile da credere, ma non ti abbandonerò, Quinn. Potrei dover viaggiare, fa parte del mio lavoro, ma quando lo farò cercherò di avvisarti con il maggior anticipo possibile."

"Perché mi stai dicendo queste cose?" sussurrò lei, con le lacrime agli occhi.

"Perché non voglio che tu sprechi tempo ed energie a preoccuparti. Sono qui e non ho intenzione di andare da nessuna parte. Come ti ho detto, se dovessi farlo, te lo dirò."

"Devi pensare..."

Mercer le posò un dito sulle labbra. Era la prima volta che non aspettava che lei finisse la frase, e ciò la sconcertò.

"Non decidere cosa penso io. Concentrati su cosa pensi tu, su cosa provi."

Lei annuì e alzò le mani, appoggiandole sul suo petto duro come la roccia, poi le spostò sulle spalle e infine sul viso. "Mi piace quando mi baci in questo modo, Mercer."

Gli tenne le guance tra i palmi, si sollevò e gli sfiorò le labbra con le sue. Quando anche Mercer le accarezzò il viso e inclinò la testa, Quinn sentì le ginocchia cedere. La mano di lui le afferrò il sedere e la strinse a sé. Non era ancora abbastanza vicino.

Quinn si lasciò allontanare dalla finestra e spingere contro il muro che divideva il soggiorno dalla cucina. Quando inclinò istintivamente il bacino, sentì l'erezione premere contro di sé e gemette.

Mercer le fece scivolare la mano sotto la maglietta e dentro la coppa del reggiseno, circondando con le dita il capezzolo turgido.

Contemporaneamente, fece scivolare le labbra dalle sue giù lungo il collo. Con entrambe le mani, le sollevò la maglietta sopra la testa e la gettò di lato. Guardandola negli occhi, le slacciò il reggiseno rosa di pizzo, glielo sfilò dalle spalle e lo gettò dove era finita la maglietta.

Mercer giocherellò con il capezzolo destro tra le dita, mentre copriva quello sinistro con la bocca. Quinn gli intrecciò le dita tra i capelli, tirandoli mentre lui le leccava la pelle sensibile. Era persa in lui e ogni parte del suo corpo pulsava di desiderio. Poi Mercer passò all'altro capezzolo, facendole scorrere la lingua sulla pelle.

Quinn si irrigidì, rendendosi improvvisamente conto di non avere idea di cosa sarebbe successo dopo. Mercer si alzò e la guardò negli occhi.

"Perché ti sei fermato?" piagnucolò, coprendosi il seno con i palmi delle mani.

Lui le tenne i polsi tra le mani e li allontanò. "Lasciati guardare."

Le guance di Quinn si infiammarono. Chiuse gli occhi e si rannicchiò il più possibile, per quanto le mani di Mercer glielo permettessero.

"Apri gli occhi, Quinn."

Lei lo guardò con gli occhi socchiusi. "Mi sento imbarazzata. Non ho mai... Si potrebbe pensare... ma..."

"Sei così bella," mormorò lui, facendo scorrere lo sguardo dai suoi occhi ai seni scoperti, soffermandosi prima di tornare alle labbra. "Ieri sera ti ho detto che potrei baciarti per ore. Potrei passare lo stesso tempo a guardarti, tesoro."

"Tu non capisci..."

Di nuovo lui aspettò e, quando lei non riuscì a continuare, fece un respiro profondo.

"Ecco cosa capisco. Adoro il fatto che nessun altro ti abbia vista in questo modo. Adoro il fatto che nessun'altra bocca sia stata dove è stata la mia. Ti ho detto che faremo con calma, il che significa che presterò attenzione a tutto quello che mi dirai, sia con gli occhi" – si fermò per baciarle entrambe le palpebre – "sia con la bocca" – le baciò dolcemente le labbra – "che con qualsiasi altra parte del corpo." Fece scorrere la lingua fino a lambire ciascun capezzolo, poi si inginocchiò davanti a lei, appoggiandole la guancia sulla pancia. Le mise le mani sui glutei e la strinse a sé. "Non provare vergogna o imbarazzo con me, Quinn."

"Chi sei?" sussurrò lei. "Come fai a conoscermi così bene? Dio, ma è tutto vero?"

"Ti sembra reale?" chiese Mercer tracciandole dei cerchi intorno all'ombelico con la lingua.

"Sì," gemette lei.

Quando lui si rialzò, riportando le labbra al punto di partenza, lei intuì che stava per fermarsi. Mercer le prese il viso tra le mani e la baciò con passione. Non fu un bacio veloce. Si attardò, ricoprendola di baci con la lingua, esplorando la sua bocca nello stesso modo in cui aveva esplorato il corpo.

"Ho voglia di pollo e waffle," le sussurrò all'orecchio.

Lei spalancò gli occhi. "*Cos'hai detto?*"

"La colazione, tesoro." Mercer prese il suo reggiseno e le fece scivolare le spalline lungo le braccia, poi le passò dietro per allacciarlo, una volta sistemate le coppe. "Stai ferma," le disse quando lei cercò di prendere la maglietta. "Lascia fare a me."

Gliela fece passare sopra la testa. Quando lei infilò le braccia nelle maniche, lui le tirò giù il tessuto di cotone fino alla vita.

"Mercer?"

"Sì?"

"Ho fatto qualcosa di sbagliato?"

"Mai. Lasciati andare, Quinn. Capirai cosa è giusto."

Lei si lasciò condurre fuori dall'appartamento, verso l'ascensore, giù nell'atrio e fuori, nel caldo opprimente della città.

Mercer non smise mai di toccarla, che fossero le sue dita sulla schiena o la mano che stringeva la sua. Ogni volta che si fermavano a un incrocio, lui le metteva un braccio intorno alle spalle e la stringeva a sé, baciandole la fronte o le labbra.

Non lasciava mai il marciapiede per primo, ma aspettava che la folla di persone li superasse, poi guardava, prima di condurla dall'altra parte della strada.

Mentre camminavano, ogni tanto lei intravedeva il loro riflesso nelle vetrine che superavano. La maglietta che lui indossava quel giorno era un altro modello con scollo a V, ma bianca invece che nera. I pantaloncini erano a righe bianche e azzurre e indossava scarpe senza calzini. Le sue gambe erano incredibilmente muscolose, come il resto del corpo.

Era tutto sicuro, eppure molto pericoloso. Si prendeva cura di lei, la rassicurava, la amava, e sembrava troppo bello per essere vero.

Come potevano provare un legame così forte? Non aveva senso, ma poi lui le aveva detto di non cercare qualcosa di negativo, di lasciarsi andare alle emozioni, così avrebbe capito cosa era giusto. Lui era estremamente giusto.

Quando arrivarono al Sarge's Diner dovettero aspettare, ma solo per poco. Non parlarono mentre stavano fermi vicino all'ingresso, lontani dal marciapiede affollato. Mercer appoggiò la schiena al muro freddo dell'edificio e la strinse a sé. Le sue mani si posarono appena sopra la vita dei pantaloncini e lei gli infilò le dita sotto la maglietta. Lo sentì ansimare, adorando il fatto che l'effetto che aveva su di lui fosse così evidente.

Sporgendosi in avanti, Quinn gli baciò la pelle, proprio sopra il colletto della maglietta, dove poteva vedere i contorni di un tatuaggio sul petto, ma non abbastanza da capire cosa fosse. Le braccia e le gambe erano prive di tatuaggi, il che alimentò la sua curiosità su quello che teneva nascosto.

"Attenta, tesoro," la avvertì lui, come aveva fatto la notte precedente quando lei gli aveva appoggiato la mano sulla coscia.

Il cicalino nella tasca suonò, avvisandoli che il loro tavolo era pronto. Non riusciva a decidere se esserne felice, perché era proprio affamata, o delusa perché non poteva più appoggiarsi a lui e sentire il suo corpo sfiorare il proprio.

Quando furono seduti in fondo alla sala, Mercer si sedette accanto a lei sul lato del separé rivolto verso l'ingresso.

"Benvenuto," sorrise lei.

"Mi piace sentirti accanto a me."

Quinn studiò il menu, anche se sapeva già cosa voleva. "Merda," disse sottovoce quando alzò lo sguardo nello stesso momento in cui la porta d'ingresso si apriva.

Anche Mercer alzò lo sguardo, ma non disse nulla.

Le quattro migliori amiche di Quinn erano ferme appena oltre la porta d'ingresso. Penelope era davanti e Tara, Aine e Ava erano dietro di lei. Nessuna di loro l'aveva ancora notata, ma non ci sarebbe voluto molto prima che lo facessero, dato che era proprio sulla loro linea visiva. Desiderò di essersi seduta con le spalle alla porta.

Non che si vergognasse di stare con Mercer, lui era praticamente una divinità. Ma non era ancora pronta a condividerlo.

Lo sguardo di Mercer si spostò sulla porta d'ingresso e poi di nuovo su di lei, ma lui continuò a non dire niente.

"Le mie amiche..." Quinn non sapeva cosa dire. Quel suo modo di non finire le frasi era piacevole a volte, ma in altri casi, come in quel momento, Mercer avrebbe preferito che lo facesse.

Non si era mai resa conto di quanto spesso le terminassero le quattro donne con cui trascorreva la maggior parte del tempo. Quante volte lei era rimasta senza parole su un argomento, finché una di loro non aveva detto quello che lei non riusciva a formulare?

Tara la notò per prima, salutando con la mano Penelope, che era immersa in una conversazione con la padrona di casa. Quinn la vide voltarsi e parlare con le gemelle, poi farsi strada tra la folla all'ingresso e camminare verso di loro, con Aine e Ava al seguito.

"Ciao," disse Tara, passando lo sguardo da lei a Mercer.

"Ehi," rispose Quinn.

"Ecco perché non siamo riuscite a contattarti stamattina." Ava sorrise. "Te l'avevo detto che aveva qualcosa in mente," disse ad Aine.

Tara si sporse sul tavolo e presentò se stessa e le altre tre, dato che Penelope le aveva appena raggiunte.

"Io sono Mercer," disse lui, stringendo la mano a ciascuna di loro mentre si facevano da parte per permettere alle altre di guardarlo bene.

Quinn sapeva che i loro occhi erano puntati su di lei, ma non riusciva a guardare nessuna di loro.

Alla fine, Aine spinse via le altre tre e si sedette di fronte a loro. "Allora. Ci stai tenendo sulle spine, eh?"

Quinn alzò lo sguardo, temendo quello che avrebbe visto sul volto di Aine, e si sentì immediatamente sollevata quando vide il sorriso dell'amica.

"Anch'io ti terrei nascosto," aggiunse, facendo l'occhiolino a Mercer.

"Come vi siete conosciuti?" chiese Ava.

Ora inizierà l'interrogatorio, pensò Quinn. Le infinite domande su chi fosse lui e cosa facesse.

"Vive nel palazzo di Quinn. Al suo stesso piano, se non sbaglio," rispose Aine al posto suo.

Quinn annuì, guardando negli occhi l'amica sorridente. Non vi scorse alcun giudizio, solo affetto.

"Bene, allora," disse Aine alzandosi. "Vi lasciamo fare colazione e ci vediamo più tardi. Ok?"

Quinn annuì, stupita come le altre dall'insolita autorità di Aine, mentre le accompagnava verso il banco della reception.

"Quelle erano... Beh, immagino che tu sappia chi sono, dato che si sono presentate. Sono le mie quattro migliori amiche, che probabilmente ora usciranno per parlare di noi."

"Perché non sanno nulla di me."

Non era una domanda, ma lei rispose come se lo fosse. "Non ero ancora pronta a condividerti. Spero che tu non sia... sai, che io non abbia ferito i tuoi sentimenti."

"Non condividendomi? Mai, tesoro."

Quinn guardò Mercer negli occhi, meravigliandosi del modo in cui lui l'accettava così com'era, prendendo le cose nel modo migliore possibile invece che nel peggiore.

Lei non aveva mai avuto una relazione vera e propria prima di allora, a differenza di tutte e quattro le sue amiche, ma nessuno dei ragazzi con cui erano uscite era come lui.

"Non mi vergogno di te," disse, ma subito dopo si pentì di averlo fatto. "Non mi è uscita bene. Mi dispiace."

"Non ho mai pensato che ti vergognassi." Mercer fece un cenno con la testa alla cameriera che si avvicinava. "Cosa ti va di mangiare stamattina?"

"Pollo e cialde. Oh, e del tè."

"Posso?" chiese lui, e Quinn annuì.

"Due porzioni di pollo e cialde, extra croccanti, un tè, un caffè e dell'acqua, per favore."

"Cialde croccanti? Pollo croccante?" chiese la cameriera.

"Entrambi, per favore," rispose lui.

Probabilmente non era poi così insolito che a qualcuno piacessero il pollo o le cialde croccanti, giusto? O forse, ancora una volta, lui aveva intuito le sue preferenze?

"Burro extra e sciroppo caldo," aggiunse.

La cameriera gli sorrise, ma chi non l'avrebbe fatto, con quegli occhi calorosi e il viso quasi infantile sotto la barba incolta, che lo faceva sembrare forte come il suo corpo, piuttosto che trasandato.

"Chi sei?" mormorò di nuovo Quinn.

Quando la cameriera si allontanò, Mercer si avvicinò e le sussurrò all'orecchio: "Fidati, tesoro. Fidati di me."

Quinn sentì gli occhi velarsi e il respiro mozzarsi per il calore puro di quelle parole. "Mi fido," si sentì dire, anche se non era sua intenzione.

"Ti va di passare il pomeriggio con le tue amiche?"

"Ehm, no. Cioè, se tu hai altro da fare. Ovviamente hai altro da fare. Quindi sì, certo. Posso restare qui dopo colazione, se devi andare," balbettò Quinn.

"No, grazie."

"Aspetta. Cosa?"

Mercer sorrise. "Ho detto no, grazie. Non voglio che tu rimanga qui, se io me ne vado."

"Perché no?" Anche in quel caso, detto ad alta voce suonava molto peggio di quanto lei intendesse.

"Perché sarà più facile per loro imparare a conoscermi, se passiamo del tempo insieme."

"Oh. Ok." A Quinn girava la testa. *Chi era* quel ragazzo e come faceva a essere *così* perfetto?

"Fidati," mormorò lui, quasi troppo piano perché lei potesse sentirlo.

❧ 11 ❧
MERCER

Vedere Quinn con le sue amiche non era una novità per lui, ma osservare il modo in cui rispondeva alla loro reazione nei suoi confronti era affascinante. Mercer notò il suo nervosismo, poi lo vide svanire. Le sue amiche erano educate, non gli facevano domande dirette, ma parlavano della città e delle loro vite, per vedere cosa avrebbe aggiunto lui.

Si recarono al mercato contadino di Union Square, poi si fermarono in una gastronomia italiana per comprare qualcosa da mangiare per dopo. Di tanto in tanto, lui si allontanava, dando loro il tempo di parlare senza che lui ascoltasse. Dopo pochi minuti, Quinn andava a cercarlo e lui sorrideva.

Per quanto desiderasse che fosse diverso, l'insicurezza di Quinn era prevedibile, dato il modo in cui era cresciuta. Mercer non poteva fare nulla per cambiare le circostanze della sua vita fino a quel momento, ma poteva certamente aiutarla a costruirsi la fiducia che una donna brillante e bella come lei avrebbe dovuto possedere.

Si scusò quando passarono davanti alla sua enoteca preferita e fu felice quando si offrirono di aspettarlo fuori. Mentre esaminava gli scaffali di vini rari, con la coda dell'occhio riusciva a vedere dove si trovavano le cinque donne. La loro conversazione era animata e, di tanto in tanto, una di loro si riparava gli occhi dal bagliore e sbirciava nella vetrina, anche se lui sapeva che non potevano vederlo.

Le amiche stavano sicuramente torchiando Quinn ma, dopo aver trascorso così tanto tempo con loro quel giorno, Mercer era sicuro che lei fosse in grado di gestire l'interrogatorio. Lui sapeva sicuramente molto sulle quattro ragazze, praticamente tutto, ma il dettaglio più importante era che erano tutte ferocemente protettive l'una nei confronti dell'altra.

Si erano conosciute in collegio e poi avevano frequentato insieme la Barnard. Alcune di loro avevano avuto un'infanzia più difficile di quella di Quinn, ma questo perché, senza che lo sapesse, lei era stata protetta dalle persone che avrebbero potuto distruggerla.

Era cresciuta credendo di essere sola al mondo, ad eccezione dei nonni e della madre, che erano stati assenti dalla sua vita molto più di quanto fossero stati presenti. La percezione di isolamento non era quella che lei credeva, ma non poteva ancora rendersene conto, se mai lo avrebbe fatto.

"Questo fine settimana organizzeremo una piccola riunione a casa di mio padre a Fire Island," disse Penelope quando lui li raggiunse fuori. "Ci farebbe molto piacere se tu e Quinn veniste. C'è molto spazio e una dependance sul retro della casa principale."

Non aveva bisogno di guardarla per capire che Quinn era entusiasta. "Sembra fantastico," rispose.

"Oh, bene." Penelope tirò un sospiro di sollievo; a quanto pareva, si era aspettata che lui rifiutasse.

"Potete partire stasera o domani mattina, come preferite," gli disse.

"Domani sarebbe meglio, credo," rispose Quinn quando lui la guardò.

Mercer raccolse le borse della spesa che aveva lasciato sul marciapiede e aspettò.

"Pronto?" gli chiese lei e lui annuì, senza sapere bene cosa avrebbero fatto dopo; comunque, non importava, era felice di fare qualsiasi cosa lei desiderasse.

BEN PRESTO LE RAGAZZE SI SALUTARONO E LUI MISE DI NUOVO giù le borse mentre, una dopo l'altra, lo abbracciavano e gli dicevano quanto fosse stato bello conoscere "il nuovo ragazzo di Quinn." Lei arrossì a quelle parole e lui le fece l'occhiolino, spingendola ad abbassare lo sguardo e sorridere.

"Aspetta, dov'è il tuo vino?" chiese Ava. "Non hai trovato niente?"

Mercer rispose che glielo avrebbero consegnato e indicò le borse della spesa come spiegazione.

"Beh, vi auguro una cena *fantastica* o *qualcosa* del genere," disse Aine, baciandolo sulla guancia. "Sei perfetto per lei," sussurrò.

"COME STAI?" CHIESE QUINN QUANDO SI TROVARONO A PIÙ DI un isolato di distanza dalle sue amiche.

"Bene. E tu?"

Lei scosse le mani, come se cercasse di togliersi qualcosa. "Un fascio di nervi."

Mercer sorrise. "Piaccio alle tue amiche."

"No, non è vero. Ti *adorano*."

Lui sorrise di nuovo e la strinse a sé con il braccio libero.

"Allora... quando torniamo..."

"Cosa ti piacerebbe fare, tesoro?"

"A me? Insomma, a me non importa, ma sono sicura che tu avrai delle cose... ehm, sai... da fare."

Mercer si fermò a mezzo isolato di distanza dal loro palazzo. "Se c'è qualcosa che devo fare, te lo dirò." Sperava che non suonasse come un rimprovero, ma era ora di essere più diretto.

"Ok. Mi dispiace," mormorò lei. "È solo che non ho mai..."

Mercer le bloccò le parole con le labbra. "Non capisci quanto desidero stare con te?" le chiese dopo averla baciata appassionatamente. "*Fidati*, Quinn."

"Ma..."

Mercer aspettò. L'aveva già interrotta una volta. Questa volta avrebbe aspettato di sentire cosa avrebbe detto.

"Non ho molto da fare nella vita in questo momento e mi sento... noiosa. Insomma, tu sei stato in India, giusto? Chissà in quanti altri posti? Io non ho viaggiato da nessuna parte. Sono andata a scuola, ho degli amici, ma questo è tutto. Quello che vedi è quello che avrai."

Mercer la squadrò dall'alto in basso. "Adoro quello che vedo, tesoro. Sei affascinante. Sei intelligente, divertente, bella e mi rendi felice." Inoltre, in un solo giorno lo aveva fatto parlare più di quanto avesse fatto in quell'ultima settimana.

"Davvero?" chiese lei, sorridendo a sua volta.

Lui la strinse di nuovo a sé e la baciò sulla fronte. "Sì, davvero. Ora torniamo al tuo appartamento e decidiamo cosa vogliamo fare stasera."

❧ 12 ❧

QUINN

Parlarono della possibilità di andare a vedere uno spettacolo di Shakespeare al parco, ma alla fine decisero di rimanere a casa e preparare la cena insieme. Avevano molto cibo da consumare, tra quello che avevano comprato al negozio di gastronomia e al mercato contadino, soprattutto perché la mattina seguente sarebbero partiti per Fire Island.

Quinn fu sul punto di chiedergli almeno dieci volte se era sicuro di voler andare, ma si trattenne, sapendo che Mercer le avrebbe detto di nuovo di fidarsi di lui.

"Accendi il telefono," le disse mentre preparava un vassoio di antipasti.

Lei prese il cellulare: non si era accorta che era spento. "Perché?"

"Perché ti chiameranno, quando arriva il vino."

"Oh." Quando lo aveva comprato, lui doveva avere già capito che sarebbero tornati a casa sua. Quando alzò lo sguardo, lui la stava osservando. "Sì, lo so," disse prima che lui potesse parlare. *"Fidati."*

. . .

DOPO AVERE MANGIATO E BEVUTO IL VINO CHE ERA ARRIVATO, si sedettero in salotto e si addormentarono abbracciati sul divano. Quinn si svegliò prima di Mercer e lo osservò mentre dormiva.

I suoi lineamenti sembravano scolpiti nella pietra. E il corpo? *Dio*, non avrebbe saputo da dove cominciare. Se solo avesse potuto infilare le mani sotto la camicia e dare un'occhiata al tatuaggio che, come sapeva, gli copriva tutto il petto. La sua mente vagò, immaginando come sarebbe stato senza vestiti. Chiuse gli occhi e rabbrividì al pensiero.

"Provo la stessa cosa per te," disse lui, facendola sobbalzare.

"Mi hai spaventata."

Dopo averla spostata in modo che lei restasse in piedi, Mercer si sdraiò sul divano.

"Cosa c'è?" chiese lei quando lui la tirò verso di sé.

"Vieni qui e sdraiati sopra di me."

"Non capisco bene cosa mi stai chiedendo di fare."

"Dammi le tue mani," disse lui. Quando lei lo fece, lui le sostenne le braccia. "Ora metti il ginocchio destro lì." Le fece cenno con la testa di appoggiarlo nello spazio libero vicino al suo fianco. "Ok, ora metti il ginocchio sinistro dall'altra parte."

Quinn fece come le aveva chiesto, tenendo il corpo sollevato dal suo e sostenendosi con le mani. Quando lui le lasciò andare le mani, lei cadde su di lui, prima con un sussulto, poi ridacchiando. "L'hai fatto apposta."

"Certo che sì." Le avvolse le braccia intorno alla vita in modo che i loro corpi fossero a contatto e lei potesse sentire l'erezione.

"Non mi sembra una cosa lenta, signor Mercer."

Lui spostò le mani dalla vita alle guance. "Guardami." I loro volti erano così vicini che i nasi quasi si toccavano. "Se c'è qualcosa che ti mette a disagio, basta che tu lo dica."

"Lo so." Quinn cercò di distogliere lo sguardo, ma lui non glielo permise.

"Non ti metterò fretta, ma non smetterò nemmeno di portare avanti questa cosa tra noi. Ci prenderemo il nostro tempo, e non è qualcosa che si può misurare. Dipende da come ci sentiamo entrambi, da quello che entrambi desideriamo."

Quinn si sentì avvampare in viso. "Va bene."

Lui sorrise. "Come ti senti, Quinn?"

"Onestamente?"

"Sempre."

"Vorrei che non ci fossero vestiti tra noi."

Gemendo, lui le afferrò il sedere con una mano mentre con l'altra le accarezzava i capelli.

Quinn sospirò e gli appoggiò la testa sul petto.

"Non sono gli ormoni, tesoro. È reale ed è giusto, purché lo vogliamo entrambi."

"Non mi sono mai sentita così prima d'ora, ma soprattutto non mi sono mai avvicinata così tanto a nessuno. Sono sicura che lo sai già."

Mercer le passò la lingua sul labbro inferiore, poi lo mordicchiò. "Baciami," disse. Le mise le dita sul mento e le sollevò il viso per guardarla. "Avanti, tesoro. Come vuoi tu."

Quinn cedette e lo baciò come aveva immaginato di farlo mentre lo guardava dormire, passandogli la lingua sulle labbra, poi all'interno quando lui aprì la bocca per accoglierla. Si premette con forza contro di lui, poi si rilassò e diventò lenta e delicata.

Fece scorrere la lingua lungo il collo e sopra il punto in cui sapeva che iniziava il tatuaggio. "Voglio che ti togli la maglietta. Aspetta, ti sto facendo male?" chiese quando lui gemette.

"Oh, sì."

"Vuoi che mi fermi?"

"Mai."

"Non voglio aspettare," sussurrò lei, facendo scivolare il corpo lungo quello di lui.

Quando infilò le mani sotto la maglietta, lui se la sfilò dalla testa e la gettò sul pavimento.

Quinn fece scorrere lo sguardo sul tatuaggio sul petto, studiando i dettagli delle due ali che si estendevano dallo sterno. Con la lingua, tracciò il contorno di quella sinistra dal basso, dove le estremità di ogni piuma erano frastagliate, fino alla parte superiore liscia e fluida. Quando ebbe finito, iniziò dalla parte superiore dell'ala destra, fino a quando non ebbe tracciato il contorno di entrambe.

"Mercer?"

"Sì, tesoro?" Lui gemette di nuovo, come se non potesse permettersi di respirare.

"Cosa significa il tuo tatuaggio? Sono ali d'angelo?"

La sua lingua tornò a tracciare ogni linea, questa volta sul complesso disegno all'interno dell'ala, ma Mercer non rispose.

Quinn si fermò e alzò lo sguardo, accorgendosi che lui stava facendo una smorfia. "Stai bene?"

Mercer fece tre o quattro respiri profondi e le posò le mani sui fianchi, attirandola ancora di più a sé. "Sai cosa mi stai facendo?"

Lo sapeva. Lo sentiva così duro che quasi le faceva male il punto in cui il suo corpo premeva contro di lui.

Si girò e si appoggiò tra lui e lo schienale del divano. Tracciò il disegno sul petto con le dita nello stesso modo in cui lo aveva fatto con le labbra. "Dimmi cosa significa, Mercer."

❧ 13 ❧
MERCER

Mercer trasse un respiro profondo. La domanda poteva essere quella a cui aveva promesso di rispondere onestamente: era molto profonda.

Si era fatto il tatuaggio poco dopo che Doc era stato dichiarato morto, quando aveva saputo che, per il resto della vita, sarebbe stato lui il protettore di Quinn. Era quello il significato delle ali per lui: era un protettore degli altri ma, soprattutto, quello di lei.

Non era qualcosa su cui poteva essere superficiale, né poteva darle una risposta che non fosse onesta. Non sapendo cos'altro fare, si sedette, appoggiò i piedi sul pavimento e si prese la testa tra le mani.

"Se è troppo personale, capisco," disse Quinn da dietro di lui.

"Non è questo."

Lei gli girò intorno e andò in cucina.

"Vieni qui," disse Mercer, seguendola, ma lei si allontanò quando cercò di metterle una mano sul braccio.

"A volte è difficile ricordare che in realtà non ci conosciamo," affermò Quinn. "Mi sembra che tu mi conosca così bene, e anch'io vorrei conoscerti. Mi dispiace di essere stata invadente. Non lo farò più."

"Quinn..." Ogni volta che lui cercava di avvicinarsi, lei si allontanava.

"Penso che dovremmo chiudere qui la serata," disse lei, voltandosi a guardare fuori dalla finestra.

"Sei sicura?"

Quinn annuì.

Mercer sapeva di aver ferito i suoi sentimenti, ma non era pronto a raccontarle la storia che c'era dietro al tatuaggio, il che significava che non aveva modo di placare il suo disagio.

"A che ora vorresti partire domani mattina?" le chiese.

"È stato carino da parte di Penelope invitarci, ma..."

"Preferiresti non andare... Anzi, preferiresti che io non venissi."

Lei alzò le spalle e lui annuì. Quinn stava ricostruendo il muro intorno a sé, ritirandosi in un luogo dove non era così vulnerabile, con le sue quattro migliori amiche. Lui non aveva altra scelta che lasciarla fare.

"Buonanotte, Mercer," disse lei, tenendogli aperta la porta.

"Non volevo ferirti." Cercò di accarezzarle la guancia con un dito, ma lei indietreggiò.

"Nessuno vuole mai farlo," la sentì dire, prima che chiudesse la porta dietro di lui.

. . .

UNA VOLTA NEL SUO APPARTAMENTO, MERCER RIFLETTÉ A lungo su quello che stava facendo.

La sua prima mossa, regalarle dei fiori per il compleanno, aveva aperto una porta che non avrebbe mai dovuto toccare. Baciarla era stata la seconda, e lasciarle un biglietto dicendole che sarebbe andato fuori città era stato il suo terzo errore.

In quegli ultimi mesi, da quando aveva ricevuto la notizia della morte di Doc, aveva fatto del proprio meglio per ignorare la profonda attrazione che provava per la donna che aveva il compito di proteggere. All'inizio aveva cercato di convincersi che lei era troppo giovane per lui, ma non era vero. Era una donna di ventun anni, non una bambina o un'adolescente. Non era possibile reprimere sentimenti così forti, e la reazione viscerale di Quinn lo aveva solo incoraggiato.

Lei non era un burattino che poteva manipolare, però, e a volte era proprio quello che gli sembrava di fare. Le nascondeva dei segreti, e non c'era modo di aggirare questo fatto. Una volta scoperto com'era iniziata la loro "relazione," si sarebbe sentita tradita. Confessarle tutto subito non era un'opzione praticabile.

Se lei fosse andata a Fire Island, Mercer si sarebbe dimesso dal suo ruolo di scorta e avrebbe chiamato qualcun altro della squadra K19. Era l'unico modo per poter continuare. Per il momento, non poteva essere lui a guidare la sorveglianza.

"Ho bisogno di rinforzi," disse quando chiamò Razor.

L'altro scoppiò a ridere. "Davvero? Skipper ti sta dando sui nervi?"

Per lui non era uno scherzo.

"Ehi, ti capisco, ok?" disse Razor, interpretando il suo silenzio. "Non è come innamorarsi della fonte, e sicuramente non è come innamorarsi dell'obiettivo, ma innamorarsi dell'informatore a volte può sembrare altrettanto sbagliato."

Razor aveva ragione. Aveva fallito la missione, aveva deluso la squadra, l'agente, Doc e se stesso. Aveva infranto tutte le regole, tranne quella di andare a letto con lei, e quella sera ci era andato dannatamente vicino. Se un dipendente avesse fatto quello che aveva fatto lui, sarebbe stato licenziato.

Mercer fece un respiro profondo. "Ho capito. Ho combinato un casino. L'unica soluzione è affidare la sua protezione a qualcun altro. In modo permanente."

"Sei troppo duro con te stesso, Ottantotto."

"Doc ha scelto me. Si è fidato di me per proteggerla, non perché mi innamorassi di lei."

"Non esserne tanto sicuro," disse Razor.

"Cosa significa?" chiese Mercer.

"La storia ha un modo interessante di ripetersi."

Non era dell'umore giusto per gli enigmi, né in quel momento né mai. Era il tipo di persona che diceva quello che pensava, a meno che non potesse dire nulla.

Razor parlò di nuovo prima che lui potesse farlo. "Ci vediamo da Paddy Murphy tra quindici minuti."

Mercer non poteva rifiutare. Erano più fratelli che soci. Lui, Paps, Razor e Doc avevano attraversato l'inferno insieme. Se uno chiedeva all'altro di incontrarsi, dire di no non era un'opzione.

AVEVANO QUASI FINITO IL SECONDO GIRO DI BIRRE E RAZOR stava per dirgli cosa aveva inteso dire prima, riguardo al fatto che la storia si ripeteva. Invece, si mise a ridere

"Chi è assegnato a chi?"

"Merda," disse Mercer, seguendo lo sguardo di Razor: Quinn stava entrando dalla porta girevole.

"Almeno tu eri già qui prima. *Aspetta. Merda.*"

L'unica opzione era che uno dei due cercasse di svignarsela prima che lei li vedesse. Non ci sarebbe stato modo di spiegare perché Mercer stesse bevendo una birra con l'amministratore delegato del gruppo di conservazione storica per cui lei avrebbe lavorato.

"Io o tu?" chiese Razor.

"Tu."

"Come immaginavo." Razor si girò il cappellino da baseball e riuscì a uscire dalla porta senza che Quinn lo notasse, soprattutto perché lei teneva gli occhi incollati su Mercer mentre si avvicinava al bancone.

✣ 14 ✣

QUINN

Q uinn sentì la porta di Mercer, poi l'ascensore, che si chiudevano: cose che non aveva mai notato prima.

Aveva sperato che lui bussasse alla sua porta e si rifiutasse di lasciarla allontanare. Invece, aveva agito da adulto. Se n'era andato quando lei glielo aveva chiesto e non era tornato.

Dove sei? Stai andando sull'isola? scrisse ad Aine.

No. Domani. Adesso vado al Paddy Murphy's per un paio di drink con la tribù.

Ci vediamo lì.

E il tuo appuntamento galante?

È finito rapidamente.

Mi dispiace, tesoro. Ci vediamo presto.

Il Paddy Murphy's era uno dei locali preferiti dalla tribù, specialmente da lei. A differenza di altri bar, sembrava esserci una regola non scritta secondo la quale se una donna non mostrava interesse per prima, gli uomini la lasciavano in pace. Se un uomo non seguiva quella regola, veniva rapidamente accompagnato alla porta. Dato il suo stato d'animo, avrebbe apprezzato non doversi preoccupare che qualcuno ci provasse con lei.

QUANDO ENTRÒ, I SUOI OCCHI ANDARONO SUBITO ALL'UOMO seduto al bancone. "Ti chiederei cosa ci fai qui, ma immagino che questo posto sia più nel tuo stile che nel mio."

Mercer alzò il bicchiere. "Ti offro una birra?"

"Certo." Quinn si sedette sullo sgabello accanto a lui e notò il bicchiere vuoto che lui aveva allontanato. "Ti sto disturbando?"

"No. Ho bevuto una birra con un amico, poi se n'è andato. Cosa ti va?"

"Una Harp, per favore."

Il barista chiese a Quinn di mostrare un documento quando Mercer fece l'ordine, così lei lo tirò fuori dalla borsa e glielo porse. L'uomo lo guardò, poi si voltò e suonò un campanello che si trovava dietro di lui.

"Mi dispiace," si scusò lei. "È una cosa irlandese. Il cognome Sullivan fa suonare il campanello ogni volta."

Mercer annuì e osservò il barista sorridere e posare un boccale ghiacciato davanti a lei.

"Grazie per la birra." Quinn indicò un tavolo vuoto. "Devo incontrare delle amiche. Ci vediamo, signor Mercer."

Lui le posò una mano sul braccio. "Mi dispiace per prima, Quinn. Non ero pronto a parlare del mio tatuaggio. Non era una questione personale. Ho solo gestito male la situazione."

"Sono io a essere dispiaciuta."

"Che succede? Non mi aspettavo di trovarvi qui insieme," disse Aine, mettendosi tra loro.

"Una coincidenza," rispose Quinn indicando con un cenno del capo il tavolo libero. "Arrivo subito."

"Capito. È stato un piacere rivederti, Mercer," disse Aine prima di allontanarsi.

"Allora, come ho detto, mi dispiace. Non avrei dovuto ficcare il naso."

Quando lui allungò la mano e le sistemò i capelli dietro l'orecchio, lei si appoggiò alla sua mano e chiuse gli occhi. Lui le sfiorò le labbra con le sue, e fu come essere in paradiso.

Quinn sospirò quando lui si staccò. "Poi ho peggiorato le cose."

Mercer scosse la testa e sorrise. "Stavi reagendo al mio comportamento, tesoro. Sono io quello che ha ferito i tuoi sentimenti."

"Mi dispiace, ma devo andare... Ho detto ad Aine che ci saremmo incontrate qui."

"Capisco."

"Te ne vai?"

Mercer alzò il bicchiere quasi vuoto.

"Barista?" chiamò lei prima che lui potesse rispondere. "Vorrei offrire un altro giro a questo signore."

Mercer sorrise. "Credo di no, e grazie."

"Mi concedi un attimo?"

. . .

QUANDO SI VOLTÒ A GUARDARE DI NUOVO, LO SGABELLO DI Mercer era vuoto, ma c'era un sottobicchiere sulla sua birra, quindi doveva essersi solo allontanato. Quinn odiava il panico momentaneo che aveva provato quando aveva alzato lo sguardo e non lo aveva visto.

Non si sentiva se stessa quando si trattava di lui, e ciò la faceva arrabbiare. Era una donna adulta, laureata alla Barnard e membro della banda dei cinque, che non *piagnucolava* mai. Ed era proprio quello che stava facendo. Mercer faceva sì che ogni sua terminazione nervosa si mettesse in allerta e, per quel motivo, lei reagiva nei suoi confronti come la ragazza innocente che era. *Ma ora non più.* Non si sarebbe mai scusata per la propria mancanza di esperienza, non che lui glielo stesse chiedendo. Era stata lei a mettersi in quella posizione di insicurezza, e ora se ne sarebbe tirata fuori. Volse le spalle al bar, raddrizzò le spalle e guardò Aine, che la stava studiando.

"Non voglio nemmeno chiedere," disse.

"Non voglio essere quel tipo di ragazza."

Aine annuì e aspettò che Quinn continuasse.

"Sono come un cucciolo appiccicoso e lo detesto. Pendo dalle sue labbra. Non voglio stare lontana da lui nemmeno per un minuto, perché ho tanta paura che non torni più."

"A proposito di tornare, sta venendo da questa parte."

Quinn si voltò sulla sedia e aspettò che lui si avvicinasse al loro tavolo.

"Posso parlarti un attimo?" le chiese lui.

Quinn stava per dirgli che poteva dirle qualsiasi cosa davanti ad Aine, ma la sua amica aveva lasciato il tavolo e si era diretta verso il bagno delle donne. Tirò indietro la sedia accanto a sé e lui si sedette.

"Devo lasciare la città. Non pensavo di dover ripartire così presto."

"Non c'è problema. Ci vediamo quando torni, Mercer." Le ci volle un enorme sforzo per trattenersi dal chiedergli quando sarebbe successo.

"Non devo partire prima di domani mattina."

Era a un bivio. Avrebbe fatto come aveva deciso e avrebbe smesso di piagnucolare, oppure lo avrebbe invitato a casa? Fece un respiro profondo e si morse il labbro prima di parlare. Mercer, ovviamente, aspettò.

"Ho altri impegni, pensavo che avremmo abbreviato la serata."

Lui annuì e lei avrebbe giurato di aver intravisto un sorriso.

"Brava ragazza," disse Mercer, chinandosi per baciarle la fronte prima di alzarsi.

Lei stava per rimproverarlo per quella condiscendenza, ma si trattenne dal farlo. Non c'era bisogno di passare da un estremo all'altro.

"Mi accompagni alla porta?"

Come poteva dire di no senza sembrare una stronza totale? "Certo." Sospirò.

Lui le prese la mano quando si alzò e lo accompagnò fuori.

"Ti contatterò appena possibile," disse lui, e lei annuì. "Quinn?"

Rifiutò di incrociare il suo sguardo, finché lui non le posò le dita sul mento.

"Non so cosa vuoi che ti dica, Mercer."

Invece di rispondere, lui si chinò in avanti e la baciò. Ogni grammo di determinazione che lei pensava di avere svanì quando la lingua di Mercer accarezzò la sua. Gli mise le braccia intorno al collo mentre lui le cingeva la vita.

"Non posso," disse lei, allontanandosi.

"Cosa non puoi?"

"Cambiare i miei piani con Aine e tornare a casa con te."

"Non te lo chiederei."

"Oh." Avrebbe voluto prendersi a calci e sapeva di avere il viso in fiamme per l'imbarazzo.

Mercer le accarezzò la guancia con il palmo. "Lo desidero davvero, Quinn, ma non me lo aspetto. Tu conosci la differenza."

Lei cercò di allontanarsi, ma lui la tenne stretta.

"Non voglio sentirmi così."

Lui sorrise. "Come?"

"Non fare l'ottuso." Quinn provò di nuovo a divincolarsi dalla sua presa, ma lui non glielo permise. "All'improvviso, non sai più cosa provo, mentre prima lo sapevi sempre."

Lui le baciò di nuovo la fronte, la lasciò andare, poi la afferrò prima che potesse inciampare all'indietro. "Mi farò sentire," disse prima di voltarsi e andarsene, lasciando Quinn pronta a urlare e a corrergli dietro. Invece, tornò dentro al bar.

"CHE STRONZATA," DISSE, LASCIANDOSI CADERE SULLA SEDIA, con la voglia di strapparsi i capelli. "Ehi, Pen," disse, non essendosi accorta che la sua amica era arrivata.

"Da quanto tempo lo frequenti?" chiese Penelope.

"Non sto uscendo con lui." Scoppiò a ridere alla vista dell'espressione sui volti di Pen e Aine. "Non saprei. Un paio di giorni."

"Uh-uh."

"Cosa?"

"Senza offesa, Quinn," esordì Aine. "Ma è bello vederti così."

"Mi prendi in giro? *Bello?* Non c'è assolutamente nulla di bello in quello che provo."

"Innamorarsi è sempre bello," ribatté Pen.

"*Non* mi sto innamorando."

Aine le diede una pacca sulla mano. "Hai ragione. Ti sei già innamorata. Ormai ci sei dentro."

Quinn le fulminò con lo sguardo, desiderando di poter cancellare i sorrisi dai loro volti con il dorso della mano. "Non è divertente."

"Cosa non lo è?" chiese Ava, avvicinandosi al tavolo.

"Quinn è innamorata," rispose Aine.

Ava batté le mani. "Oh, *che bello*."

"Ava invece no," aggiunse Aine.

"Possiamo passare una serata senza parlare di uomini?" le implorò Ava.

Penelope scoppiò per prima a ridere, poi Aine fece lo stesso. Ben presto anche Quinn e Ava stavano ridendo. Fu così che Tara le trovò: piegate in due, con le lacrime che scorrevano sul viso.

"Cosa c'è di così divertente?" chiese.

"Stasera non parleremo di uomini," disse Pen tra una risata e l'altra. Rideva così forte da restare senza fiato.

Tara guardò Quinn e alzò gli occhi al cielo. "Di solito sei tu quella sensibile."

"Quei giorni sono finiti," disse Aine. "È innamorata di Mercer."

"Vorrei che la smettessi di ripeterlo," disse Quinn, asciugandosi le lacrime. "Non sono innamorata di lui."

"Sì, certo," disse Tara. "Chi è pronta per qualche shot?"

Quando tutte e quattro alzarono la mano, Tara andò al bar a ordinarli.

❧ 15 ❧

MERCER

"Fai con comodo. Non vado da nessuna parte," disse a Quinn quando lei lo lasciò solo al bar, cercando di ignorare il telefono che vibrava nella tasca della giacca.

Mercer mise il sottobicchiere sopra la birra e andò alla toilette degli uomini. Una volta dentro, controllò il telefono, aspettandosi di vedere un messaggio su dove si trovava Quinn. Invece, ce n'era uno da parte di Paps.

Ho bisogno che torni.

Stasera?

Domani. Mi dispiace.

PROPRIO COME PAPS SAPEVA CHE ERA MEGLIO NON SCUSARSI, Mercer sapeva che era meglio non rispondere. Era la vita che avevano scelto e quando c'era bisogno di loro, c'erano sempre.

Anche se non aveva previsto il comportamento di Quinn, era contento di vederlo. Lei non era mai stata lo zerbino di nessuno e lui non voleva che lo fosse per lui. Quella grinta lo eccitava; scosse la testa e sorrise. Per un attimo aveva pensato che lei volesse picchiarlo, quando lui l'aveva definita una brava ragazza. A volte gli ricordava Doc. Soprattutto il loro senso dell'umorismo, quando lei lo lasciava trasparire. Quinn poteva anche assomigliare fisicamente alla madre, ma secondo Mercer non era affatto come Lena.

"Ehi, Ottantotto," rispose Paps quando lo chiamò.

"Cos'è successo?"

"Calder si è presentato al ristorante dove Barbie stava cenando con Maddox."

Mercer odiava il modo in cui Paps tirava per le lunghe le cose. "E allora?"

"Nient'altro da segnalare, anche se Butler lo ha invitato a passare la notte al ranch."

Mercer restò a bocca aperta. "*Cosa?* Mi stai prendendo in giro?"

"Fortunatamente, è successo qualcosa tra Maddox e Alex, e Calder se n'è andato di sua spontanea volontà."

Mercer inclinò la testa. "Perché Maddox avrebbe dovuto fare quell'offerta?"

"Calder ha fatto finta di non avere un posto dove stare. Non so che pretesto abbia fornito. A un certo punto, ho pensato che lo facesse per vedere se Alex lo avrebbe invitato a casa sua."

"Questo avrebbe risolto il nostro problema," disse Mercer.

"In che senso?"

"Maddox Butler lo avrebbe ucciso."

Paps rise, ma sapeva bene, come lo sapeva Mercer, che non c'era nulla di divertente nel fatto che quel bastardo fosse tornato negli Stati Uniti.

Sapevano che Calder alloggiava in una delle dependance della Tablas Creek Winery. La proprietà era stata messa in vendita e ben presto sarebbe stata acquistata dalla Calder Wines, quindi diedero per scontato che i proprietari attuali gli avessero permesso di soggiornarvi nel frattempo.

"Barbie è fuori di sé."

Non era una sorpresa, ma il suo stato d'animo rendeva le cose più difficili per Paps. Non poteva tenerla a freno senza compromettere la sua copertura di protezione, se lei fosse andata fuori controllo.

Il fatto che un uomo che l'aveva picchiata a sangue fino al punto di portarla quasi alla morte si presentasse dove si trovava lei doveva terrorizzarla. Lui lo capiva, così come capiva la necessità di portarla via dalla California il prima possibile.

D'altra parte, se fosse scomparsa all'improvviso, come previsto, come avrebbe reagito Calder?

Mercer avrebbe preferito che tra loro accadesse qualcosa di abbastanza grave da far sì che quel pezzo di merda si prendesse il merito di averla costretta ad andarsene.

"Le ha detto qualcos'altro riguardo al fatto di incontrarsi?" chiese Mercer.

"Non ne ha avuto l'occasione, anche se sembrava che stesse cercando di rimanere solo con lei."

"Vuole quel terreno."

Paps annuì. "Ne sono sicuro. La prima volta che l'ha contattata è stato poco dopo che Wendt ha fatto in modo che fosse tolto dal mercato."

"Perché lo vuole così tanto? Ci deve essere qualcosa sotto."

"Non lo so, ma il mio istinto mi dice che, di qualunque cosa si tratti, dovremmo cercare di scoprirla prima di lui."

Mercer non era d'accordo e lo disse. Forse, una volta trovato quello che cercava, Calder se ne sarebbe andato dagli Stati Uniti o avrebbe fatto qualcosa che avrebbe permesso loro di arrestarlo.

"Hai ragione. Potrebbe essere più utile," disse Paps. "Ci vediamo domani, Ottantotto."

Mercer chiuse la telefonata, andò in cucina e aprì la bottiglia di vino che si trovava sul bancone. Era uno dei suoi preferiti, un Butler Ranch Vin 22 Syrah del 2015. Lo aveva bevuto così tante volte da conoscerlo alla perfezione. Il terreno del vigneto 22 era ricco di calcare e quindi produceva delle uve che mantenevano una buona acidità durante tutta la stagione di crescita.

Grazie a Doc, Mercer aveva appreso che Maddox aveva iniziato a sperimentare quel particolare vigneto diversi anni prima, diraspando e pigiando l'uva direttamente in nuove botti di rovere francese, utilizzando le doghe di legno legate per fermentare e invecchiare il succo.

Il risultato era un vino corposo, dal colore vivace e con aromi di prugne mature e frutti di bosco. La sua ricchezza al palato e i sapori di frutta nera, insieme alla struttura solida e ai tannini setosi, garantivano un finale lungo e delizioso.

Pensò a Quinn, desiderando di poterlo condividere con lei, ma era ancora troppo presto. Come tante altre cose, non poteva ancora parlarle dell'azienda vinicola della sua famiglia.

Dato che nel suo appartamento aveva ben poco vino che non provenisse dal Butler Ranch, aveva dovuto fermarsi a fare scorta di diverse etichette.

Paps e Razor erano degli intenditori di birra artigianale, ma lui e Doc avevano sempre preferito il vino. Mercer aveva imparato molto sulle complessità della degustazione, mentre viaggiavano insieme per il mondo. Seduti sul limitare di un vigneto toscano con la brezza sul viso, mentre una *signorina* portava loro un bicchiere dopo l'altro, avevano goduto di un breve sollievo dagli orrori che affrontavano quasi quotidianamente nel loro lavoro.

Una volta Doc gli aveva detto che la sua famiglia pensava che lui non fosse molto interessato al ranch o alla cantina. Si sbagliavano. Non era così, ma il fatto era che sapeva di avere una vocazione diversa.

"Un giorno, Maddox sarà considerato uno dei più grandi produttori di vino di tutti i tempi," gli aveva detto Doc. "E per Naughton, è come se il succo dell'uva gli scorresse nelle vene al posto del sangue."

Quello che Naughton non sapeva ancora era che Doc aveva raggiunto un accordo con i suoi genitori che lo rendeva l'erede del Butler Ranch.

Il padre Laird era figlio unico quindi, quando i suoi genitori erano morti, il ranch era passato a lui. Avendo sette fratelli, Doc temeva che, alla morte dei genitori, ci sarebbero state controversie sulla proprietà. Per lui, la possibilità che Naughton se ne andasse rappresentava una vera e propria tragedia. Aveva detto a Mercer che avrebbe fatto di tutto per impedire che accadesse.

La sua soluzione era stata quella di lasciare dei soldi, equivalenti alla loro quota del ranch, in un fondo fiduciario da versare a ciascuno dei fratelli il giorno in cui Naughton si fosse sposato.

Per quanto riguardava l'azienda vinicola, c'erano altri soldi in un fondo fiduciario, sufficienti per acquistare le quote di qualsiasi fratello o sorella che volesse vendere la propria partecipazione nell'azienda di famiglia. Altrimenti, sarebbero stati considerati soci silenziosi, ciascuno dei quali avrebbe guadagnato una quota dei profitti generati, come facevano al momento.

Ciò che Doc aveva fatto garantiva a Naughton e alla sua futura moglie, chiunque essa fosse, di vivere nella casa principale del ranch e crescere la loro famiglia sulla terra tramandata dai nonni.

A Naughton erano stati donati anche duecento acri di terra di proprietà di Doc, che un tempo erano appartenuti ai genitori di Lena. Li aveva ceduti, metà a Maddox e metà a Naughton, prima di partire per la sua ultima missione.

Aveva parlato a Naughton della proprietà, aveva persino passeggiato con lui tra i vigneti e lo aveva informato della clausola in base alla quale Maddox sarebbe venuto a sapere della propria eredità. Anche Mercer ne era a conoscenza e, sebbene non capisse la logica di Doc, non spettava a lui mettere in discussione le sue motivazioni, ma semplicemente eseguire i desideri del suo ex capo.

Dopo aver finito il vino nel bicchiere ed essersi versato quello che restava nella bottiglia, Mercer rifletté sulla complessità di quello che Doc aveva lasciato.

Maddox sarebbe stato il terzo dei fratelli a ricevere una lettera scritta a mano da Doc. Per coincidenza, il fratello più giovane, Brodie, aveva ricevuto la sua e si era fidanzato con Peyton Wolf lo stesso giorno in cui Quinn aveva compiuto ventun anni.

L'unico motivo per cui lo sapeva era perché era stato lui a organizzare la consegna della lettera e della scatola da parte di Paps a Brodie, che le aveva inavvertitamente lasciate in Argentina.

Poco più di un mese prima, avevano temuto che Brodie fosse rimasto ucciso in un incidente aereo con un piccolo velivolo in Argentina. Maddox e Naughton, entrambi piloti di elicotteri, si erano offerti volontari per aiutare la squadra di ricerca. Non sapevano di essere stati aiutati da due soci in affari del loro fratello maggiore. Era stato Paps a localizzare il luogo dell'incidente, ma lui e Razor avevano fatto un passo indietro quando la ricerca si era trasformata in una missione di recupero.

Ora, non solo Brodie era fidanzato, ma Peyton era incinta del loro bambino.

Una delle sorelle di Doc, Skye, aveva ricevuto la sua lettera poco dopo la morte di Doc. Tuttavia, quello che suo fratello aveva fatto per lei era avvenuto molto prima di quella missione finale. Alcuni anni prima, Doc aveva fatto in modo che Skye incontrasse l'uomo che era diventato suo marito, Mac Campbell.

Come per il resto delle lettere che erano state consegnate o erano in attesa di esserlo, Mercer non sapeva cosa Doc avesse scritto alla sorella.

Si massaggiò il petto, chiedendosi se gli angeli esistessero davvero. Se Doc era morto, li stava proteggendo? Se sì, cosa avrebbe pensato della sua relazione nascente con Quinn?

Rabbrividì a quel pensiero. Poche persone erano riuscite a intimidirlo, ma Doc c'era riuscito sicuramente, e odiava pensare che lui non avrebbe approvato il fatto che si fosse innamorato di lei.

Il telefono vibrò e lui guardò lo schermo. Il messaggio diceva che Quinn era entrata nell'edificio con le sue quattro amiche. Vinnie aggiungeva inoltre che sembrava che avessero consumato più del loro fabbisogno di alcol, ma che non avevano lasciato il Paddy Murphy's fino a pochi minuti prima, quando Tom le aveva fatte salire sul suo taxi e le aveva portate lì.

L'uomo era sembrato esitante a guidare un grande minivan giallo, ma ben presto aveva capito il motivo per cui il K19 aveva insistito per quello, piuttosto che per una berlina. Tom aveva accompagnato a casa la tribù di cinque persone più notti di quante ne potesse contare.

Mercer ascoltò l'ascensore, ma non riuscì a distinguere gran parte delle cose che stavano dicendo nel corridoio. Sentì la porta di Quinn aprirsi e aspettò il rumore della porta che si chiudeva. Invece, sentì bussare alla sua nello stesso momento in cui un messaggio di Quinn appariva sul suo telefono.

Sei sveglio?

Sì, rispose lui.

Era già alla porta quando arrivò il messaggio successivo. *Possiamo parlare?*

"Ciao," disse Quinn quando lui aprì la porta.

"Ciao."

"Hai ricevuto il mio messaggio?"

Mercer annuì. "Sì."

"E allora?"

Esitò per un attimo, valutando rapidamente nella mente in che stato si trovava il suo appartamento. Dopo essersi assicurato che tutto fosse nascosto, si fece da parte e le fece cenno di entrare.

"Non volevo che partissi senza salutarmi." Gli occhi di Quinn si riempirono di lacrime e lui la abbracciò.

"Tornerò il prima possibile," le sussurrò.

Lei si avvicinò e lo baciò, con molta più passione di quanto lui si aspettasse. Quando le sue mani scivolarono sotto la camicia, lei premette il proprio corpo contro il suo.

"Ehi, un attimo," disse lui, facendo un passo indietro.

Non appena vide l'espressione sul volto di Quinn, la baciò di nuovo, più lentamente, più dolcemente e più delicatamente di quanto lei avesse fatto con lui.

"Non mandarmi via, Mercer," gli sussurrò sulle labbra. "Lasciami restare con te stanotte."

Una guerra infuriava dentro di lui. Era tentato di dirle che, se lo avesse fatto, avrebbe dovuto dormire nella stanza degli ospiti. Per lo meno, le avrebbe detto chiaramente che non avrebbero fatto sesso. Non era per quello che lei era andata lì, però, per quanto lei pensasse che fosse così. Quinn aveva bisogno che lui le assicurasse che sarebbe tornato e che, quando lo avesse fatto, sarebbero stati insieme.

"Ti prego," lo supplicò lei.

Mercer le tolse le braccia dal collo e si allontanò abbastanza da guardarla negli occhi. "Ascoltami," disse. "Mi stai ascoltando?"

Lei annuì.

"Non c'è niente che io desideri di più che sentire il tuo corpo contro il mio, ma, tesoro, non possiamo farlo."

"Perché no?"

La trascinò nel soggiorno che assomigliava tanto al suo, e la portò sul divano prima di sedersi vicino a lei e abbracciarla.

"Ti desidero, Mercer," disse lei, cercando di infilare di nuovo le mani sotto la sua camicia. "Tu non mi desideri?"

"Non così."

Lei cercò di alzarsi, ma lui non la lasciò andare.

"Lasciami andare," disse Quinn, ma poi gli appoggiò la testa sulla spalla. "Lasciami andare e basta."

"Mai."

"Me lo prometti?" chiese lei con un filo di voce.

"Lo giuro sulla mia vita."

Se lei non avesse bevuto così tanto, lui le avrebbe spiegato il significato del tatuaggio. Desiderò quasi di averlo fatto prima, solo perché lei credesse alle sue parole.

"Dai, dormiamo un po'."

Quinn cercò di fare il broncio, ma le si stavano chiudendo gli occhi. "È brutto che io mi addormenti sempre quando sono con te? Cioè, non sempre, ma *posso* dormire." Lo guardò. "Non ha senso quello che dico, vero?"

"Ha perfettamente senso. Ora, andiamo."

Lei incrociò le braccia sul petto e tornò a fare il broncio. "Non voglio."

"Va bene, ma non posso prometterti nessuna coperta, se prima non ti metti a letto."

Lei spalancò gli occhi e lo guardò. "Davvero?"

Mercer rise. "Sì, davvero e, se non ti muovi entro dieci secondi, ti porterò io in camera da letto."

"L'idea mi piace."

Quinn strillò quando Mercer la sollevò e se la gettò sulle spalle. Lei ridacchiò per tutto il corridoio, oltre la porta dell'ufficio che lui doveva ricordarsi di chiudere a chiave, fino alla camera. La adagiò sul letto perfettamente rifatto, le tolse le scarpe una alla volta, poi cercò di capire cosa potesse indossare per dormire. I jeans dovevano sparire, e una volta tolti, la maglietta che indossava non avrebbe coperto nulla al di sotto della vita.

Andò al comò, tirò fuori la prima maglietta che gli capitò sottomano e gliela lanciò. "Mettiti questa, tesoro, torno subito. Il bagno è nello stesso posto del tuo, a proposito."

Tornò in soggiorno, prese il computer portatile e lo mise insieme alla borsa nell'ufficio. Si tirò dietro la porta e si assicurò che fosse chiusa a chiave. Doveva partire presto l'indomani, molto prima che Quinn si svegliasse, e non era del tutto sicuro di come gestire la cosa. Non poteva lasciarla lì da sola, anche se l'ufficio era chiuso a chiave.

QUANDO TORNÒ IN CAMERA DA LETTO, I VESTITI DI QUINN erano piegati con cura sul comò. Jeans, camicia e reggiseno formavano una graziosa pila. Gesù, avrebbe dovuto farsi visitare. Stava per infilarsi nel letto con la donna che occupava ogni sua fantasia. E, per una decisione che aveva preso da solo, quella notte non l'avrebbe toccata. Non vide mutandine nella pila di vestiti. Stava per ringraziare Dio, ma decise invece di pregare che lei le indossasse ancora.

"Cos'è il K19 Security Solutions?" chiese lei, sdraiandosi sul letto con indosso l'ultima maglietta che lui avrebbe dovuto darle.

"Una società di sicurezza," rispose Mercer con onestà.

"È lì che lavori?"

"No." Anche quello era vero. Non lavorava per il K19. Lui, Paps e Razor ne erano i proprietari.

"Perché ho l'impressione che ci sia dell'altro?"

"Perché hai una fantasia molto fervida."

Mercer entrò nei bagno e vide un pacchetto, che un tempo aveva contenuto lo spazzolino da denti di riserva, sistemato con cura sul bordo del lavandino che ovviamente usava raramente. Quando tornò in camera da letto, lei si era infilata sotto le coperte e aveva gli occhi socchiusi. Lo avrebbe odiato alle sei in punto, quando l'avrebbe svegliata.

Si mise a letto e stava per spegnere la luce quando Quinn gli posò una mano sul braccio.

"Sì, tesoro?"

"Indossi sempre così tanti vestiti a letto?"

No, non lo faceva, ma quella notte aveva pensato di indossare l'equipaggiamento tattico completo. Nemmeno quello avrebbe impedito al suo corpo di reagire alla vicinanza di una Quinn quasi nuda.

"Per favore, togliti la camicia, Mercer."

La guardò negli occhi, chiedendosi cosa avesse in mente.

"Per favore," ripeté lei.

Si tolse la camicia con una mano e la gettò sul pavimento.

"Grazie," sussurrò lei e, quando lui appoggiò la testa sul cuscino, si avvicinò e gli posò la testa sul petto. "Ho sempre desiderato dormire sulle ali di un angelo," mormorò. "Grazie, signor Mercer, di essere il mio angelo custode."

La voce dell'innocenza. Un giorno avrebbe capito quanto fosse stata vicina a comprendere da sola la situazione.

Mercer non era mai stato così sicuro e, allo stesso tempo, così combattuto su qualcosa nella sua vita. Quella con Quinn era la relazione migliore, ma anche la più incasinata che avesse mai avuto; non che ce ne fossero state molte. Nel suo lavoro, le relazioni potevano essere solo superficiali. Ma in realtà, era così diverso? Era meno superficiale? Forse per lui, ma certamente non per Quinn. Le aveva mostrato solo una piccola parte di sé. Era un volto e un corpo con cui lei si sentiva al sicuro. Per il resto, lei non sapeva nulla di lui.

Mentre restava sdraiato accanto a lei, Mercer prese una decisione. Una volta arrivato in California, avrebbe parlato con Paps. Aveva bisogno della sua guida e, se glielo avesse chiesto, sapeva che lui gliel'avrebbe data.

MERCER SI SVEGLIÒ PRIMA CHE SUONASSE LA SVEGLIA, COME sempre. Fece scivolare il braccio di Quinn giù dalla sua vita e andò in cucina, preparò il caffè per sé e scaldò l'acqua per il tè, nel caso Quinn ne volesse un po'. Non aveva molto da mangiare in casa, ma probabilmente lei non avrebbe avuto fame comunque. Quasi sicuramente, una volta sveglia, sarebbe tornata nel suo appartamento, si sarebbe infilata nel letto e avrebbe continuato a dormire.

Controllò l'ora: aveva quarantacinque minuti prima che Tom scendesse al piano di sotto ad aspettarlo. Era giusto il tempo necessario per fare una doccia e passare qualche minuto a guardarla dormire.

Aveva appena messo lo shampoo sui capelli quando sentì la porta del bagno che si apriva. Come quella di Quinn, anche la sua doccia era grande più che a sufficienza per due persone ed era chiusa da un vetro trasparente. Non era stato un errore da parte di Quinn: lei sapeva benissimo cosa stava facendo, entrando lì dentro.

La maglietta del K19 fu la prima ad andare, seguita dalle

mutandine. Quinn stava in piedi davanti a lui, nuda e con gli occhi assonnati, aspettando che lui la invitasse a entrare nella doccia.

Non c'era modo di nascondere la reazione istintiva del corpo nei suoi confronti, nessun modo per negare di desiderarla. Quando Mercer allungò la mano e lei vi mise la sua, la trascinò sotto l'acqua con sé.

❧ 16 ❧

QUINN

Il respiro che Quinn aveva trattenuto dal momento in cui era entrata nel bagno uscì in un sussulto quando Mercer la strinse tra le braccia e avvicinò il corpo nudo al suo.

Le accarezzò il sedere con le mani forti, tenendole il bacino contro l'erezione. Alzando una mano sul seno, giocò con il capezzolo come aveva fatto la volta precedente. Quinn gemette e sentì le ginocchia cedere, mentre il desiderio che provava per lui le riempiva le gambe.

Mercer la spinse delicatamente contro il muro e le fece scorrere il bagnoschiuma che rappresentava il suo profumo sulle spalle e lungo la valle tra i seni. Le passò entrambe le mani lungo le braccia e sul busto, poi si inginocchiò davanti a lei.

"Apri le gambe, tesoro," sussurrò, picchiettandole l'interno coscia. Con dita abili, le passò la schiuma tra le pieghe e lei rabbrividì.

Alzò lo sguardo, fissandola negli occhi. "Metti le mani sulle mie spalle." Invece di appoggiarle delicatamente, Quinn gli affondò le dita nella carne.

Mercer si spostò dietro le sue gambe e lei ridacchiò, ma quando i suoi occhi incontrarono quelli ardenti di lui, smise di ridere.

Mercer si alzò e la fece girare in modo che gli desse le spalle. Ancora una volta, le versò il bagnoschiuma sulle spalle e lungo la schiena.

"Metti le mani qui," le disse, guidandole sulle piastrelle fredde.

Le sue dita ripresero ad esplorare la pelle di lei. Dopo averle toccato ogni parte del corpo, le mise le braccia intorno alla vita e la attirò a sé. Lei sentì che era più duro di prima, premuto contro il suo fondoschiena, e gemette.

Portando le mani davanti a lei, Mercer chiuse l'acqua, poi si allungò per prendere un asciugamano dallo scaldino subito fuori dalla porta della doccia. Lo usò per asciugarle i capelli, poi le passò il morbido cotone egiziano sulle braccia e sulle gambe. Se lo avvolse intorno alla schiena e la strinse a sé, avvolgendo tutti e due nell'asciugamano abbastanza grande da coprirli entrambi.

Rimasero in piedi sotto la doccia, guardandosi negli occhi, finché lui non avvicinò la fronte a quella di lei. "Sto per lasciare la città, tesoro. Per quanto desideri restare qui con te, non posso."

"Lo so." Lei sospirò.

"Sai quanto ti desidero?"

Quinn spostò il peso da un piede all'altro. "Lo sento."

Lui le prese la mano destra e gliela fece posare vicino al cuore. "È qui che voglio che tu lo senta."

"Lo sento," mormorò Quinn prima che lui la baciasse.

Le sue dita le accarezzarono i capelli e l'asciugamano che li avvolgeva cadde sul pavimento della doccia.

Non erano solo le labbra a baciarla, ma tutto il corpo. Ogni punto in cui si toccavano sembrava un bacio.

"Non ho mai desiderato restare qui tanto quanto lo desidero adesso, Quinn," disse quando un segnale acustico risuonò dalla camera da letto.

Quando lei cercò di allontanarsi, Mercer la strinse forte a sé. "Tornerò il prima possibile."

"Ti aspetterò."

QUINN ENTRÒ SILENZIOSAMENTE NEL PROPRIO APPARTAMENTO, sperando di non svegliare le quattro amiche che dormivano chissà dove. Forse il suo letto sarebbe stato vuoto, ma in caso contrario si sarebbe sdraiata su qualsiasi spazio libero, avrebbe chiuso gli occhi e si sarebbe sforzata di sognare le mani di Mercer sul corpo.

Non le aveva permesso di prendere l'ascensore con lui, ma l'aveva baciata appassionatamente sulla soglia di casa.

Aine era seduta sul suo letto quando lei entrò.

"Scusa, ti ho svegliata?"

"Sì e no. Ero mezza sveglia quando ho sentito aprire la porta."

"Dove sono tutte le altre?" Non si era preoccupata di guardare nelle camere degli ospiti mentre andava nella sua.

"Non ne ho idea. Si sono sistemate da qualche parte qui intorno. Ho occupato il tuo letto, sapendo che non saresti tornata prima di domani mattina. Anche se non ti aspettavo prima delle dieci, comunque."

"Aveva un volo stamattina presto."

"Giusto. Ora mi ricordo. Doveva andare fuori città. Per lavoro?"

Quinn annuì.

"Che lavoro fa?"

"Ehm... non lo so proprio."

"È per quello che lavora?" chiese Aine, indicando la maglietta che Quinn indossava ancora, quella che Mercer aveva accettato di lasciarle tenere quando lei gli aveva detto che sarebbe stato quasi come averlo avvolto intorno a sé.

"Ha detto di no."

"Ma tu non gli credi?"

"Non lo so. Sembrava che ci fosse qualcosa che non voleva dire."

"Andiamo a cercare le altre." Aine era già fuori dal letto e si stava dirigendo verso la cucina. "Vuoi del tè?"

Addio all'idea di tornare a dormire e sognare Mercer. "Uh, certo... se ora siamo ufficialmente sveglie."

"Certo che sì," gridò Aine alle sue spalle. "Voglio sapere tutto."

Quinn guardò il soffitto. Da quando stavano ufficialmente insieme, voleva tenere Mercer tutto per sé. Era pronta a condividerlo?

La prima volta che Mercer le aveva mandato un messaggio, Quinn stava raccontando ad Aine della loro mattinata davanti a una tazza di tè.

"Sto pensando a come rimediare per questa mattina," le scrisse.

Quinn arrossì e mostrò il telefono ad Aine.

"È come se sapesse di cosa stavamo parlando. Questo appartamento è sotto controllo?" chiese lei rivolgendosi al soffitto. "Se è così, Mercer, sono Aine e ho appena letto il tuo messaggio, quindi per favore non mandare foto osé a Quinn."

Quinn ridacchiò, ma una strana sensazione la pervase per un attimo. La scacciò via con la stessa rapidità con cui era arrivata.

"Dai, cerchiamolo su Google," sentì che Aine diceva mentre percorreva il corridoio per tornare in camera da letto, dove sapeva che Quinn aveva lasciato il portatile.

"Lui o il K19?" chiese.

"Entrambi."

Venti minuti dopo, non sapevano nulla di più di quando avevano iniziato. Non c'era traccia da nessuna parte di una società chiamata K19 Security Solutions e, peggio ancora, Mercer Bryant non appariva affatto in Internet.

Erano entrambe senza parole.

"Sono sicura che ci sia una spiegazione logica," disse Aine.

Quinn alzò le spalle. "Non riesco a immaginare..."

"Io non mi preoccuperei. Insomma, vive nel tuo palazzo. Non lasciano entrare chiunque. E poi, questi appartamenti non costano un *miliardo* di dollari?"

Quinn scoppiò a ridere. "Non proprio miliardi, ma hai ragione, deve avere superato un accurato controllo dei precedenti penali per essere anche solo preso in considerazione dal Consiglio di amministrazione."

"Io sono pronta per la spiaggia. E tu?" chiese Aine, cambiando argomento e dirigendosi verso le camere degli ospiti per svegliare Penelope, Tara e Ava.

. . .

UN PAIO D'ORE DOPO, ERANO SUL TRAGHETTO DIRETTO A FIRE Island.

La sera prima, Quinn aveva deciso di non piagnucolare né farsi ossessionare da Mercer. Una volta arrivate sull'isola e dopo aver salutato il padre di Pen, avrebbe indossato il bikini e fatto un pisolino sulla spiaggia.

Nel frattempo, avrebbe fatto del proprio meglio per non pensare all'uomo con cui si era svegliata quella mattina, quello il cui alone di mistero cominciava a turbarla.

MERCER

Durante i primi cinque minuti di volo, Mercer aveva aspettato che il senso di colpa che provava nei confronti di Quinn gli si insinuasse nella mente, ma non era successo.

Forse era la decisione di discutere della situazione con Paps a renderlo più tranquillo, o forse stava accettando semplicemente il fatto che quella che una volta era stata una fantasia proibita era diventata la realtà.

Quando chiuse gli occhi, visualizzò il modo in cui lei lo aveva guardato quella mattina, nuda e così aperta nei suoi confronti. Lasciarla era doloroso, come lo era stato quando avevano dovuto vestirsi e uscire dal suo appartamento.

Si sistemò i jeans, si rimise comodo sul sedile e aprì gli occhi quando sentì Delaney, l'assistente di volo dell'aereo privato, chiedergli se poteva portargli qualcosa.

"Sto bene, grazie," rispose, ma né lei né i suoi occhi smisero di fissargli il corpo. Non gli occhi, il *corpo*, quella parte di lui che aveva appena preso vita al pensiero della donna nuda con cui era stato quella mattina.

"È sicuro di non volere...?"

"Sicuro, Del." Chiuse di nuovo gli occhi, desiderando che lei se ne andasse. Non era la prima volta che quella donna gli offriva qualcosa di più del servizio di ristorazione, e non era la prima volta che Mercer la rifiutava. Forse un tempo avrebbe preso in considerazione l'idea di cenare con lei, o forse anche di qualcosa di più, ma ormai era inconcepibile. Un altro motivo per cui non poteva crogiolarsi nell'odio che provava verso se stesso per quello che sentiva per Quinn: lei era l'unica donna al mondo che lo attirava.

C'ERA UN MESSAGGIO DI PAPS, CHE GLI CHIEDEVA DI incontrarlo a San Luis Obispo invece che a casa sua a Harmony. Gli inviò un messaggio di conferma, poi trovò la Ducati dove l'aveva lasciata, anche se gli sembrava che fossero passati molto più di due giorni.

L'aerodromo si trovava a breve distanza dal ristorante dove si sarebbero incontrati e, essendo in moto, era più facile parcheggiare, quindi Mercer arrivò prima di Paps. Invece di aspettare all'interno, entrò nel negozio accanto, che promuoveva degli artisti locali.

"Sono mie," disse una donna dietro al bancone.

"Molto belle," mormorò lui.

Le cornici fatte a mano erano proprio quello che cercava. Ciascuna aveva un messaggio inciso sul telaio di legno, ma nessuna era quella giusta.

"Sta cercando qualcosa in particolare?"

"Non saprei."

Dieci minuti dopo, uscì dal negozio a mani vuote, ma l'artista gli promise che il suo ordine sarebbe stato pronto per il ritiro il pomeriggio successivo.

"Ho visto la moto," disse Paps quando lo raggiunse al tavolo.

"Ero qui accanto, a comprare un regalo per Quinn."

"Capisco," affermò Paps.

"Dobbiamo parlare."

"Tu hai bisogno di parlare."

Su questo aveva ragione. "Razor ha detto qualcosa di molto criptico ieri sera."

"Razor? *No.*"

Razor diceva raramente qualcosa che non lo fosse.

"Ha detto che la storia si ripete."

Paps alzò la testa. "Ha aggiunto altro?"

"Siamo stati interrotti prima che potesse approfondire. Se riguarda Doc e Lena, è abbastanza facile da capire."

Paps annuì.

"Cosa ne penserebbe Doc?"

Paps guardò oltre la sua spalla. "Non posso rispondere a questa domanda."

"Sono innamorato di lei," sbottò.

Il suo partner annuì per la seconda volta.

"Ti ha sorpreso quello che ha detto Razor, ma non la mia confessione?"

"Non era inaspettata," disse Paps sottovoce.

"Non mi dirai cosa intendeva Razor, vero?" insistette Mercer.

"No. E non te lo dirà nemmeno lui," rispose Paps.

"Se è qualcosa che dovrei sapere..."

"Doc te l'avrebbe detto quattro anni fa."

Mercer fu costretto a dargli ragione.

"Maddox Butler era a Harmony stamattina," disse Paps, cambiando argomento. "Mi ha visto."

"Dove?"

"Era parcheggiato davanti alla tavola calda. Io stavo tornando dal magazzino."

"La cosa ti preoccupa?"

Paps alzò le spalle. "Non proprio, ma non mi sorprenderebbe se si facesse vivo di nuovo."

"Ti ha riconosciuto?" Mercer pensava che Paps e Razor non avessero trascorso molto tempo con Maddox e Naughton mentre erano in Argentina alla ricerca del luogo dell'incidente di Brodie, ma forse era più di quanto avesse inizialmente pensato.

"Sembrava più che altro che avesse visto un fantasma."

Anche se Paps assomigliava a Doc, non era certo abbastanza perché suo fratello non notasse la differenza. Da quella distanza, però, Mercer poteva capire la reazione di Maddox.

"Posso occuparmi io delle cose qui per i prossimi giorni, se vuoi prenderti una pausa."

"Tornerò a casa quando la responsabilità di Barbie sarà passata ai suoi prossimi assistenti," disse Paps.

Mercer sapeva che la sua famiglia viveva fuori Washington DC, ad Annapolis, nel Maryland, non lontano da dove era cresciuto lui, a Cape Charles, in Virginia. Entrambi avevano trascorso le estati navigando alle estremità opposte della baia di Chesapeake.

L'uomo aveva chiamato la sua Hinckley Bermuda 40 *Whiskey Tango Foxtrot*. La famiglia di Mercer possedeva l'*Aurora*, la Hallberg-Rassy 42 che suo padre aveva commissionato a German Frers all'inizio degli anni Novanta. Nel corso degli anni c'erano state molte discussioni accese, ma erano considerate entrambe tra le migliori barche a vela mai costruite.

"Mi andrebbe proprio di andare a casa."

"Ti capisco, Ottantotto."

"CHE NE DIRESTI DI STABILIRE UN CONTATTO?" chiese PAPS pochi minuti dopo.

"Con Maddox?"

"Naughton."

"Certo." Mercer annuì. Aveva più senso.

"Oggi hanno intenzione di ispezionare la proprietà."

"Maddox e Naughton?"

"Non ci vorrà molto prima che scoprano le grotte e i barili nascosti di Enzo Avila," fu la previsione di Paps.

"Sì."

"Potrebbero pensare che si tratti di vino Hess."

Mercer scosse la testa. "Maddox lo assaggerà e, una volta fatto, capirà che è troppo giovane per essere stato prodotto nella tenuta."

Sapeva che Paps era scettico, ma qualsiasi produttore di vino della regione avrebbe notato la differenza. Diamine, persino lui ne sapeva studiare a sufficienza le sfumature e i cambiamenti di colore da determinare l'età di un vino. Probabilmente lo avrebbe capito anche dal sapore, anche se sarebbe stato più difficile.

Il telefono di Paps emise un segnale acustico e lui lesse un messaggio. "Adesso sono nelle cantine."

Il messaggio doveva provenire da Sonny Lista, nome in codice *Max*, un membro della squadra K19 che era stato assunto come bracciante della vigna di Naughton Butler nella proprietà sulla Old Creek Road.

"C'è anche Enzo Avila. I ragazzi Butler non l'hanno visto e nessuno di loro ha visto Max," rise Paps.

"Che casino."

"Avevi ragione," disse Paps pochi minuti dopo. "Max ha riferito che Maddox ha capito subito che il vino non poteva provenire dai vigneti della tenuta. La loro teoria iniziale è che qualcuno con un problema di debiti stia nascondendo le botti lì. Ha anche detto che Avila se l'è fatta addosso, quando ha sentito la loro conversazione."

Il telefono squillò di nuovo e Paps lo guardò. "Beh, chi l'avrebbe mai detto. Indovina chi altro c'è lì?"

"Calder?"

"Bingo."

"Max dice che sembra felice come un maiale nel letame, o come un pezzo di merda nella cacca." Paps rise tra sé e sé. "Immagino che sia perché ha sentito la parte su qualcuno che potrebbe avere un problema di obbligazioni."

"Sarà interessante vedere se si servirà di questa informazione."

"Ciò conferma i nostri sospetti, Ottantotto. Non credi?"

Lui annuì. C'era un motivo per cui Calder si trovava in quelle grotte, e non aveva nulla a che fare con il vino conservato al loro interno perché, fino a quel giorno, non aveva idea della loro importanza. Il fatto che fosse tornato era l'informazione più importante. "Cosa diavolo potrebbe esserci lì dentro?" disse Mercer più a se stesso che a Paps.

"Speriamo che, di qualunque cosa si tratti, ci conduca a Doc e a Leech."

Nessuno dei due aveva bisogno di dirlo, ma Mercer sapeva che Paps sperava che li avrebbe condotti dove avrebbero potuto trovarli vivi, per quanto scarse fossero le possibilità.

"Interessante," mormorò Paps.

"Cosa?"

"Calder sta andando a trovare Barbie," rispose lui, continuando a studiare lo schermo del telefono.

"Merda." Erano almeno a mezz'ora di distanza. Mercer non sapeva molto di Max, ma sperava vivamente che fosse in grado di proteggerla.

"Ha dei rinforzi," confermò Paps, appoggiando il telefono sul tavolo.

"Chi altro abbiamo sul posto?"

Snocciolò i nomi di altri tre collaboratori dei quali Mercer non sapeva nulla. Più tardi, quando fossero tornati alla casa di Harmony, si sarebbe aggiornato.

"Non lo lascerei mai solo," aggiunse Paps.

"Perché no?" Non stava mettendo in discussione le capacità

decisionali del partner, voleva solo sapere qualcosa di più sul motivo per cui non si fidava di Max.

"Non hai mai chiesto da dove derivasse il nome in codice "Maxwell"."

Mercer scosse la testa.

"*Smart* significa intelligente."

Maxwell Smart. Sì, nemmeno questo riempiva Mercer di fiducia. "Non è proprio il più brillante del gruppo?"

"O così, oppure è abbastanza intelligente da farci credere di non esserlo. Pronto a partire?"

MERCER SI FERMÒ DALL'ALTRA PARTE DELLA STRADA RISPETTO AL cancello del ranch, dove era facile mimetizzare la moto e se stesso. Sarebbe rimasto lì, in attesa di sapere che Paps era arrivato e di avere un'idea di cosa li aspettasse.

Il messaggio arrivò pochi minuti dopo. *Tutto a posto.*

Mercer attraversò il cancello e parcheggiò la moto nel bosco, non lontano dalla casa dove Lena aveva vissuto in quegli ultimi anni. Quando entrò, lei e Paps erano seduti a un tavolo in cucina, ma nessuno dei due disse nulla.

"Eccolo," disse Paps, facendo cenno a Mercer di raggiungerli. "Digli quello che hai detto a me, Barbie."

"Mi sta *ricattando*," sibilò lei.

Quelle parole lo colsero di sorpresa. "Con cosa e per quale motivo?"

Lena guardò Paps, che le fece cenno di continuare. Mercer ebbe la sensazione che lei non stesse chiedendo il permesso, ma piuttosto che volesse che fosse Paps a dirglielo, così lei non sarebbe stata costretta a farlo.

"Dice di sapere qualcosa su mio padre, "abbastanza grave da avere conseguenze significative se venisse fuori". Sono le sue parole, non le mie."

"Continua," la incoraggiò Mercer.

"La prima cosa che mi ha chiesto è stata cosa sapevo del vino conservato nelle cantine. Gli ho detto che non ne sapevo nulla, ma dubito che mi abbia creduto."

No, non le avrebbe creduto; era stato addestrato a capire quando qualcuno mentiva, proprio come lui, Paps, Razor, Doc e qualsiasi altro agente operativo o segreto.

"Digli quello che vuole, Barbie," disse Paps, senza nemmeno tentare di nascondere la propria impazienza.

"Diglielo tu," mormorò lei, ma poi si schiarì la voce quando Paps la fulminò con lo sguardo. "Innanzitutto, vuole che io gli venda il resto della tenuta. In secondo luogo, ho l'impressione che userà in qualche modo il fatto di essere a conoscenza del vino conservato nelle cantine."

"Qualche ipotesi?" chiese Mercer, guardando Paps.

"Ha visto Enzo," disse Lena prima che Paps potesse rispondere.

Questo lo sapeva già. "Quindi sa a chi appartiene il vino e, in base a quello che ha sentito, che hanno un problema di obbligazioni."

Lena annuì.

"È ora di coinvolgere l'Ufficio Tributi," disse Paps. "Me ne occuperò io," aggiunse.

"Perché sei ancora qui?" chiese Lena quando Mercer rimase, dopo che Paps se ne era andato.

"Per aiutarti a fare i bagagli, anche se sembra che tu abbia già iniziato da sola." Non c'era molto altro in casa, a quanto poteva vedere.

"Sono seria riguardo al volere partire, che tu mi aiuti o meno."

"È già stato organizzato, Lena."

"Quando?"

"Presto."

Lei sbuffò e lui si avvicinò a quella che sembrava una pila di foto.

"Voglio guardarle ancora. Vorrei portarne alcune con me," disse lei.

"Nessun problema."

"Verrà conservato tutto nel magazzino, vero?"

"Affermativo." Il magazzino che avevano acquistato vicino alla casa di Harmony era stato un tempo utilizzato da Randolph Hearst. Vi aveva conservato i manufatti che aveva raccolto in tutto il mondo mentre veniva costruita *La Cuesta Encantada,* il suo castello sopra San Simeon. Dato che era rimasto vuoto per oltre settant'anni, il K19 lo aveva acquistato per pochi spiccioli.

Mercer sentì Lena trattenere il respiro, ma non la guardò. Da quando la conosceva, aveva imparato che era una donna orgogliosa, che avrebbe odiato il fatto che lui sapesse che stava piangendo.

Invece, guardò i vigneti attraverso le finestre che occupavano tutta la parete. Non era la casa principale della proprietà, ma lui la preferiva a quella sulla collina. "Presto sarà tutto finito," disse. Era insolito per lui essere tanto rassicurante e ottimista.

"Perché sei così gentile con me?" gli chiese lei, raggiungendolo alla finestra.

"Non è facile per te."

Lei scosse la testa. "Devo lasciare la mia casa, non posso parlare con mia figlia e non ho idea di dove siano mio padre e Kade, in che pericolo si trovino o se siano ancora vivi. Quindi sì, hai ragione. Non è *facile* per me."

Tutto quello che diceva era vero; non c'era modo di tranquillizzarla.

"Prima che tu aggiunga altro, so che è tutta colpa mia. Non posso tornare indietro di vent'anni e cambiare le cose."

"Non è colpa tua, Lena. Nessuno ha mai detto questo."

"Giusto. Nessuno l'ha detto, ma ho vissuto con il senso di colpa ogni singolo giorno. Non scambierei mia figlia per nulla al mondo, nemmeno per la mia stessa vita, ma il mio rifiuto di interrompere la gravidanza ha cambiato la vita di molte persone. Alla fine, temo che Kade e mio padre abbiano pagato il prezzo più alto."

Quelle confessioni spontanee erano rare e inaspettate. Mercer rimase così scioccato che gli ci volle un minuto per rispondere.

"Puoi andare," disse lei prima che lui potesse aggiungere altro su Doc e suo padre. "So che ci sono dei tizi che mi sorvegliano."

"Ti proteggono," la corresse lui.

"Non importa. È la stessa cosa."

"E Maddox Butler? Come sono andate le cose con lui?"

"Non ho potuto dire molto a cena. Sai perché."

Lui si diresse verso la porta e Lena lo seguì.

"Mercer?"

Si voltò e aspettò che lei continuasse.

"Devo parlare con mia figlia, prima di partire."

"Sì, dovresti farlo."

"Grazie," disse lei mentre lui usciva.

Erano due parole che Mercer non ricordava di averle mai sentito dire prima.

MERCER STAVA SALENDO SULLA MOTO QUANDO GLI ARRIVÒ UN messaggio di Paps.

Razor è di guardia a Skipper questo fine settimana.

Aveva senso, dato che era già a New York. *Lena sta prendendo contatto adesso.*

Perché? Fu la risposta immediata di Paps.

Lena non aveva mai reso loro le cose facili, ma ciò non significava che non potessero provare compassione per lei. Era la prima volta che Mercer pensava che lei non fosse aggressiva, e provava pietà per lei. Il minimo che potessero fare era lasciarle parlare con sua figlia, prima che se ne andasse.

18

QUINN

L'uomo seduto al bar le sembrava familiare, ma non riusciva a capire perché.

"Lo conosci?" chiese ad Aine, indicando in quella direzione.

"A me non sembra familiare."

C'era qualcosa in lui che le ricordava Mercer, anche se non gli assomigliava affatto e sembrava più vecchio. Lo stava studiando quando si rese conto che lui le stava facendo cenno con la mano, poi le fece segno di avvicinarsi.

"Quinn," le disse quando lei si avvicinò. "Piacere di vederti."

Lei spalancò gli occhi. "Signor Sharp?"

"Ti prego, chiamami Tabon."

"Ho un colloquio con lei tra un paio di giorni."

Lui annuì. "Ti offrirei da bere, ma forse non sarebbe... appropriato."

Quinn rise. "Non fa niente. Comunque, devo raggiungere le mie amiche. È stato un piacere conoscerla, signor Sharp... ehm... Tabon." Gli strinse la mano prima di allontanarsi.

"Chi è quello?" chiese Ava.

"Tabon Sharp. Lunedì ho un colloquio con lui," spiegò.

"Cavolo, è proprio *sexy*, Quinn."

"Davvero?" Stava per voltarsi a dargli un'altra occhiata, ma Ava le afferrò il braccio.

"Non guardare."

"Perché no?"

"Perché ci sta fissando."

Prima che Quinn potesse dire altro, Ava si diresse verso il signor Sharp.

"Allora lo conoscevi, dopotutto," disse Aine.

"È il mio futuro capo. Almeno spero."

"Esatto... *il lavoro*. Se lui fosse il mio capo, potrei prendere in considerazione l'idea di lavorare anch'io."

Quinn guardò oltre la sua spalla e vide che il signor Sharp non aveva esitato a offrire da bere ad Ava.

"Mi chiedo cosa ne pensa delle gemelle."

"Cosa? *Che schifo*. Non mi hai sentito? Diventerà il mio *capo*."

Aine rise e le diede una gomitata. "Sto scherzando. Sei un disastro, amica mia."

"Davvero?"

"Certo che sì. Chiamalo, per l'amor di Dio. Chiedigli semplicemente: "Ehi, Mercer, come mai non esisti?""

"Lui esiste..."

"Sai cosa intendo."

Sebbene provasse un po' di trepidazione, non era paragonabile al suo livello di ansia. Perché non erano riusciti a trovare nulla su di lui o sulle persone per cui lavorava?

Dopo essere uscita nel patio del ristorante e aver sceso i gradini che portavano alla spiaggia, tirò fuori il telefono e trovò il numero che Mercer aveva aggiunto ai suoi contatti. Trattenne il respiro mentre aspettava che lui rispondesse.

"Ciao," disse lui.

"Ciao."

"Come stai?"

Ora che stava parlando con lui, non aveva idea di cosa dire.

"Quinn? Ci sei?"

"Perché Mercer Bryant non compare da nessuna parte in Internet? Insomma, non c'è nulla. Nessun account sui social media, nessuna menzione negli articoli, nessuna foto, nessuna affiliazione professionale. Niente. Perché?"

"Qual è il problema?" chiese lui.

"Rispondi alla domanda."

"È questa la tua domanda?"

"*Gesù*. Dovrebbe esserlo?" La situazione stava diventando molto peggiore di quanto temesse.

"No," rispose lui.

"Mi risponderai comunque?"

Mercer sospirò. "Il mio lavoro richiede un certo grado di anonimato."

"Di cosa ti occupi?"

"Sei sicura di voler parlare di queste cose al telefono?"

"Dove ti trovi?" insistette lei.

"Sulla costa occidentale."

"Dove?" Doveva davvero costringerla a tirarglielo fuori con le pinze?

"Vicino a San Luis Obispo."

"Perché?"

"Ti parlerò del mio lavoro quando torno."

Lei ascoltò il suono del suo respiro e si prese il tempo necessario per decidere cosa dire dopo.

"Perché mi chiami "tesoro"?"

"Perché lo sei."

"Come può una persona che non conosci essere preziosa per te?"

"Perché lo sei," ripeté lui.

"Non sei sincero con me."

"Ne parleremo quando torno."

"Davvero?"

"Sì."

"E mi dirai la verità?" Lei aspettò ma, quando lui non rispose, chiuse la chiamata. "Addio, Mercer."

"Dov'è Quinn?" sentì che Tara chiedeva.

"Sono qui." L'ultimo posto in cui avrebbe voluto essere.

"Andiamo al cottage," propose Pen.

"Ottimo. Dove sono Ava e Aine?"

"Qui, purtroppo," sentì dire da Ava.

Per fortuna, pensò, ma non lo disse ad alta voce. Se Ava se ne fosse andata con il signor Sharp, lei probabilmente non sarebbe riuscita a presentarsi al colloquio del lunedì.

Ava le porse un biglietto da visita. "Tabon ha detto che dovresti chiamarlo per il colloquio."

"Lo vuole annullare?" esclamò, prendendo il biglietto.

Ava scoppiò a ridere. "No, non ha intenzione di annullarlo. Dio, Quinn. Sei un po' paranoica, no?"

"Perché vuole che lo chiami?"

"Gli ho detto che saremmo partite domenica sul tardi a causa del tuo colloquio. Mi ha chiesto se avremmo potuto rimanere più a lungo, nel caso fossi riuscita a riprogrammarlo."

"Ava, non voglio rimandare. Si tratta di un *lavoro*, non di un'attività di volontariato."

"Calmati." Ava guardò Aine. "Che diavolo di problema ha?" chiese, guardando entrambe. "Vuole fissare un colloquio *qui*, così non dovremo tornare in città."

"Oh."

Ava scosse la testa e si allontanò.

"Sono davvero così irritante?" chiese Quinn ad Aine.

"No. È solo nervosa."

"Perché?" chiese Quinn.

"Ha saputo che Dash si è fidanzato."

Dashiell Finnegan era stato il primo amore di Ava e le aveva spezzato il cuore due anni prima, quando le aveva proposto di prendersi una pausa. Ma non era quello che intendeva. Non era una cosa temporanea; non si poteva sistemare, né potevano rimettersi insieme. La notizia del suo fidanzamento non faceva che confermare che era una cosa definitiva.

"Ho parlato con Mercer," ammise Quinn.

"E allora?" insistette Aine.

"Non so nulla di più di quanto ne sapessimo prima di decidere di stalkerarlo su Internet."

"Non lo stavamo stalkerando, stavamo solo facendo delle ricerche."

Quinn alzò gli occhi al cielo. "Questo perché non c'era niente da stalkerare."

"Cos'ha detto?"

"Il suo lavoro richiede un certo livello di anonimato."

Aine inarcò un sopracciglio. "Ha senso. Cos'altro ha detto?"

"Che ne avremmo parlato al suo ritorno."

"Vedi? Non è poi così male."

Quinn desiderò di poterle dare ragione. Anzi, desiderò di non averlo cercato e di essere rimasta nella beata ignoranza, immaginandolo come un cavaliere dall'armatura scintillante, il suo angelo custode, il suo protettore. Invece, era preoccupata perché non sapeva chi fosse e perché l'aveva definita preziosa.

Erano alla pensione dove lei e Aine dormivano, quando il suo telefono vibrò. Lo tirò fuori dalla tasca, sperando che fosse Mercer. Invece, era l'ultima persona da cui si sarebbe aspettata una chiamata.

"Ciao, mamma," disse dopo avere accettato la chiamata.

"Ciao, Quinn."

"Ti ho chiamata..."

"Ti ho chiamata per dirti che devo andare fuori città per qualche mese e che non potrai contattarmi."

"Cosa intendi con "qualche mese"?"

"Non saprei. Spero di tornare prima del Ringraziamento. Ciao, Quinn."

"Aspetta..."

Quinn sentì i tre segnali acustici che indicavano la fine della chiamata.

"Incredibile," disse tra sé e sé.

"Chi era?" le chiese Aine quando la raggiunse.

"Mia madre»."

"*Davvero?* Cosa ti ha detto?"

"Sta partendo e non potrò contattarla mentre è via."

"Che differenza fa? Aspetta, era una cosa brutta da dire. Mi dispiace."

Quinn alzò le spalle ed andò in camera da letto. Non era diverso da come era stato in qualsiasi altro momento della sua vita. Sua madre era irraggiungibile da ventun anni.

19

MERCER

"Pensi che Calder stia bluffando o che abbia qualcosa su Leech?" chiese Mercer a Paps domenica mattina tardi.

"Non lo so. Allo stato attuale, anche se fosse così, non ha motivo di usarla. Wendt lo ha contattato direttamente e gli ha detto che la venditrice è stata costretta a ritirare la proprietà dal mercato perché, legalmente, non era sua e non poteva venderla. Cosa può dire? Che sa che Leech non è vivo perché lui o i suoi amici russi lo hanno ucciso? Comunque, Barbie terrà la bocca chiusa sul vino."

Mercer continuava a chiederselo. Dubitava che una persona come Calder si sarebbe placata tanto facilmente.

"Max ti ha dato notizie?" chiese Paps.

"Non ancora." Aveva intenzione di vederlo più tardi, però. "Chi lo ha controllato?"

"Razor."

Ciò lo fece sentire meglio. Razor non scherzava, quando si trattava delle persone a stretto contatto delle quali avrebbero lavorato. Anche se Max non sembrava il tipo più intelligente che avessero mai assunto, Mercer immaginava che quell'uomo avesse altri punti di forza.

"Mad e Alex stanno facendo i loro soliti giochetti, ma sembra che sia solo un altro dei loro litigi. Peccato che non fosse incinta," sentì dire da Paps.

Quella parte del lavoro lo metteva a disagio. Secondo lui, non era necessario parlare della vita privata delle loro risorse, se non era direttamente collegata alla missione. Non che Maddox Butler e Alex Avila fossero delle risorse. Semmai erano figure secondarie, importanti per lui solo in quanto collegate all'impegno che aveva preso nei confronti di Doc.

"Maddox sta ficcanasando," aggiunse Paps.

"Cosa intendi?"

"Dobbiamo aspettarci che continui a ficcare il naso dove non dovrebbe."

L'ultima cosa di cui avevano bisogno era che Maddox e Calder si avvicinassero ulteriormente. Se le cose tra loro fossero andate male, avrebbero potuto essere costretti a trasformare il fratello di Doc in un cliente, e non era sicuramente una cosa che lui, Paps o Razor avevano voglia di fare.

La sera prima Lena gli aveva detto che intendeva informare Maddox della sua partenza. Mercer non sapeva ancora quando sarebbe successo, ma le aveva detto che doveva essere pronta a partire quando avessero deciso che era il momento giusto.

Lei gli aveva anche chiesto cosa avrebbe dovuto fare riguardo al fatto che Calder voleva che lei gli vendesse la proprietà, e lui le aveva risposto che se ne era occupato.

"È tutto sistemato con l'Ufficio Tributi," gli disse Paps. Sapevano che gli Avila nascondevano del vino e, se fosse arrivato il momento in cui sarebbero venuti a conoscenza di quel fatto, avrebbero coinvolto Paps e Mercer come parte della squadra. Altrimenti, un centinaio di barili di vino nascosti nelle cantine di qualcun altro per evitare di pagare una cauzione assicurativa non significavano un bel niente per loro.

"Fammi un resoconto," disse Mercer a Max quando si incontrarono un paio d'ore dopo.

"Come ho detto a Paps, Enzo Avila era nelle cantine quando Maddox e Naughton hanno trovato il vino, e anche Calder."

Mercer annuì. "Cos'altro?"

"Oggi Maddox ha chiesto a Lena se sapeva a chi appartenesse quel vino. Lei ha risposto di no, ma lui sospetta che stia mentendo."

Dannazione. Paps aveva ragione: Maddox stava ficcanasando dove non avrebbe dovuto. "Cos'altro hanno trovato?"

Max scosse la testa. "Niente per ora. A proposito, cos'è successo in passato con Calder?"

Non era un'informazione che aveva bisogno di sapere, e il fatto che l'avesse chiesta infastidiva Mercer. Si allontanò senza rispondere e Max non lo seguì. Non capiva bene cosa stesse combinando quell'uomo, ma più domande faceva, meno Mercer si fidava di lui e meno lo avrebbe coinvolto.

Calder è nella proprietà, diceva il messaggio di Max.

Uno degli altri collaboratori esterni aveva già informato Mercer, che stava tornando dal lato ovest della tenuta. Stava cercando due strutture che, secondo alcune voci, si trovavano nella proprietà, ma non era ancora riuscito a trovarle.

Dove sei?

All'ingresso principale.

Quando arrivò sul posto, Max gli riferì che Calder se n'era andato.

"Barbie ha chiesto a Maddox di incontrarla al ristorante Il Conti a cena," riferì.

Mercer conosceva bene quel posto.

"Calder li ha sentiti per caso," aggiunse Max. "Penso che abbia intenzione di andare lì."

"Ricevuto," rispose lui.

Calder stava per agire; lo sentiva dentro di sé. Sperava solo che, quando lo avesse fatto, avrebbe lasciato Lena fuori da quella faccenda.

"Ci incontreremo lì prima che arrivino," disse a Max. "Informo Paps."

"STA ARRIVANDO," DISSE PAPS, INDICANDO LA PORTA d'ingresso de Il Conti più tardi quella sera. Mercer si voltò in tempo per vedere Alex Avila entrare nell'area bar, dove era seduto. Quando si voltò, Paps era sparito.

Lei si sedette a pochi sgabelli di distanza da lui e si mise a chiacchierare con il barista. Pochi minuti dopo, Calder la raggiunse, ma non diede segno di aver riconosciuto Mercer.

Invece, si chinò e baciò Alex sulla guancia, prima che lei si ritraesse. Parlarono brevemente del vino che lei aveva ordinato, poi Alex suggerì di spostarsi a un tavolo.

Mercer inviò un messaggio a Paps, confermando che era ancora al bar e che Max era a un tavolo nella sala da pranzo. Gli fece anche sapere che Calder aveva raggiunto Alex e che sembrava che l'avesse invitata a raggiungerlo lì.

Pochi minuti dopo, Maddox entrò nel ristorante con Lena. Mercer avrebbe voluto sedersi al tavolo nella sala da pranzo al posto di Max, solo per poter osservare la reazione di tutti. Calder era probabilmente l'unico dei quattro a sapere in anticipo chi ci sarebbe stato.

Non passò molto tempo prima che Maddox e Lena si fermassero al tavolo di Calder e Alex, per poi sedersi a un tavolo non lontano da loro. Quando Alex uscì infuriata, Maddox la seguì a ruota.

Mercer rimase dov'era, ma avvisò Paps. Quando vide Calder avvicinarsi a Lena, si spostò nella sala da pranzo e raggiunse Max.

"Sembri molto *matura* stasera," sentì dire da Calder.

"Vaffanculo," sibilò Lena a denti stretti.

"Su, su. È questo il modo di parlare all'ex amore della tua vita?"

"Cosa vuoi?" gli chiese lei.

"La lista è cresciuta dall'ultima volta che abbiamo parlato, tesoro."

"Non posso aiutarti. Trova qualcun altro da ricattare."

"Non sono d'accordo. Penso che tu sia nella posizione perfetta per aiutarmi a ottenere tutto quello che voglio."

Mercer si rese conto di stare trattenendo il respiro, sperando che Lena non reagisse, e lei non lo fece. Sapeva fingere molto bene il proprio disinteresse, e lui era orgoglioso di lei.

"Stai lontano da me," furono le uniche parole che lei rivolse a Calder, prima che Maddox tornasse al tavolo pochi istanti dopo.

Durante la conversazione che seguì, Maddox zittì Calder quando accennò alle voci secondo cui la cantina Los Caballeros della famiglia Avila aveva un problema di obbligazioni.

Quando Maddox si alzò per andarsene e si offrì di accompagnare Lena fuori, i suoi occhi incontrarono quelli di Mercer per la prima volta da quando era entrato nella sala da pranzo.

Lui scosse la testa e si rivolse a Max. "Portiamola via da qui."

Quando l'altro si alzò e si diresse verso i bagni, Mercer indicò a Lena di seguirlo con un cenno della testa, poi la sentì rifiutare l'offerta di Maddox e congedarsi.

Mandò un messaggio a Paps, dicendogli che Max avrebbe accompagnato Lena e di tenersi pronto. Solo pochi minuti dopo, vide che Calder si era reso conto che Lena non sarebbe tornata, quindi se ne andò a sua volta.

Paps lo seguì fino alla cantina Tablas Creek e rimase lì finché un altro membro della loro squadra non prese il suo posto nella sorveglianza.

MERCER SI TROVAVA NELLA CASA DI HARMONY DA POCO PIÙ DI un'ora quando Paps entrò con Lena alle calcagna.

"Voglio che se ne vada," disse quando lei andò in camera da letto sbattendo la porta. "Ha davvero bisogno di farlo, cazzo?"

"Ti capisco. Però ieri sera mi è dispiaciuto per lei. E anche stasera."

Paps finse di cadere dalla sedia.

"Era dispiaciuta."

"È tutta una recita."

A Mercer Lena non piaceva più di quanto piacesse agli altri, ma ogni tanto pensava che avrebbero potuto essere un po' più comprensivi nei confronti della vita infernale che lei aveva vissuto senza averne alcuna colpa.

"Hai notizie da Razor?" chiese Paps.

"No. Avrei dovuto?"

Paps scosse la testa. "Non è un brutto incarico."

"Sul serio? Lo intendi davvero?"

"No, ti stavo solo prendendo in giro."

Ne aveva già abbastanza, non aveva bisogno di altre battute da parte di Paps. Si alzò e se ne andò.

"Hai finito per stasera?" gli domandò Paps.

Mercer annuì prima di chiudere la porta della camera da letto dietro di sé.

ERA L'UNA DI NOTTE SULLA COSTA ORIENTALE E, DATO CHE Razor era il capo della scorta di Quinn per il momento, Mercer non si aspettava di ricevere notizie da lui o da chiunque altro, e ciò lo infastidiva.

In quell'ultimo anno e mezzo, erano stati pochissimi i giorni in cui non aveva saputo cosa lei avesse mangiato a colazione, pranzo e cena, dove fosse andata e con chi avesse parlato. Non sapere quelle cose lo faceva impazzire.

Ma c'era di peggio. Lei non gli parlava, ed era tutta colpa sua.

Si alzò e tornò in cucina, dove trovò Paps ancora seduto al tavolo.

"Le dirò la verità."

Paps scosse la testa. "No, Ottantotto, non lo farai."

"La perderò."

"Se glielo dici adesso, la perderai di sicuro. Se muore, non ci sarà più modo di tornare indietro. Lascia che sia arrabbiata con te. Diamine, lasciati odiare, se la terrà al sicuro." Paps fece una pausa. "Lo *sai* bene."

20

QUINN

Quinn trovò il biglietto da visita del signor Sharp sul bancone della cucina. Dopo aver parlato con sua madre, si era dimenticata che avrebbe dovuto contattarlo.

"Signor Sharp? Sono Quinn Sullivan. Mi ha chiesto di contattarla," disse quando lui rispose.

"Chiamami Tabon, e sì, è vero."

"Riguarda il colloquio?"

"Esatto. Immagino che tu non sia più ansiosa di me di tornare in città. Perché non ci vediamo da Michaels domani alle dieci?"

Quinn accettò, lo ringraziò e chiuse la chiamata, ma non posò il telefono. Rimase invece a fissarlo, sperando di ricevere notizie da Mercer.

Non gli aveva più parlato da quando gli aveva riattaccato il telefono. Aveva pensato che lui le avrebbe mandato un messaggio, ma non era arrivato nulla. Forse non avrebbe dovuto essere così stronza riguardo alla sua reticenza a parlare di sé stesso e di cosa facesse per vivere.

Posò il telefono sul bancone, salì al piano di sopra, indossò il bikini e prese un asciugamano.

Solo dopo essersi sistemata su una sedia a sdraio si rese conto di non avere preso il telefono prima di uscire. Non importava. Mercer stava diventando come sua madre. Non aveva senso controllare il cellulare per vedere se aveva ricevuto notizie da uno dei due.

"NON CE LA FACCIO PIÙ A MANGIARE," DISSE TARA QUANDO IL cameriere chiese se desideravano il dessert.

"Io sì. E tu?" chiese Aine.

"Certo, cosa mi consigliate?" rispose Quinn.

Entrambe le gemelle erano golose di dolci e a lei non dispiaceva mai assaggiare quello che una o entrambe ordinavano per dessert. Avrebbe voluto però che si sbrigassero, perché quella cena si stava trascinando allo stesso modo della sua giornata.

Non era in spiaggia da molto quando il resto del gruppo la raggiunse.

"Hai lasciato questo dentro," disse Ava, gettando il suo telefono sull'asciugamano accanto a lei.

"Grazie," mormorò, desiderando che nessuno se ne fosse accorto. Non avere il cellulare con sé era stato liberatorio. Ovviamente dovette controllare se Mercer avesse cercato di contattarla. Non l'aveva fatto, il che la lasciò di cattivo umore per il resto della giornata.

Non era l'unica. Le sue quattro amiche sembravano altrettanto scontrose, persino Aine, che era quasi sempre di buon umore.

"Peccato che domani tu abbia il colloquio qui," mormorò. "Io sono pronta a tornare in città."

Al sentire quelle parole, Penelope le guardò con aria accigliata. "Grazie mille."

"Non è niente di personale, Pen," disse Quinn. "È solo che..."

Cosa? Che era l'inizio dell'estate e nessuna di loro aveva una storia d'amore promettente? Le faceva sembrare così patetiche. "Quanto tempo ti fermi?" chiese, senza concludere il pensiero precedente.

"Almeno fino al 4 luglio."

Quinn non aveva motivo di tornare all'appartamento. Anche se il colloquio del giorno dopo fosse andato bene, il posto non sarebbe stato disponibile fino alla fine dell'estate. Non c'era nessuno in città a luglio o agosto.

"Posso restare?"

Un sorriso illuminò il volto di Penelope. "Sì!" Le diede il cinque.

"Mi dispiace, Pen," disse Aine. "Posso restare anch'io? Non so perché ho detto che volevo tornare a casa."

Ava e Tara si unirono al coro, affermando che nessuna delle due voleva andarsene, tanto per cominciare.

"Allora è deciso," disse Pen. "Festa del 4 luglio a Fire Island."

Quinn cercò di mostrare il giusto entusiasmo, ma non sarebbe rimasta perché voleva fare festa.

"Hai avuto sue notizie?" le chiese Aine.

Lei scosse la testa. "Non sono stata molto gentile, quando abbiamo parlato ieri sera."

"Forse dovresti contattarlo."

Era tutto il giorno che pensava la stessa cosa, ma ogni volta che prendeva il telefono per mandargli un messaggio, cambiava idea. Quando lui era partito la mattina precedente, le aveva detto che si sarebbe tenuto in contatto mentre era via. Non le aveva chiesto di fare lo stesso.

Era inutile cercare di addormentarsi. Non ci sarebbe riuscita. Leggere, che di solito funzionava, almeno per calmare la mente, non era di alcun aiuto.

Quinn aveva sempre sofferto di insonnia. Sua madre le aveva raccontato che quando aveva solo una settimana non voleva dormire. "Ti agitavi fino a svegliarti. Mi facevi impazzire," le diceva. L'unico momento in cui non aveva problemi era quando stava con Mercer.

Le sue dita fremevano dal desiderio di mandargli un messaggio, anche solo per augurargli la buonanotte. Lì erano le due, il che significava che sulla costa occidentale erano le undici. Probabilmente era ancora sveglio, giusto? Si rigirò nel letto per altri quindici minuti prima di cedere e mandargli un messaggio.

Ciao. Trattenne il respiro, aspettando di vedere i puntini in movimento che indicavano che lui stava rispondendo.

Perché sei sveglia, tesoro?

Cosa avrebbe potuto rispondere? Che era preoccupata che lui fosse arrabbiato con lei perché lei era arrabbiata con lui?

Prima che riuscisse a decidere cosa dire, il nome di Mercer apparve sullo schermo.

"Ciao," rispose.

"Quinn, è bello sentire la tua voce."

Lei sorrise. "Non è passato molto tempo, anche se probabilmente preferisci non ripensare alla nostra ultima conversazione."

"Dobbiamo parlarne."

"Adesso o quando torni?" Si alzò dal letto e cominciò a camminare avanti e indietro, troppo agitata per stare ferma.

"Entrambe le cose."

"Vai avanti."

"Ti ricordi quando ti ho detto di fidarti del tuo istinto per quanto mi riguardava?"

Come poteva dimenticarlo? Era una cosa che le aveva ripetuto più di una volta. "Sì."

"Ho bisogno che tu lo faccia adesso, tesoro. Ci sono cose di cui non posso parlarti, certe domande alle quali non potrò rispondere."

"A causa del tuo lavoro?"

"Sì."

"Ed è per questo che su Internet non c'è nulla su di te."

"Esatto..." Mercer esitò, ma lei non parlò, aspettando di vedere se avrebbe continuato. "Chiudi gli occhi, Quinn."

Lei si mise a sedere e appoggiò la testa su un cuscino. "Sono chiusi."

"Dimmi cosa vedi quando pensi a me."

"La prima cosa è il modo in cui mi sorridi."

"Come ti fa sentire?"

"Al sicuro," rispose, prima di riuscire a fermarsi. C'era dell'altro che non era sicura di poter ammettere. Amata, ma anche qualcosa di più.

"Cos'altro?"

"Penserai che sono pazza."

"Ti senti al sicuro, quindi dimmelo."

"Amata." Chiuse gli occhi e strinse la mascella, aspettando la risposta di Mercer.

"Devi avere fiducia in questa cosa."

"Ma..."

"Ti prego, tesoro. Fidati del tuo istinto. Fidati *di me*."

"Vorrei farlo." Odiava dubitare di lui; la faceva dubitare di se stessa.

"Ci riesci?"

Le ci volle un po' per rispondere. Desiderando che qualsiasi cosa avesse detto fosse sincera, chiuse di nuovo gli occhi e pensò a lui. I suoi sentimenti erano gli stessi di pochi istanti prima. "Ci riesco," disse infine.

"Ne sono felice. Ora dimmi perché sei sveglia nel cuore della notte."

"Tu."

"Temevo che lo avresti detto. Ti senti meglio adesso? Pensi di riuscire a dormire?"

"Possiamo parlare ancora un po'?"

"Possiamo parlare per tutta la notte, se vuoi."

❧ 21 ❧

MERCER

Non ci volle molto perché Mercer capisse che Quinn si era addormentata. Mantenne la linea attiva nel caso si fosse svegliata, ma alla fine chiuse la chiamata.

Le stava chiedendo molto, ma Paps aveva ragione. Non poteva ancora dirle la verità su di sé, né su come l'aveva conosciuta. Prima dovevano capire cosa stesse facendo Calder negli Stati Uniti. Se lo avessero scoperto, sperava che ciò li avrebbe portati a ritrovare Doc e Leech vivi o a confermare che fossero morti. In ogni caso, alla fine della loro missione, aveva intenzione di eliminare Calder e, senza bisogno di dirlo, sapeva che Paps e Razor la pensavano allo stesso modo.

Mercer non poteva permettersi di perdere tutte quelle ore di sonno. I giorni successivi avrebbero potuto portare alla svolta che stavano aspettando, e lui aveva bisogno di riposarsi per poter agire. Chiuse gli occhi e si sforzò di pensare a Quinn, invece che ai cattivi dai quali la stava proteggendo.

. . .

Quando riaprì gli occhi, il sole splendeva attraverso la finestra della camera da letto. Guardò l'orologio, scioccato quando scoprì che erano già le dieci passate. Come aveva fatto a dormire così a lungo e perché Paps glielo aveva permesso?

Si alzò in cerca di una tazza di caffè e di una risposta a entrambe le domande.

Dopo aver bevuto la sua prima tazza di quello stimolante legale e accingendosi a bere la seconda, andò alla ricerca del partner. Trovò Paps seduto su una sedia sul terrazzo sul retro della casa, lo sguardo perso tra le colline davanti a sé.

"È bellissimo, vero?" disse quando Mercer si sedette su una sedia accanto a lui.

"Sì, è vero. È questo che hai fatto tutta la mattina? Pensare a quanto è bella la California?"

Paps scosse la testa. "Non ho detto che la California è bella. Ho detto che quelle colline lo sono. Hai dormito bene?"

"Sì, in effetti. E tu?" chiese Mercer.

"Sono sveglio dall'alba," mormorò Paps.

"Perché non mi hai svegliato?"

"Non ce n'era motivo. Per il momento siamo in fase di stallo. Oh, a proposito, Skipper ha ottenuto il lavoro."

"Aspetta. Cosa? Pensavo che il colloquio fosse la settimana prossima." Dio, odiava davvero non ricevere i rapporti.

"Tabon le ha fatto il colloquio sull'isola."

Mercer rise e scosse la testa. "Tabon, eh?" Raramente aveva sentito Paps riferirsi a qualcuno con un nome diverso dal suo nome in codice.

"È così che si chiama, quando è il suo capo."

"Non è mai il suo capo."

"Oggi sembri di umore migliore."

Mercer gli raccontò della conversazione che aveva avuto con Quinn nel cuore della notte e di come, dopo, fosse riuscito a dormire, come aveva fatto anche lei.

"Dimmi cosa intendeva Razor quando ha detto che la storia si ripete."

Paps impiegò molto tempo a rispondere, come se stesse decidendo se raccontare o meno quella storia a Mercer. "Hai presente quel lato di Lena che hai detto di aver visto ieri sera?"

"Sì?"

"In realtà, era sempre così."

"Quando lei e Doc stavano insieme?"

Paps annuì. "Lui si era innamorato perdutamente, ma alla fine non era destino che stessero insieme."

Mercer sperava con tutto il cuore che Razor non avesse ragione riguardo al passato. Era convinto che lui e Quinn fossero destinati a stare insieme e non voleva che finisse tutto.

"Perché no?" Finché Paps era disposto a parlare, pensò di continuare a fare domande.

"Dopo essere stata violentata, Barbie è cambiata. Chi non l'avrebbe fatto? Quel bastardo l'ha picchiata fino a ridurla in fin di vita." Paps rimase in silenzio per un altro minuto, poi si voltò a guardare Mercer dritto negli occhi. "Doc ci ha provato, ma cosa poteva fare? A quel punto era troppo importante per la squadra per poter lasciare; non che fosse disposto a farlo. Servire il suo

Paese era tutto per lui. Era fatto così. Non avrebbe mai potuto rinunciarci per Barbie e, anni dopo, per Peyton."

"E Quinn?"

"È complicato e, dato che nessuno mi ha chiesto la mia opinione all'epoca, non posso commentare le decisioni che hanno preso."

Mercer lo capiva. Per quanto ci provasse, non riusciva a trovare il coraggio per porre la domanda successiva. La risposta aveva davvero importanza?

Paps continuò. "Doc ha sempre fatto quello che riteneva fosse meglio per entrambe. Le ha sostenute in ogni modo possibile, anche se nessuna delle due avrebbe mai avuto problemi economici."

Quello era uno degli aspetti che Doc non aveva rivelato a Mercer. Lui sapeva quanto guadagnavano lui, Paps e Razor al momento, ma Doc non poteva aver guadagnato così tanto prima che fondassero il K19. Anche in tal caso, non sarebbe stato abbastanza per mantenere Lena e Quinn per il resto della vita, soprattutto considerando il loro stile di vita. "Perché no?"

"Sono i soldi di Elisabetta. Lo sono sempre stati."

Mercer riconobbe il nome. "La madre di Lena?"

Paps annuì.

"È così che Doc ha ottenuto il terreno."

Mercer stava facendo del proprio meglio per seguire il discorso, ma la scarsità di parole di Paps rendeva difficile la comprensione.

"Lei glieli ha lasciati in eredità."

"Puoi spiegarti meglio?"

Il telefono di Paps emise un segnale acustico e lui guardò lo schermo. "Maddox e Naughton hanno trovato la casa e la cantina."

"Davvero?"

"Barbie è con loro adesso e sta raccontando la sua storia."

Ecco un altro esempio dell'umanità di quella donna. Doveva renderla felice poter parlare della sua famiglia, in particolare dei suoi nonni, che avevano costruito la casa e gli altri edifici sulla cima della collina. Mercer aveva capito che, poco dopo la morte dei suoi genitori, alla madre di Lena era stato diagnosticato il morbo di Parkinson, la stessa malattia che aveva portato via il bisnonno di Quinn. Doveva essere terrorizzata.

"Mi dispiace per lei. Il modo in cui è morta sua madre..." disse Mercer ad alta voce, senza volerlo.

"Mi è dispiaciuto per Leech," aggiunse Paps. "Qualcosa dentro di lui è morto quando sua moglie si è ammalata. Tutti i progetti che aveva per la pensione sono andati in fumo. Lui ed Elisabetta avevano pensato di trasformare la proprietà in una fiorente azienda vinicola. Niente di tutto ciò si è realizzato. Invece, ha visto sua moglie declinare rapidamente."

Il fatto che sia a Elisabetta che a suo padre fosse stata diagnosticata quella malattia debilitante era una cosa insolita. Le ricerche che aveva letto dicevano che solo il dieci per cento dei casi di Parkinson era genetico. Tuttavia, se sia il nonno che la madre fossero morti per quel motivo, lui sarebbe stato molto attento a controllare i sintomi. Si chiese se Lena lo facesse. E Quinn?

"Dopo la morte di Elisa, Leech si è isolato. Doc era preoccupato, ma Leech ha agito prima che qualcuno di noi potesse intervenire," aggiunse Paps.

"Non potevi prevedere che avrebbe fatto quello che ha fatto," disse Mercer.

"No? Non ne sono così sicuro."

Se fosse stato nei panni di Paps, avrebbe provato lo stesso senso di colpa, che fosse logico o meno.

"È ora che tu sappia qualcosa di più su questa storia, ma prima ho fame. Andiamo da Sadie."

"Certo. Vado solo a... prendere il portafoglio." Stava per dire che avrebbe fatto una doccia veloce, ma intuì che Paps voleva parlare subito e non voleva perdere l'occasione. In particolare, voleva sapere perché la madre di Lena avesse lasciato a Doc metà del patrimonio e come la pensasse sua figlia, l'ex moglie di Kade.

QUANDO SADIE EBBE PRESO LE LORO ORDINAZIONI, PAPS ricominciò a parlare.

"Ha addestrato tutti noi, sai. Me, Doc, Razor, Calder."

Mercer perse l'appetito. Ogni parola di Paps rendeva il quadro più chiaro. Leech Hess aveva reclutato Doc, Paps, Razor e Calder, e quest'ultimo li aveva traditi tutti.

"Doc e Boiler – quello era il nome in codice di Calder, almeno all'epoca – avevano un rapporto di amore-odio fin dall'inizio. Delle volte erano molto amici, come me e Razor. Altre volte, invece, si capiva che avrebbero voluto uccidersi a vicenda. Barbie era sempre nel mezzo. All'inizio era difficile capire da che parte stesse. Un giorno preferiva Doc, quello dopo Boiler."

"Cos'è successo?"

"I Marines. Diamine, non c'è bisogno che ti dica che è tutta una questione di competizione. Boiler era abituato a essere il migliore in tutto quello che faceva. Quando è arrivato Doc, le cose sono cambiate. Si vedeva che tra loro si era creato un campo di energia. Alla fine, Boiler ha perso."

"Cos'ha perso?" domandò Mercer.

"Tutto. Barbie. La Delta Force. Leech non era nemmeno sicuro che Boiler sarebbe stato reclutato nell'NCS."

"Tutto perché Leech ha notato che c'era qualcosa che non andava in lui," mormorò Mercer.

"Sì. Proprio come noi vediamo che c'è qualcosa che non va in Max. Affiniamo questi istinti per sopravvivere."

Lo sapeva perfettamente. "Come l'hanno trasformato?"

"Probabilmente quella è la parte che Leech avrebbe voluto cambiare. Pensava che Boiler si sarebbe ripreso, avrebbe lavorato di più, si sarebbe impegnato di più. Immagino che sia quello che oggi chiamano un approccio duro. Non ha funzionato, ed è stato l'inizio della fine."

Paps guardò fuori dalla finestra, distogliendo lo sguardo da Mercer. "Boiler era sempre stato bravo con le lingue, ne parlava tre o quattro abbastanza fluentemente, compreso il russo. Mi sono sempre chiesto se fossero stati loro a cercarlo oppure il contrario."

"Non poteva avere un'autorizzazione di sicurezza molto alta. Eravate tutti molto giovani." In realtà, più giovani di quanto lo era Mercer quando Doc l'aveva reclutato.

"No, lui no, ma Leech sì."

Paps gli raccontò che Calder aveva trovato un modo per hackerare il sistema di Leech e decodificare migliaia di documenti riservati, che erano poi stati consegnati ai russi. Il risultato era stata la morte di almeno una dozzina di agenti statunitensi.

"Devo dirti che non avrei mai immaginato che fosse così intelligente," disse Mercer.

"Non lo era."

"Allora come ha fatto?"

"Ha ricevuto l'aiuto di un'agente bellissima, brillante e incredibilmente letale," rispose Paps.

Mercer non ne aveva mai sentito parlare prima. "Che fine ha fatto?"

"Doc l'ha uccisa. Se avesse avuto altri dieci secondi, avrebbe ucciso anche Calder."

"Chi lo ha fermato?" chiese Mercer.

"Leech." Paps scosse la testa e guardò di nuovo fuori dalla finestra. "Per oggi basta così," disse quando Sadie portò il loro ordine.

Mercer mescolò il cibo nel piatto, cercando di ricostruire il resto della storia.

Quello che non sapeva era quando fosse avvenuto lo stupro. Doveva essere stato dopo che Doc aveva ucciso l'altro agente, altrimenti Leech gli avrebbe permesso di finire Calder.

"Avrà bisogno di un contenitore da asporto," sentì che Paps diceva a Sadie prima di controllare il telefono. "È più tardi di quanto pensassi e aspettiamo ospiti."

"Chi?"

"Laird Butler. Andiamo, Ottantotto. Ti aggiornerò lungo la strada," aggiunse quando Mercer si bloccò.

"Gunner, è un piacere vederti," disse Laird quando Paps lo invitò a entrare.

Quando i due uomini si sorrisero e si strinsero la mano, a Mercer apparve evidente che si conoscevano da molto tempo.

"Burns, lui è Ottantotto."

Mercer fece un passo avanti. "Salve, signore."

"Ho sentito parlare molto di te, figliolo. È un piacere conoscerti, finalmente." Laird indicò Paps. "È un ottimo angelo custode."

"Siediti, Ottantotto," disse Paps. "Sembra che tu stia per svenire."

Sia Laird che Paps scoppiarono a ridere; Mercer fece come gli aveva suggerito e si sedette.

"A colazione gli ho raccontato praticamente tutto quello che Doc ha tralasciato riguardo a ciò che è successo con Boiler vent'anni fa."

Non tutto, pensò Mercer, c'erano ancora molte lacune.

"Colazione? A quest'ora?" esclamò Laird. "Che diavolo di operazione hai organizzato?"

Paps indicò Mercer. "È colpa sua. Io sono alzato all'alba, come sempre."

"Facciamo due passi," disse Laird a Paps. Se ne andarono, e nessuno dei due propose a Mercer di unirsi a loro.

"COME HA OTTENUTO IL NOME IN CODICE BURNS?" chiese Mercer quando Paps tornò mezz'ora dopo senza Laird.

"Per un paio di motivi. Conosci gli scozzesi, Robert Burns è più importante di Dio stesso. Inoltre, non ho mai conosciuto un agente più bravo di Burns Butler a tagliare i ponti."

Mercer lo capiva. Nella comunità dell'intelligence, bruciare i ponti significava tagliare i collegamenti in ogni catena operativa se una missione era compromessa, in modo che nessuna delle parti potesse mai essere ricollegata.

"La mela non è caduta poi tanto lontano dall'albero come tutti pensano," commentò.

"Certo che no. Doc idolatrava suo padre. Voleva essere proprio come lui," disse Paps.

"Eppure, nessuno dei fratelli di Doc sa dell'*altra* carriera di Laird."

"Esatto. Ricordi che ti ho detto che il sogno di Leech era quello di riportare in vita i vigneti, andare in pensione e produrre vino?"

Mercer annuì.

"Da dove pensi che abbia preso l'idea?" Paps scosse la testa e sorrise. "Burns e Leech... Beh, ti racconterò questa storia un altro giorno. Comunque, quando Burns ha lasciato l'agenzia per dedicarsi a tempo pieno al ranch, Leech era invidioso e ha deciso di fare lo stesso."

"Ma Laird era nato per quello."

"Anche Elisabetta. Eppure, lei ha scelto la vita che conduceva con Leech. Non c'erano segreti tra loro, a parte quelli che lui non poteva rivelarle, e lei lo capiva."

"E Sorcha?"

"Hai sentito la storia di come si sono conosciuti?" chiese Paps.

Lui scosse la testa. "Nossignore."

Paps gli mise una mano sulla spalla e la strinse. "Per oggi ho finito di raccontare storie. Non hai una protetta da controllare?"

"Non posso credere che tu abbia resistito così a lungo, Ottantotto," disse Razor quando rispose alla chiamata di Mercer.

"Come sta?"

"Skipper?"

"No, la regina d'Inghilterra."

Razor si mise a ridere, "Calmati, figliolo. Sta bene. È un po' nervosa, ma sta bene."

"Com'è andato il colloquio?"

"Come te lo aspetteresti. È stata professionale e gentile."

"Mi fa piacere sentirlo."

"Ascolta, ci sono alcune cose di cui devo parlarti."

Quindici minuti dopo, Mercer riattaccò dopo che Razor gli ebbe riferito cosa era successo in quelle ultime quarantott'ore.

Dopo la telefonata, Mercer trovò Paps intento a bere una birra con Lena. Qualcosa gli diceva che non avrebbe dovuto interromperli. Invece, mandò un messaggio dicendo che doveva andare a San Luis Obispo.

Il giorno prima aveva dimenticato di ritirare la cornice che aveva commissionato all'artista per Quinn. Oltre a ciò, aveva bisogno di mettersi in viaggio per un paio d'ore, schiarirsi le idee ed elaborare tutto quello che aveva appreso quel giorno, in modo da poter pianificare la fase successiva della missione il giorno seguente.

Stava andando verso la moto, con la cornice in mano, quando vide qualcuno di familiare che la stava guardando.

"È tua?"

Mercer annuì e guardò la moto parcheggiata accanto alla sua. "Quella è tua?"

"Certo che sì." L'uomo gli tese la mano. "Sono Naughton. È una Monster?"

"Io sono Mercer. E sì, una 1200."

"È bellissima."

"Grazie. Quella è una R5?" Mercer osservò più da vicino la moto d'epoca. "Del '52?"

"Sì."

Parlarono per qualche minuto delle moto nuove rispetto a quelle vecchie. La Ducati e la BMW erano ugualmente impressionanti.

Mercer indossò la giacca, vi infilò dentro la cornice e chiuse la cerniera. "Ti va di fare un giro?" chiese.

"Certo. Hai già in mente dove andare?"

"No. Tu?"

"Quanto tempo hai?" chiese Naughton.

"Non ho nessun impegno," rispose lui.

Paps gli aveva suggerito di coinvolgere il fratello minore di Doc, e non avrebbe potuto funzionare meglio se l'avesse pianificato.

"Il panorama non è così bello, se non prendiamo la strada da sud a nord."

Mercer gli fece un cenno di approvazione e lo seguì quando Naughton si allontanò dal marciapiede.

"Vuoi fare cambio per il viaggio di ritorno?" chiese Naughton quando raggiunsero la cima di See Canyon Road e si fermarono per ammirare il panorama.

"Certo," rispose Mercer, imitando l'entusiasmo che Naughton aveva mostrato poco prima. "Tra un minuto, se per te va bene."

"Fai con comodo, non c'è panorama migliore in tutta la contea."

Mercer appoggiò il casco sul sedile della moto e attraversò la strada per raggiungere il masso che sporgeva dal fianco della collina. Naughton aveva ragione per quanto riguardava il panorama. Oltre Morro Rock, riusciva a vedere a nord fino al faro di Piedras Blancas, ad almeno un'ora di distanza.

"Com'è andata la discesa?" chiese quando Naughton si sedette sulla stessa roccia.

"Non è stata così dura. Più divertente."

"Ottimo." Mercer guardò il vasto Oceano Pacifico e provò un senso di rimpianto. Se non fosse stato il fratello minore di Doc, Naughton sarebbe stato qualcuno che avrebbe voluto conoscere meglio. Ma vista la situazione, stringere amicizia non gli sembrava giusto. Sarebbe stata un'altra relazione basata sui segreti. Mercer sapeva più di quanto avrebbe dovuto su Naughton, proprio come succedeva con Quinn.

IL VIAGGIO DI RITORNO IN CITTÀ FU DIVERTENTE MA, COME aveva detto Naughton, non troppo impegnativo. Comunque, Mercer adorava la sensazione che gli dava la BMW e ripensò al progetto di acquistare una Ducati da tenere in città. Forse avrebbe cercato una vecchia R5 come quella di Naughton.

"Hai tempo per una birra?" gli chiese Naughton.

Mercer controllò l'ora, anche se non aveva nessun impegno. "Forse una."

Entrarono nello stesso ristorante dove lui e Paps si erano

incontrati il giorno prima e si sedettero al bar. Quando Mercer si tolse la giacca, la camicia gli scivolò di lato e Naughton lo notò.

"Mio fratello aveva dei tatuaggi molto simili ai tuoi," disse.

"Davvero?"

Naughton non aggiunse altro, il che lo fece sentire ancora più a disagio. *Mi dispiace per tuo fratello*, avrebbe voluto dire. *Lo conoscevo bene. Anzi, lo consideravo come un fratello.*

"Sei di queste parti?" gli chiese Naughton qualche minuto dopo.

"No, vengo dalla costa orientale. Sono qui solo per lavoro."

Naughton non gli chiese di che tipo di lavoro si trattasse, ma Mercer non se lo aspettava.

"E tu?" chiese a sua volta.

"Sono nato e cresciuto qui," rispose Naughton. "A pochi chilometri a nord, a Paso Robles."

"La regione del vino," commentò Mercer. "Lavori nel settore?"

"Sono il responsabile dei vigneti del Butler Ranch."

"Conosco bene il loro vino."

"Vieni a trovarci qualche volta, ti farò fare un giro della tenuta," si offrì Naughton.

"Mi farebbe molto piacere."

Pochi minuti dopo, quando Naughton si alzò per indossare la giacca, Mercer fece lo stesso. Avevano bevuto la loro birra ed era ora di separarsi.

"È stato un piacere conoscerti," disse Naughton una volta fuori.

Mercer gli strinse la mano. "Anche per me." Aspettò che l'altra moto si allontanasse prima di salire sulla Ducati. La mise in moto e rimase seduto per un minuto, strofinandosi la mano sul petto: sentiva la mancanza di Quinn.

IL MARTEDÌ FU TRANQUILLO COME IL LUNEDÌ, MA SEMBRAVANO entrambi la proverbiale calma prima della tempesta. Mercer era nervoso, e lo era anche Paps.

"Rallenta, non ti capisco," disse Mercer quando rispose a una chiamata di Lena.

"Lui lo sa."

"Chi sa cosa?"

"Maddox sa che ero sposata con Kade," sbottò Lena.

"Raccontami cos'è successo."

Lei gli spiegò che aveva mostrato a Maddox delle foto dei vigneti, che risalivano a quando i suoi nonni erano ancora vivi. "Una foto di me e Kade deve essersi attaccata a una delle altre, e lui l'ha vista."

"Ha visto la foto, ma questo non significa che sappia che eravate sposati."

"Gliel'ho detto io."

"A questo punto è irrilevante," ribatté lui.

"*Merda,*" esclamò lei.

"Cosa?"

"Calder è qui."

"Paps si occuperà di lui," le disse Mercer.

"E se avesse seguito Maddox?"

"Non l'ha fatto."

"Non mi fido di lui," mormorò lei.

"Non ti fidi nemmeno di me."

"È vero." Lena chiuse la telefonata.

Pochi minuti dopo, Paps riferì che Calder se n'era andato. "È arrivato subito dopo che Maddox è partito, voleva sapere cosa gli aveva detto Lena."

"Dove si trova adesso?"

"Sta spostando il vino."

ALL'ALBA, SCOPPIÒ LA TEMPESTA. ALLE CINQUE IN PUNTO arrivò la chiamata dall'Alcohol Tax Bureau.

Calder aveva pagato alcuni braccianti della vigna di Naughton, compreso Max, perché prendessero il vino dalle cantine e consegnassero le botti a Los Caballeros. Allo stesso tempo, aveva chiamato l'ATB. L'unica cosa che non avevano previsto era che Calder avrebbe indicato Naughton Butler come suo informatore.

Quando Mercer arrivò a Los Cab travestito da agente dell'ATB, Gabe Avila era pronto a uccidere e aveva Naughton Butler nel mirino.

Non potendo impedire a Gabe di dare la caccia ai fratelli Butler senza far saltare la loro copertura, la squadra fu costretta ad assistere agli eventi del pomeriggio, compreso il ricovero in ospedale di Alex Avila, che si era messa tra Maddox e la rabbia del fratello maggiore.

. . .

"È ORA DI ANDARE, BARBIE," LE DISSE PAPS QUANDO tornarono alla casa di Harmony.

Il cambiamento nel comportamento della donna era radicale. Era come se avesse perso dieci anni di vita.

"Quando, precisamente?" chiese.

"Al calar della notte," rispose Paps.

POCO DOPO IL TRAMONTO, MERCER SI FERMÒ DAVANTI AL cancello principale della tenuta e spense il motore della moto. La spinse all'interno e aspettò che Max si facesse vivo. Mentre osservava la proprietà, un veicolo attirò la sua attenzione: non era quello che si aspettava di trovare.

"*Merda*," sbottò quando riconobbe la targa del furgone. Che diavolo ci faceva Naughton Butler lì?

Mandò un messaggio a Max. *Cambio di programma, ci vediamo al cancello sud.*

"Perché? Sono già qui," sussurrò Max alle sue spalle.

Mercer indicò il furgone di Naughton. "Ecco perché."

"Vuoi che lo sposti? Pensavo che dovessimo incontrarci qui."

"È *quello* il furgone che hai preso?"

"Paps ha detto di usare il furgone del ranch."

"*Porca puttana troia.* Chi diavolo è quello?" ringhiò quando un altro veicolo attraversò il cancello. Per fortuna aveva spostato la moto fuori dalla vista, mentre lui e quell'idiota di Max erano al riparo degli alberi.

"Maddox," rispose Paps, che uscì dal bosco dall'altra parte della strada sterrata dopo che il furgone li ebbe superati.

"Che ci fa qui?" chiese Mercer.

"Barbie l'ha chiamato. Le ho detto io di farlo."

"Perché?"

"Per sistemare le cose, in modo che lui la lasci in pace. Le ho suggerito di dirgli che Calder la stava ricattando per il vino nascosto."

Mercer aggrottò le sopracciglia.

"Non preoccuparti, Ottantotto. Le ho detto di dirgli che Calder stava usando il suo matrimonio con Kade come incentivo per convincerla ad aiutarlo."

"Ottima idea, Paps." Avrebbe avuto senso per Maddox e, forse, lui avrebbe smesso di ficcare il naso.

Per il momento, però, dovevano portare via il furgone di Naughton da lì.

"*Che cos'è quello?*" chiese Paps, indicando esattamente ciò che preoccupava Mercer.

"Ho preso il veicolo sbagliato," confessò Max.

Mercer sapeva che Paps non avrebbe dato di matto. "Nessuno morirà per questo errore," era solito dire, e Mercer cercava di ricordarselo quando le piccole seccature cominciavano ad accumularsi.

Prima che Mercer potesse suggerire a Max di andare subito a cambiare il furgone, videro dei fari avvicinarsi lungo la strada sterrata. I tre uomini si ritirarono nel bosco.

"*Gesù Cristo,*" sussurrò Paps, osservando Maddox che si fermava, scendeva, si avvicinava e guardava dentro il furgone di Naughton.

.   .   .

Dopo che Maddox se ne fu andato, Paps si rivolse a Max. "Porta il tuo culo al Butler Ranch, riporta il veicolo di Naughton dove l'hai trovato e prendi il pick-up del ranch che è parcheggiato a destra dell'edificio della cantina."

Max se ne andò prima che Paps potesse aggiungere altro.

Mercer scosse la testa. "Fammi indovinare. Quello di Naughton era parcheggiato sul lato sinistro."

"Che diavolo ne so, ma come altro lo spieghi?" Paps iniziò ad allontanarsi, ma poi si voltò. "Vai. Ci penso io. C'è un aereo che ti aspetta all'aeroporto per portarti a New York."

"Di cosa stai parlando? Perché?"

"Perché lo dico io."

"Non è sufficiente." Mercer aveva un enorme rispetto per Paps, ma in quegli ultimi tempi lui aveva iniziato a trattarlo come un dipendente invece che come un socio, e la cosa non gli piaceva.

"Skipper, cretino."

Mercer non sapeva cosa fare. Non si era mai trovato in una situazione del genere prima di allora.

"Trasporterò Barbie io stesso," aggiunse Paps. "E quando tornerò, assumerò una nuova squadra."

"Sono d'accordo con te. Dici che Razor ha controllato quei ragazzi?"

"Col cazzo."

"Grazie, signore," disse Mercer, stringendo la spalla di Paps.

Non avrebbe mai potuto prendere un aereo quella sera, se Paps non gli avesse organizzato il volo. In tal modo, avrebbe viaggiato per tutta la notte e sarebbe atterrato al mattino.

"A proposito, Skipper è ancora sull'isola."

Mercer lo sapeva già. Non importava quante cose fossero successe in quelle ultime quarantott'ore; aveva contattato Razor ogni volta che ne aveva avuto l'occasione.

❦ 22 ❦

QUINN

"Ti stai annoiando?" le chiese Aine a colazione.

"Un po'." Il problema non era quello, ma che le mancava Mercer. Odiava essere *quel tipo di ragazza* ma, anche se aveva giurato di non esserlo, non poteva farci niente; lui era l'unica cosa a cui pensava.

"Quanto pensi che si arrabbierebbe Pen se andassimo in città per un paio di giorni, ma tornassimo in tempo per la festa?"

"Si arrabbierebbe perché non restiamo per il fine settimana."

"Lo so, ma non riesco a sopportare altri sette giorni su quest'isola. È stato divertente, ma Dio, siamo le persone più giovani qui."

Quinn alzò gli occhi al cielo e rise. Se fossero partite più tardi in giornata, entro il giorno dopo tutti quelli della loro età sarebbero arrivati lì per festeggiare il lungo weekend festivo. "Dovremmo restare."

"Sapevo che l'avresti detto," brontolò Aine. "Hai avuto notizie del misterioso signor Mercer?"

"Non proprio." Aveva ricevuto dei messaggi, ma ancora nessuna notizia su quando lo avrebbe rivisto. Era uno dei motivi per cui voleva restare sull'isola. Non riusciva a sopportare l'idea di stare seduta nell'appartamento ad aspettarlo.

"Cosa facciamo oggi? Aspetta, ci sono. Andiamo in spiaggia. *Di nuovo.*" Aine alzò gli occhi al cielo e sbuffò, mentre entrava in bagno per fare la doccia.

Quinn si alzò dal tavolo della cucina e riempì una ciotola con la frutta che aveva tagliato la sera prima, sapendo che, se non l'avesse fatto prima di andare a letto, avrebbero mangiato di nuovo schifezze a colazione. Non era che non le piacessero i croissant appena sfornati che mangiavano ogni giorno da quando erano arrivate, ma se non avesse smesso di mangiarli, il suo bikini non le sarebbe più andato bene. Quando sentì un segnale acustico, lasciò la frutta sul bancone e prese il telefono sul tavolo.

Buongiorno, tesoro.

Sorrise e fece i conti. Erano le sei del mattino in California. *Ti sei alzato presto. Vai in palestra?*

Sto pensando di andare in bici.

Sembra una buona idea. Forse, invece di andare direttamente in spiaggia, lei e Aine avrebbero dovuto fare un giro dell'isola in bici e fare un po' di esercizio, per smaltire tutti quei croissant.

Vuoi venire con me?

Non c'era niente che le sarebbe piaciuto di più. *Certo. Mi farebbe molto piacere.*

Esci.

Quinn guardò fuori dalla finestra della sala colazioni e vide Mercer in piedi fuori dal cancello della pensione, con due biciclette.

"*Sei tornato!*" gridò, correndo fuori dalla porta, attraverso il cancello, e tra le sue braccia.

"Sono tornato."

"Non me l'avevi detto."

Mercer le accarezzò la guancia e la baciò, così lei gli avvolse le braccia intorno al collo.

"Sono partito ieri sera tardi, invece di aspettare il volo di oggi," mormorò lui. "Volevo farti una sorpresa."

"Ci sei riuscito. Come facevi a sapere che ero... Non importa. Non mi interessa. Sono così felice che tu sia qui."

"Mi sei mancata, tesoro," disse lui, stringendola più forte.

"Per quanto tempo resterai qui?"

"Non lo so. Perché?"

"Non hai valigie."

"Ho un amico che ha una casa qui."

"Ma certo che ce l'hai," disse lei ridendo.

"Pensavo che non avessi sue notizie," gridò Aine, uscendo dalla stessa porta di Quinn.

"Sono una sorpresa," le disse Mercer quando lei lo abbracciò.

"Sei troppo bello per essere vero," disse Aine, poi guardò Quinn. "Non è vero?"

Lei fissò la sua amica, sperando che non dicesse nulla sul fatto che Mercer non fosse da nessuna parte in Internet. Invece, Aine prese un'altra direzione.

"Per caso hai un gemello? Ne vorrei uno per me."

"Ne vorresti uno per te?" scoppiò a ridere Quinn.

"Sai cosa intendo." Anche Aine rise.

"Ha un amico che ha una casa qui."

"È single?" chiese Aine.

"Non è qui; io sto a casa sua."

"Oh, bene." Aine si sporse in avanti e baciò Quinn sulla guancia. "Ci vediamo più tardi?"

Lei guardò Mercer e lui annuì. "A un certo punto."

"Divertiti!" Aine salutò con la mano e attraversò il giardino per raggiungere l'edificio principale.

"Pronta a partire?" chiese lui.

"Ehm... certo."

Lui la tirò verso la bici. "Andiamo."

Quinn controllò quello che indossava. "Dovrei cambiarmi, e non mi sono ancora fatta la doccia."

Mercer le cinse la vita con un braccio e la attirò a sé. "Pensavo che, forse, avresti voluto fare la doccia con me."

"Mi piacerebbe molto," mormorò lei.

"Questa volta non avremo fretta."

"Va bene," disse lei, salendo sull'altra bici e cercando di rallentare il respiro. "Dove stiamo andando?"

"Non molto lontano."

"Grazie a Dio."

. . .

"NON SCHERZAVI QUANDO DICEVI CHE ERA VICINO," DISSE Quinn quando fermarono le biciclette davanti alla casa sulla spiaggia.

"Dovremmo parlare," disse Mercer dopo che ebbero appoggiato le biciclette sul lato della casa e chiuso il cancello.

Parlare era l'ultima cosa che Quinn aveva voglia di fare.

Mercer le mise una mano sulla schiena e la guidò verso l'ingresso laterale. Lo aprì e lo tenne aperto.

Lei rimase in piedi vicino al bancone della cucina mentre lui chiudeva la porta dietro di sé, tenendo gli occhi incollati ai suoi quando lui incrociò il suo sguardo. Mercer si mise di fronte a lei e appoggiò le mani sul bancone della cucina, intrappolandola.

"Mi hai sentito?"

Lei annuì. "È solo che..."

Lui aspettò che finisse, ma lei invece lasciò uscire un sospiro.

"A volte sarebbe molto più facile se finissi le mie frasi al posto mio." Lei rise, e lo fece anche lui.

"So che pensi che io possa leggerti nel pensiero, tesoro. Ma non posso."

"Possiamo parlarne più tardi?"

Mercer scosse la testa. "No, non possiamo. Perché, dopo che lo avremo fatto, il nostro rapporto cambierà."

"In peggio?"

"No, tesoro. In meglio."

"Oh."

"Vieni qui." Mercer la condusse verso un divano vicino alle finestre anteriori, che si affacciavano sull'acqua. Si sedettero e lui le mise un braccio intorno alle spalle.

"Sono affiliato alla K19 Security Solutions, Quinn, ma non lavoro per loro; sono uno dei proprietari."

"Di cosa si occupa la tua azienda?"

"Di molte cose di cui non posso parlare."

Quinn si oscurò in volto. "Capisco."

"Ti dirò solo questo. La maggior parte del nostro lavoro riguarda il governo federale e le agenzie di sicurezza nazionale."

"Come la CIA?"

Mercer annuì. "Sì, e anche altre."

"Eri nell'esercito?"

"Sì."

"Lo immaginavo."

Mercer sorrise. "Davvero?"

Lei annuì e sorrise a sua volta. "Mi ricordi mio nonno, anche se non lo conoscevo bene. Cioè, lo conoscevo, ma non lo vedo da tantissimo tempo."

"Per quanto riguarda il mio lavoro, indipendentemente da come evolverà la nostra relazione, il fatto che io non possa parlare con te dei dettagli non cambierà." Aspettò di nuovo che lei ribattesse e, quando non lo fece, continuò. "La maggior parte è altamente riservata. Ho bisogno di sapere, Quinn. Pensi di poterlo sopportare a lungo termine?"

"Mi aiuta il fatto che tu me l'abbia detto. Sarà tutto come prima?

Quando sarai fuori città, ti manterrai in contatto con me? Potremo parlare?"

"Non sempre. Quando potrò, lo farò."

"Oh." Quinn distolse lo sguardo.

"Parlami, tesoro."

"Non ne sono sicura, a essere sincera. Mi preoccuperò molto."

"È naturale."

"E se ti succedesse qualcosa?" Si pentì della domanda non appena la formulò.

"Lo saprai nello stesso modo in cui sapresti se io avessi un incidente d'auto o se mi succedesse qualcos'altro che non ha nulla a che vedere con il mio lavoro."

"È giusto. C'è qualcos'altro?"

"Che posso dirti?"

Lei annuì.

"Non molto, tranne che spero che ti fiderai di me e crederai che voglio solo il meglio per te. Non voglio mai ferirti, né renderti infelice."

"E il tuo tatuaggio?" Quinn trattenne il respiro, sperando che lui rispondesse.

"Gran parte di quello che faccio è proteggere le persone."

"Ti consideri un angelo custode?"

"Sì. In una certa misura, almeno."

"Ok." Lei fece una pausa. "Mercer?"

"Sì, Quinn?"

"Come cambierà il nostro rapporto?"

"Facciamo quella doccia e vediamo."

Quinn incrociò le braccia sul petto, sperando che lui non notasse quanto le tremassero le mani. L'idea che fosse arrivato quel momento, che lei e Mercer stessero per fare sesso, la sconvolgeva.

"Quinn?"

Lei sorrise. "Sì, Mercer?"

"Quello che succede o non succede tra noi oggi, o in qualsiasi altro giorno, non è predeterminato. Come prima, faremo quello che ci sembra giusto per entrambi."

"Va bene."

"C'è qualcos'altro che vuoi chiedermi?"

"Non credo. Anzi, preferirei non parlare."

Mercer la attirò a sé e la guardò negli occhi. Quando lei cercò di distogliere lo sguardo, lui le posò le dita sul mento. "Quando ti chiedo come stai, voglio che tu mi risponda onestamente, ok?"

Quinn sentì il viso diventare rosso e il tremore del corpo peggiorare. Quando lui non distolse lo sguardo, capì che stava aspettando una risposta. "Sì."

❧ 23 ❧

MERCER

La prese tra le braccia, l'unico modo che gli venne in mente per alleviare la tensione che minacciava di mandare tutto all'aria prima ancora di cominciare. Quinn era stata più audace di quanto lui potesse immaginare quando si era spogliata e lo aveva raggiunto sotto la doccia sei giorni prima, ma in quel momento era cauta, preoccupata e così ansiosa che il corpo le tremava.

La portò in camera e la depositò sul bordo del letto. Lei si sdraiò e lui appoggiò il corpo, ancora vestito, contro il suo. Poi la baciò. All'inizio dolcemente, poi con più forza. L'idea che lei fosse sua, tutta sua, lo faceva impazzire di desiderio. Rallentò di nuovo e la guardò negli occhi. Erano velati, le pupille dilatate, mentre lei cercava nei suoi quello che sarebbe successo dopo.

Mercer le fece scivolare le mani sotto la maglietta, coprendole il seno attraverso il reggiseno. Doveva assaporarla, non poteva aspettare un minuto di più. Le mani di Quinn tirarono il tessuto, insieme lo fecero passare sopra la testa e lo gettarono sul pavimento.

"Dio, sei così bella," ringhiò lui, affondandole il viso nel collo mentre le slacciava il reggiseno e spostava le coppe.

Quinn se lo sfilò, gettando anch'esso sul pavimento.

I seni sodi erano perfetti. Le accarezzò i capezzoli con le dita, poi li leccò con la lingua. A differenza dell'altro giorno, quando il loro tempo era limitato, ora Mercer poteva passare tutto il giorno ad assaporare quella dolcezza, e il pensiero gli mozzò il respiro.

Sotto di lui, Quinn si contorceva e inarcava la schiena. Gridò il suo nome quando la bocca bagnata si chiuse sul suo capezzolo e lo succhiò. Lei sollevò un ginocchio e lui le accarezzò la coscia nuda.

"Questi devono sparire," disse, spogliandola come se stesse scartando un tesoro.

Quinn abbassò la gamba, poi la sollevò per lui. Lui le sfilò i pantaloncini e le mutandine, lasciando intravedere la seta rosa pallido che si abbinava al reggiseno.

In seguito, avrebbe chiesto a Quinn di prendersi tutto il tempo necessario per spogliarsi per lui, ma al momento era troppo ansioso di averla nuda sotto di sé.

Quando ogni centimetro di lei restò nudo davanti a lui, Mercer si mise in piedi tra le sue gambe, che penzolavano dal bordo del letto, e la bevve con gli occhi a partire dalle dita graziose dei piedi rosa, su per il corpo che aveva sognato innumerevoli volte, fino a quegli occhi che lo trafiggevano.

Le sue narici si dilatarono e il suo respiro divenne più affannoso. La camicia cadde sul pavimento, quando se la sfilò dalla testa. Quinn si tirò su a sedere e gli appoggiò le mani sul petto. Un brivido le percorse il corpo quando la sua lingua leccò e tracciò un percorso sulla pelle nuda.

"Respira, tesoro," le sussurrò mentre appoggiava entrambe le mani all'interno delle cosce. "Apriti per me."

Le dita di Mercer le sfiorarono il sesso e lei si allontanò, spostandosi più in alto sul letto. La sua mano la seguì comunque fino a toccare il suo calore.

"Oh, Dio," gridò lei, aprendo gli occhi che aveva tenuto chiusi.

Lui le sorrise con un misto di orgoglio e desiderio. "Sei magnifica," mormorò prima di baciarla di nuovo.

Quando lei gli tirò l'elastico dei pantaloncini, Mercer slacciò la cintura, staccò le labbra dalle sue, poi aprì la zip e li lasciò cadere insieme alle mutande, liberando l'erezione. Lei si sporse in avanti, cercando di toccarlo.

"Attenta, piccola," la avvertì lui, serrando la mascella mentre le allontanava la mano.

"Mi dispiace. Vorrei sapere cosa devo fare."

"Non scusarti mai perché mi desideri, e quello che stai facendo è perfetto," disse lui, abbassandosi in modo che il suo corpo fosse disteso accanto a quello di lei.

"Ti prego, Mercer. Insegnami cosa devo fare," lo supplicò lei.

"Lo farò, tesoro, ma prima voglio guardare. Ogni volta che siamo lontani, voglio vederti proprio così. Aperta per me, piena di desiderio... Stare con te così ogni giorno, Quinn, per il resto della nostra vita, è il mio sogno."

Lei rabbrividì quando lui si chinò su di lei e le mise una mano tra le gambe. Mercer rimase stupito di quella rapida reazione, osservandola mentre si mordeva il labbro inferiore e lo attirava a sé.

Voleva essere dentro di lei, ma si trattenne, prendendosi tutto il tempo necessario, esplorandole il corpo. I suoi gemiti di piacere lo fecero quasi crollare.

"Ti piace, tesoro?" le chiese, penetrando più a fondo.

"Sì," gemette lei, muovendo il corpo contro la sua mano. "Ne voglio ancora, Mercer."

Quando lui le diede quello che desiderava, lei inarcò di nuovo il corpo. Le sue cosce tremarono e la bocca si aprì, lasciando sfuggire dalle labbra il suono più dolce che lui avesse mai sentito.

Mercer aspettò che l'orgasmo si placasse, leccandole il sudore dal collo e dalla spalla, finché non vide i suoi occhi aprirsi.

"Non vuoi...?" mormorò lei.

Lui amava il modo in cui Quinn faticava a finire le frasi, soprattutto quando sapeva che lui non l'avrebbe fatto al suo posto. La guardò mentre la bocca formava parole che non pronunciava.

"Voglio," rispose lui, liberandola da quel tormento. "Ma prima devi essere pronta."

Lei continuò a contorcersi mentre lui esplorava le sue profondità con la mano e la bocca, strappandole altre grida di piacere.

Aspettò di nuovo che lei riprendesse fiato e aprisse gli occhi. Mentre Quinn lo guardava, allungò la mano a prendere un preservativo dal cassetto del comodino, poi lo srotolò.

"Tesoro," disse, poi aspettò che gli occhi di Quinn incontrassero di nuovo i suoi. "Ti farà male, ma solo per un attimo."

Lei annuì, gli occhi pieni di suppliche e il corpo pieno di desiderio.

La prese lentamente, osservando i suoi occhi che si rovesciavano all'indietro. Le fece scivolare la lingua nella bocca aperta e inghiottì il suo grido di dolore. Poi si fermò, aspettando che si placasse. Quando Quinn iniziò a spingere contro di lui, capì che era pronta per continuare.

Spinse più forte, il corpo che sfregava contro quello di lei, e ben presto la sentì stringersi, avvolgendolo. Quinn gridò e lui non riuscì a trattenersi dal raggiungerla nell'estasi più intensa e perfetta che avesse mai provato.

Mercer le baciò il collo, il petto e i capezzoli, poi fece scorrere la lingua intorno all'ombelico. Quinn si dimenò sotto di lui e l'espressione sul suo viso cambiò.

"Essere dentro di te è così bello, così perfetto." Gemette mentre i fianchi di Quinn ricominciavano a muoversi e le intrecciò le dita di una mano tra i capelli mentre con l'altra le afferrava il fianco. "Ho bisogno di più," ringhiò. Strinse la mascella e la fissò negli occhi mentre la portava sempre più in alto, finché non capì che lei sarebbe esplosa di nuovo.

Quinn gli afferrò le spalle, affondandogli le unghie nella pelle mentre lui usciva dal suo corpo e crollava accanto a lei.

"Mio Dio," gemette contro il suo collo. La strinse a sé, in modo che i loro corpi fossero completamente uniti.

"Non lo sapevo," sussurrò lei. "Non avevo idea che sarebbe stato così."

Lui alzò la testa per guardarla. "Solo noi, Quinn. Tu ed io. Non è mai stato così per me prima d'ora."

"Davvero?"

"Neanche lontanamente. È così che dovrebbe essere, i nostri corpi e le nostre anime connessi. È questa la magia, tesoro. Non succede senza un amore tanto profondo da sentire l'altra persona nel tuo cuore, nelle tue ossa. Quando è così, sai che è giusto e che nient'altro potrà mai esserlo."

Lei chiuse gli occhi e appoggiò la testa sul suo petto, un'altra cosa che lui amava.

"Preziosa, preziosa Quinn," disse, poi il respiro di Quinn si stabilizzò e lui capì che si era addormentata.

24

QUINN

Quando si svegliò, Quinn era sola nel letto, ma sentiva Mercer muoversi in cucina. Trovò la maglietta sul pavimento, accanto ai suoi vestiti, e la indossò. Stava per uscire dalla porta della camera, ma poi decise di indossare anche le mutandine. Era un territorio sconosciuto per lei. Non aveva idea di come comportarsi e avrebbe voluto svegliarsi accanto a lui.

Invece di andare in cucina, si infilò prima in bagno e si guardò allo specchio. Aveva il viso arrossato, quasi chiazzato, e i capelli erano un disastro. Cercò senza successo di domarli con l'acqua. Poi andò in bagno e stava per andare a cercare Mercer quando lui bussò alla porta.

"Quinn?"

Aprì la porta e sorrise. La voce di Mercer era così dolce, come quella di un bambino.

"Stai bene?" le chiese, aggrottando la fronte.

"Sto bene. E tu?"

Quella conversazione avrebbe potuto essere più imbarazzante di così? Cosa c'era che non andava in loro?

"Vieni qui." Lui gemette e la strinse tra le braccia, e con quel gesto il disagio che lei provava svanì.

Quando Mercer la baciò, lei gemette a sua volta. Quelle labbra che toccavano le sue le fecero provare un rinnovato desiderio. Ora che sapeva cosa poteva fare al suo corpo, voleva di più. Molto di più.

"Ho preparato la colazione," disse lui, scostandole i capelli dal viso. "Dio, sei bellissima."

"Grazie," mormorò lei. "Colazione?"

"Ho pensato che dovresti nutrirti, prima che io ti prenda di nuovo."

"Mi piace l'idea di essere presa di nuovo," sussurrò lei, facendogli scorrere la lingua dall'orecchio lungo il collo.

"La colazione può aspettare." Mercer gemette, la fece indietreggiare verso il bagno, allungò la mano e aprì la doccia. "Prima non abbiamo fatto la doccia."

La sua maglietta che lei indossava finì sul pavimento, insieme ai pantaloncini. Quinn stava per sfilarsi le mutandine quando lui le mise una mano sulla sua.

"Basta con queste per il resto della giornata." Ringhiò e tirò il tessuto sottile fino a strapparlo.

Quinn credette di svenire dal desiderio che provava per lui, ma quando lui le strappò le mutandine dal corpo, le ginocchia le cedettero e gli afferrò le braccia per mantenere l'equilibrio. "Dio, Mercer, è stato..."

Lui aspettò che lei finisse, con quel suo modo esasperante.

"Così fottutamente eccitante."

La trascinò nella doccia con sé e la spinse contro le piastrelle. Il fresco le fece un gran bene al corpo surriscaldato.

"Ti ho già chiesto se ti spavento..." iniziò lui.

"No," disse lei, finendo la sua frase. "Per niente."

"Se mai dovessi farlo, voglio che tu me lo dica."

Sembrava che stesse parlando di sesso, ma Quinn non ne era sicura. "Mercer?"

Lui strofinò l'erezione contro di lei e le morse il collo con le labbra. "Non ti farò del male. Te lo prometto."

Quinn gli affondò le unghie nella pelle, lasciando dei segni. "Ti voglio, tutto di te."

Con le sue mani possenti, lui le sollevò il sedere e lei gli avvolse le gambe intorno alla vita. La sua bocca si posò su quella di Mercer e lui la baciò con forza.

"Prendimi, Mercer. Ti prego. Non farmi aspettare."

Il suono che si lasciò sfuggire era a metà tra un gemito e un ringhio. "Niente preservativo." Lui le strinse più forte il sedere, finché lei non fu modellata contro di lui. "Aspetta," disse, portandola fuori dalla doccia e in camera da letto.

La adagiò sul letto, come aveva fatto prima. "Non muoverti."

Poi entrò in bagno, chiuse la doccia, aprì un cassetto e gettò un paio di preservativi sul letto. Con i denti ne aprì un altro e lei lo guardò mentre lo srotolava.

"Ti fa male?" le chiese, abbassandosi tra le sue gambe.

Lei scosse la testa, ma quando sentì le sue dita, sussultò.

Mercer spostò la mano e lei la cercò.

"Tutto a posto," disse lei, ma lui scivolò via dalla sua presa e scese lungo il corpo. Quinn gridò quando lui lenì il suo dolore con la bocca.

Gli intrecciò le dita tra i capelli, tenendolo vicino a sé, desiderando che fosse ancora più vicino. "Oh, Dio," sibilò tra i denti serrati. "Mercer..."

"Lasciati andare, tesoro." Lui la leccò di nuovo e lei esplose, contorcendosi contro la sua bocca, desiderando di più, ma allo stesso tempo che lui smettesse. Le sue terminazioni nervose erano sensibili e gli tirò i capelli. "Fermati," gemette, ma lui non le diede ascolto. Al contrario, trasse ogni grammo di piacere possibile dal suo corpo, finché lei non lasciò cadere le braccia, incapace di tenerle sollevate più a lungo.

Mercer le passò le dita tra i capelli umidi. "Ho bisogno di essere dentro di te più di quanto abbia bisogno di respirare, Quinn," sussurrò.

"Perché non lo fai?"

"Perché sei ancora dolorante e ti ho promesso di non farti male."

Lei gli afferrò la mano con la sua e gli impedì di accarezzarle il cuoio capelluto. "Dimmi cosa stai pensando," disse.

Lui fece un respiro profondo. "A quanto sei preziosa per me. Al fatto che farei qualsiasi cosa per te."

"Perché sembri triste?"

"Non lo sono. Sono tutto tranne che triste. È più che altro che mi sento in soggezione davanti a te e a quello che provo per te."

"Dimmelo."

Lui sorrise. "Lo sai già."

"Dimmelo comunque."

Mercer si chinò in avanti e le baciò la fronte, poi entrambe le palpebre, la punta del naso e infine la bocca. "Non voglio spaventarti."

"Non mi spaventi. Mi sento al sicuro con te, Mercer. Mi sento amata."

"Vedi? Lo sai già."

"Voglio sentirlo dire da te."

Accarezzandole le guance con entrambi i palmi, lui fece un respiro profondo, poi la baciò di nuovo. "Ti amo, Quinn. Credo di amarti da sempre."

"Io ti spavento?" chiese lei.

"A volte."

"Perché?"

"Perché tieni il mio cuore nel palmo della mano, tesoro."

"Non ti farei mai del male."

"COSA FACCIAMO OGGI?" CHIESE MERCER DOPO CHE SI ERANO fatti la doccia e si erano ritrovati in cucina a preparare la colazione, proprio come avevano fatto in quegli ultimi quattro giorni.

"Sei stato molto bravo a fare tutto quello che volevo, persino a passare del tempo con la mia tribù. Tu cosa vuoi fare? E non dire "quello che vuoi tu"."

"Voglio andare in barca a vela."

"Wow. Ehm... sai come si fa?"

Lui sorrise. "Ho navigato qualche volta nella mia vita."

"Credo che dall'altra parte dell'isola ci sia un posto che noleggia barche," disse Quinn.

"Non il tipo di barca che voglio usare."

Lei posò il coltello che stava usando per tagliare le verdure per una frittata e si voltò. "Tu hai una barca, vero?"

Lui sorrise e annuì.

"Qui?"

Lui annuì di nuovo.

"Oh, Mercer. Le tue sorprese non finiscono mai? Dove si trova?"

"Al momento è ormeggiata a Seaview, ma vorrei spostarla."

"Dove?"

"Qui."

Quinn guardò fuori verso la baia e vide il molo davanti alla casa. "Non l'avevo mai notato."

"Dopo colazione possiamo andare a prenderla, navigare un po' e poi portarla qui."

"Sei sicuro di poter aspettare?" Quinn sorrise.

Mercer le cinse la vita con le braccia e la baciò sul collo. "A malapena."

Lei amava il modo in cui la lasciava appoggiare a lui, il modo in cui il suo corpo si modellava contro i suoi muscoli duri. Non era passata nemmeno un'ora da quando Mercer era stato dentro di lei l'ultima volta, eppure lo voleva di nuovo lì.

· · ·

AVEVANO TRASCORSO OGNI GIORNO NELLA BAIA, TORNANDO alla casa del padre di Penelope solo per prendere i vestiti di Quinn. Avevano girato in bicicletta, corso sulla spiaggia, trascorso del tempo con le sue amiche e ancora più tempo da soli, abbracciati l'uno all'altra.

Lui diceva che, se la casa non avesse avuto così tante finestre, avrebbe preferito che lei non indossasse mai vestiti. Così com'era, la maggior parte del tempo la teneva il più possibile svestita.

Quinn gemette quando Mercer si chinò e le accarezzò il sesso.

"Non andremo mai a prendere la tua barca, se inizi a fare così," disse sorridendo.

RIMASE SBALORDITA QUANDO MERCER INDICÒ LA BARCA ormeggiata a pochi metri da loro.

"Stai scherzando, vero?"

Lui scosse la testa. "Quella è *Aurora*."

"Wow. È bellissima." Lo yacht era stupendo. Anche dal molo, Quinn poteva vedere che ogni dettaglio era stato studiato da un abile artigiano e che era stato curato con attenzione dal giorno del varo.

"Ha preso il nome da mia madre," disse Mercer, tendendole la mano per aiutarla a salire a bordo.

Quinn camminò da poppa a prua, ammirando le condizioni del ponte in teak.

"Ci sono due cabine, a poppa e a prua, e due bagni, anche se solo quello di poppa ha la doccia," disse Mercer quando lei gli si avvicinò accanto al timone. "Scendiamo sottocoperta?"

"Certo," rispose lei, avviandosi verso la scaletta.

Il salone e la cucina sottocoperta erano più spaziosi di quanto pensasse, soprattutto considerando le due cabine. "Quindici, venti metri?"

"Dodici, con una larghezza di quattro."

Quinn sollevò un sopracciglio e passò la mano sulla targhetta di ottone con la scritta Hallberg-Rassy.

"È stata costruita più per il comfort e la funzionalità che per la velocità, ma se la cava bene. Non la userei sicuramente per le regate," aggiunse lui.

"È un progetto di Frer? Ho imparato a fare regate sull'F3 del padre di Tara."

Mercer annuì, impressionato dal fatto che lei avesse riconosciuto il costruttore.

"L'F3 non era affatto così, si trattava più che altro di uno scafo con solo l'ossatura sottostante," continuò Quinn.

Il teak sottocoperta era ben tenuto come quello di sopra, e il grigio, il blu e il rosso utilizzati per i cuscini e gli arredi nel salone e nelle cabine si abbinavano ai colori dello scafo dello yacht. "È davvero bellissima, Mercer."

Lui sorrise e la accompagnò a poppa. "La cabina di poppa ha due cuccette," disse entrando. "O una sola." Ripiegò il cuscino che le separava e le fece l'occhiolino.

"Come l'hai portata qui?"

"Mio fratello Hudson e un paio di suoi amici hanno navigato da Cape Charles."

"Stai scherzando?" Lei rise. "Quando hai organizzato questa cosa?"

"Durante l'ultimo volo dalla California, l'ho chiamato e gli ho offerto un sacco di soldi per portarla qui. Gli ho detto che, una volta consegnata sana e salva, avrei offerto a lui e ai suoi amici due notti a New York City. Il vento era dalla loro parte ed è arrivato ieri nel tardo pomeriggio."

"Come hai fatto a mantenere il segreto?"

"Non è stato facile." La strinse a sé e le affondò il viso nel collo. "Ti volevo di più."

Lei fece un passo indietro, sapendo che una volta iniziato, sarebbero potute passare ore prima che salpassero. "Hai altri fratelli?"

Mercer sorrise. "Stai cercando di distrarmi, tesoro?"

"Sì," mormorò lei.

"Hudson è il più piccolo, e Owen è quello di mezzo."

"Due fratelli. Hai anche delle sorelle?"

Mercer scosse la testa. "Mamma era davvero in minoranza numerica."

"Sei molto legato ai tuoi genitori?" Quinn cercò di mantenere un tono leggero, come se le domande che stava ponendo fossero del tutto innocue, ma non riusciva a nascondere il dolore che provava pensando alla propria madre.

"Lo ero. Sono morti in un incidente stradale quindici anni fa."

"Mi dispiace tanto." E lei che si era sentita dispiaciuta per sé stessa perché non sapeva dove fosse sua madre. Almeno era ancora viva.

Mercer annuì. "Grazie. È stata dura."

"Allora sei il più grande." Non c'era da stupirsi che si sentisse il protettore di tutti gli altri; era il ruolo che aveva assunto quando i suoi genitori erano morti.

"Nostra zia, la sorella di mia madre, si è trasferita da noi dopo che abbiamo perso mamma e papà. È una persona meravigliosa e ci ha tenuti in riga."

"Come si chiama?"

Mercer rise e scosse la testa. "Si chiama Ariana, ma noi l'abbiamo sempre chiamata zia Air. Credo che abbiamo iniziato a chiamarla così quando eravamo piccoli, perché era facile da pronunciare."

Si diressero verso la scaletta. "Possiamo andare?"

Era una barca troppo grande da manovrare da soli ma, dato che lui sembrava sicuro di sé, Quinn non obiettò.

"Vuoi prendere il timone?"

Lei annuì. "Lo farò quando ci saremo allontanati dal molo."

"Affare fatto."

Non c'era molto vento e non stavano andando lontano, quindi Mercer issò solo il genoa, che poteva manovrare da solo.

"Sei brava," disse, raggiungendola al timone.

Lei amava navigare, soprattutto in mare aperto. Chiuse gli occhi e sentì il vento, sapendo che era meglio mantenere un tocco leggero.

"Mi stupisci," disse Mercer da dove si trovava, guardando più lei che la vela.

"Ti lascerò prendere il comando, però," gli disse lei.

"È come parcheggiare una macchina, tesoro."

Lei rise. "Non ho mai guidato una macchina."

"Vuoi imparare?"

"Credo di sì. Insomma, potrei non vivere in città per tutta la vita." Quinn alzò le spalle. "Forse dovrei."

"Ti insegnerò io."

"Hai un'auto, oltre a quella di lusso del tuo amico?"

Lui scosse la testa e un'espressione strana gli attraversò brevemente il volto.

"Cosa c'è?"

"Niente."

"Non fare così."

"Scusa. Non è niente, te lo giuro. Penso che la Jaguar sia l'auto perfetta per imparare a guidare."

"Adoro il quattro di luglio," disse Quinn la mattina seguente. "Credo che risalga al periodo in cui lo trascorrevamo in California con i miei nonni. Vivevano non lontano da dove stavi tu, a Paso Robles. Ne hai mai sentito parlare?"

"Sì. Ho visitato diverse cantine in quella regione."

"Che coincidenza. Loro possedevano un vigneto. Anzi, ne possedevano diversi ma, dopo la morte dei miei bisnonni, sono stati abbandonati..."

"Cosa facevate tu e la tua famiglia per festeggiare?"

Quinn gli raccontò dei barbecue e dei fuochi d'artificio, ma la cosa che le piaceva di più era che quella era l'unica festa in cui i suoi nonni invitavano molte persone nella loro tenuta. "Mio nonno era molto patriottico," spiegò. "E tu? La tua famiglia faceva qualcosa di speciale per festeggiare?"

"Cape Charles era un posto fantastico dove trascorrere le vacanze ogni anno. C'erano parate, sia in città che sull'acqua. Come la tua, anche la nostra famiglia organizzava barbecue con i vicini." Fece una pausa. "Mi piacerebbe che un giorno incontrassi zia Air."

Quinn inclinò la testa. "E tuo fratello? Non volevi trascorrere le vacanze con lui?"

"Più che altro era il contrario." Mercer rise e scosse la testa.

"Come?" chiese lei.

"La mia famiglia. Vorrei passare più vacanze con loro."

"Io non ho nessuna famiglia," mormorò lei.

"Non sono d'accordo."

Quinn stava guardando l'acqua, ma si voltò. "In che senso?"

"Hai Aine, Ava, Tara e Penelope. Voi cinque siete più legate della maggior parte delle sorelle."

Lei annuì. "È vero."

"Hai me." Mercer la abbracciò. "E io ho te."

Quinn sorrise. "Mi piace."

"Anche a me." Mercer guardò l'orologio sopra la sua testa. "Dovremmo andare alla festa."

"Già?"

Lui sorrise. "Avevamo detto che saremmo arrivati un'ora fa, tesoro."

"Allora è meglio andare, immagino."

Invece, Quinn gli fece scivolare le mani sotto la maglietta e gli baciò il lato del collo. "Non credo che noteranno se arriviamo con qualche minuto di ritardo."

"Qualche minuto?"

Quinn annuì e lo prese per mano, trascinandolo dentro.

ARRIVARONO A CASA DEL PADRE DI PEN CON DUE ORE DI ritardo rispetto a quanto avevano detto, ma vista la quantità di persone presenti alla festa, Quinn dubitava che qualcuno avrebbe notato la loro assenza, se non fosse stato per il cibo e il vino che avevano promesso di portare.

"Eccovi qui," disse Pen, prendendo la grande ciotola di macedonia dalle braccia di Quinn.

"Scusa..."

"Non devi scusarti, amica mia. Ci piace vederti così felice."

"Grazie. Mi piace essere così felice." Quinn guardò Mercer, che stava mettendo delle bottiglie di vino bianco nel frigorifero della cucina all'aperto.

"Sembra un ragazzo fantastico," disse Tara, prendendo con le dita dei pezzi di ananas dalla macedonia.

"Smettila," disse Aine, schiaffeggiandole la mano. "Altre persone mangeranno da questa ciotola." Le mise un cucchiaio da portata in mano. "Usa questo."

"Perché sei tutta sorridente?" chiese Ava a Quinn.

"Stamattina io e Mercer stavamo parlando delle nostre famiglie. Quando gli ho detto che in realtà non ne avevo nessuna, lui non era d'accordo e ha detto che noi cinque siamo più unite della maggior parte delle sorelle."

"È vero," disse Aine, dando il via a una serie di applausi.

"Domani mattina andiamo in città..."

"Domani?" brontolò Penelope. "Sai che il traghetto sarà molto affollato, Quinn?"

"Potrebbe essere, ma non è così che viaggeremo." Quinn raccontò alle sue cinque amiche della barca di Mercer e riferì che le aveva invitate ad andare con loro. Dato che le cinque ragazze avevano navigato insieme sulla barca del padre di Tara, pensò che avrebbero potuto divertirsi navigando nella baia superiore, dove Mercer aveva affittato un posto barca al Liberty Marina.

"Ha una Hallberg-Rassy?" esclamò Tara.

Quinn sorrise raggiante. "Sì. Una dodici metri."

"Anche mio padre vorrà venire. Pensi che a Mercer dispiacerebbe?"

"Chiediglielo," disse Penelope. "È proprio lì."

Mercer era appoggiato a uno dei tavoli all'aperto; le stava ascoltando, ma non diceva nulla.

Quinn gli appoggiò le mani sul petto, godendosi la sensazione dei muscoli scolpiti sotto i palmi. Se non fossero appena arrivati, avrebbe suggerito che era ora di andare. "Che ne pensi?" gli chiese.

"Certo che il padre di Tara può venire. Più gente c'è sul ponte, meno dovrò fare io."

"Anche se... non sapevo che la sua ultima fiamma sarebbe stata qui oggi. Possiamo dirgli che deve prendere il traghetto?" sussurrò Tara. "Giuro che ha la mia età."

Le cinque ragazze guardarono la donna in questione, che era completamente indifferente a tutto quello che accadeva intorno a lei, tranne che al padre di Tara. Pendeva dalle sue labbra tanto quanto dal suo braccio.

"È disgustoso," disse Tara, voltandosi. "La sostituirà con una più giovane entro un anno, al massimo."

"Non sembra proprio una donna da barca," aggiunse Ava. "Prevedo che rifiuterà comunque."

Tara gemette. "Facciamo una gita in barca tra padri e figlie."

Anche il padre di Aine e Ava stava partecipando alla festa, che si teneva a casa del padre di Penelope, quindi ovviamente anche quest'ultimo era presente. Aveva un appuntamento, ma il padre delle gemelle sembrava essere arrivato senza l'ultima fidanzata.

"Ti va bene tutto questo, tesoro?" chiese Mercer a Quinn.

Lei annuì, girò la testa e lo baciò. "Finché sei con me, mi va bene quasi tutto."

❧ 25 ❧

QUINN

Quinn prese la foto incorniciata che Mercer le aveva regalato poco dopo che erano tornati in città dopo le vacanze del 4 luglio. "Reale... Per sempre," recitava la cornice. Il giorno in cui aveva scattato quel selfie, lui le aveva detto che la loro relazione non era una bugia e che lei non era sola.

Fino a quel momento, era stata l'estate più bella della sua vita e odiava vederla finire. Da fine giugno lui non era più stato chiamato per lavoro e, dato che lei avrebbe iniziato a lavorare con il gruppo di conservazione storica solo dopo il Labor Day, avevano trascorso ogni giorno insieme.

Come promesso, Mercer le aveva insegnato a guidare l'auto di lusso del suo amico, e lei se ne era immediatamente innamorata. L'aveva però avvertita che guidare qualsiasi altra auto sarebbe stato insignificante in confronto.

Quel giorno avrebbero dato il via al weekend del Labor Day con un paio di giorni di anticipo, portando *Aurora* a fare una gita. La tribù di Quinn e i loro accompagnatori sarebbero andati con loro.

Mercer sarebbe uscito presto per fare provviste, mentre Quinn sarebbe rimasta nel suo appartamento, dove avevano deciso di incontrarsi con tutti gli altri.

In quegli ultimi tempi, non sembrava più tanto il "suo" appartamento quanto piuttosto il "loro". Mercer trascorreva ogni notte con lei e andava nel proprio appartamento solo per lavorare.

All'inizio era stato difficile non chiedergli cosa facesse, ma poi si era abituata. Dato che lei non lavorava ancora, era come se fossero entrambi in vacanza per tutta l'estate.

C'era qualcosa di cui voleva parlargli, però, e aveva rimandato così a lungo che ben presto non ne avrebbe più avuto il tempo.

"Sto uscendo," disse lui dal corridoio, ma quando Quinn si voltò, Mercer le si avvicinò. "Che cos'è questa?" le chiese, asciugandole una lacrima dalla guancia.

"Devo parlarti," disse lei, indietreggiando per evitare che lui la toccasse.

Mercer si sedette sul divano e la tirò con sé. "Che succede, tesoro?"

"Voglio parlarti di mia madre."

"Adesso?" Lui guardò l'ora. "I tuoi amici arriveranno tra poco."

"Fai sempre così."

"Cosa?"

"Ogni volta che parlo di mia madre, cambi argomento o dici che non abbiamo tempo per parlarne."

"Non è vero."

Lo faceva, e così spesso che la infastidiva. "A volte penso che tu non voglia sapere nulla della mia vita."

"Cosa? È assurdo."

Lei inarcò un sopracciglio e incrociò le braccia sul petto.

"Mi dispiace. Non è quello che intendevo. Non è assurdo, Quinn. Mi dispiace che tu ti senta così. Parleremo di lei domani, quando avremo più tempo. Va bene?"

A Quinn era passata la voglia. "Lascia perdere."

Lui le scostò le braccia e la baciò. "Non lo dimenticherò. Parlami di lei adesso, se è quello che vuoi fare."

"Lei è..."

Il citofono suonò, indicando che almeno una delle sue amiche era arrivata, quindi Quinn si alzò. "Tempismo perfetto, vero, Mercer?"

Lui si voltò, ma lei riusciva ancora a scorgere i suoi occhi socchiusi e la tensione della mascella. Non era un'espressione che vedeva molto spesso, di solito solo dopo che tornava da qualche ora di lavoro.

Per il momento avrebbe ignorato la cosa. Le sue amiche sapevano tutto di sua madre e l'ultima cosa che avrebbe fatto era annoiarle con la sua triste storiella.

Mercer era educato, ma talmente silenzioso e riservato che la cosa la infastidiva. Si comportava come se fosse arrabbiato con lei. Era lei che avrebbe dovuto essere arrabbiata, non lui. Più il tempo passava, più Quinn si infuriava.

Quando attraccarono la barca dopo la gita in mare e si accinsero a preparare i bagagli per tornare a casa, Aine le si avvicinò.

"Ci piacerebbe portare te e Mercer a cena fuori, per ringraziarvi di questo pomeriggio fantastico."

Quinn lo guardò. Ovviamente aveva sentito Aine, ma distolse lo sguardo. "Non saprei."

La sua amica si avvicinò. "Va tutto bene tra voi due?" chiese. "Siete sembrati tesi per tutto il pomeriggio."

"A essere sincera, non so cosa stia succedendo. Stavamo per parlare di mia madre quando sei arrivata. Quando ho detto che avremmo continuato più tardi, lui si è comportato in modo strano."

"Forse avete bisogno di un po' di tempo separati. Siete stati sempre insieme per tutta l'estate."

Quinn alzò le spalle. Forse era vero. Odiava il modo in cui lui si comportava. "Io vengo," disse ad Aine.

"Eh?"

"A cena. Io vengo. Lui può fare quello che vuole."

Aine spalancò gli occhi. "Sei sicura?"

"Sì. Non potrei esserlo di più."

DATO CHE TUTTI E CINQUE SAPEVANO COME MUOVERSI SU un'imbarcazione, riuscirono a pulire e arrotolare le vele, chiudere i boccaporti e mettere in sicurezza la barca per la notte.

"Grazie," disse Mercer quando fu tutto a posto. "Apprezzo il vostro aiuto." Guardò Quinn. "Sei pronta?"

"In realtà... Aine e Ava mi hanno invitata a casa loro stasera, per una serata tra ragazze." Guardò Ava, che non era al corrente della conversazione con Aine ma la assecondò. Quella era la sua tribù, ed erano rimaste unite fin dalla seconda elementare. Se una di loro lanciava un grido di aiuto, per quanto sottile, le altre quattro erano lì per darle una mano.

Mercer socchiuse gli occhi e la studiò. "Va bene. Buona serata."

Si allontanò, lasciandola sbalordita, ma era quello che voleva. Come aveva detto Aine, forse avevano bisogno di stare un po' separati.

Quando lui se ne fu andato, Quinn fece cenno ad Aine di allontanarsi dal gruppo. "Non sei obbligata a farlo," disse, girando lo sguardo verso i loro accompagnatori. "Lo lascerò andare avanti, poi andrò a casa anch'io. Onestamente, vorrei solo una serata tutta per me."

"È questo che vuoi fare?" le chiese Aine.

"Sì, assolutamente. C'è un libro che ho cominciato a leggere all'inizio dell'estate e che non ho avuto tempo di finire. Voglio farmi un lungo bagno caldo tutta da sola e mangiare biscotti con gocce di cioccolato per cena, senza che nessuno mi giudichi."

"Va bene, se sei sicura... Almeno, vedi se Tom può venire a prenderti."

Avevano tutte il numero di Tom tra i propri contatti. Era il loro tassista preferito e spesso dava loro l'impressione di essere sempre a disposizione, pronto a portarle ovunque avessero bisogno di andare.

"Buona idea," disse lei tirando fuori il cellulare. "Tutto a posto," disse un minuto dopo. "Sarà qui tra cinque minuti."

"A volte ho l'impressione che lui ci segua e che poi si fermi dove siamo, per vedere se abbiamo bisogno di un passaggio," disse Ava.

"Lo so, vero? Stavo proprio pensando la stessa cosa." Quinn si massaggiò il petto quando fu pervasa da una strana sensazione. Ricordò di aver pensato qualcosa di simile su Mercer quando avevano iniziato a frequentarsi. In modo inspiegabile, sembrava che lui la conoscesse molto bene. Era stato strano, proprio come era strano che Tom fosse sempre nelle vicinanze.

"Sei sicura di stare bene?" le chiese Aine, accompagnandola nel punto in cui Tom le stava aspettando."

"Assolutamente," le assicurò lei.

"Allora, buona serata."

"Anche a te," disse Quinn, chiudendo la porta dietro di sé.

"Dove andiamo, signorina Skip... Sullivan?"

Lei rise. "Come stava per chiamarmi?"

"Niente, mi scusi."

"No, davvero. Cosa stava per dire?"

Quando Tom scosse la testa e fece allontanare l'auto dal marciapiede, Quinn sentì un brivido. Incrociò le braccia sul petto e si appoggiò al sedile. Per un attimo aveva creduto che avrebbero parlato di qualcosa che l'avrebbe distratta dal pensare allo strano comportamento di Mercer, ma Tom rimase in silenzio.

I suoi occhi si riempirono di lacrime e, non avendo motivo di nasconderle, si lasciò andare a piangere per tutto il tragitto fino all'appartamento.

"Tutto bene?" le chiese Tom una volta, ma non aggiunse altro quando Quinn annuì.

Tirò fuori una carta di credito dal portafoglio, rendendosi conto di non avere contanti. Si era abituata a non portarne con sé. Anche se gli ripeteva spesso che poteva permettersi di pagare da sola, Mercer non glielo lasciava fare mai.

"Mi dispiace," mormorò, porgendo la carta a Tom.

"Non è un problema, signorina Sullivan," disse lui, incrociando il suo sguardo nello specchietto retrovisore. "Sono preoccupato per lei, però."

La sua gentilezza la fece piangere ancora di più. "Sono solo stanca. Sa, una giornata in mare, troppo sole..." Quinn si interruppe. Forse lui non lo capiva. "Mi dispiace," disse di nuovo, prendendo la carta e scendendo dal taxi. "Buona serata, Tom."

"Anche a lei, signorina Sullivan," disse lui prima che lei chiudesse la portiera.

Quando arrivò all'ingresso dell'edificio, il suo portiere preferito le stava tenendo la porta aperta.

"Ciao, Vinnie," disse. "È da tanto che non ci vediamo."

"Ha avuto un'estate impegnativa."

"Sì, ma sta volgendo al termine." Quando i suoi occhi si riempirono di lacrime, cercò di nasconderle.

"Cosa c'è che non va?" le chiese Vinnie.

"Niente," rispose lei, agitandosi la mano davanti al viso. "Sono solo stanca, tutto qui. Buonanotte, Vinnie."

Quinn riuscì a trattenersi fino a quando l'ascensore non raggiunse l'undicesimo piano e lei aprì la porta dell'appartamento. Una volta dentro, si appoggiò con la schiena alla parete dell'ingresso, scivolò sul pavimento, si prese la testa tra le mani e scoppiò a piangere.

❧ 26 ❧

MERCER

Mercer aveva il cuore spezzato per Quinn, ma non sapeva cosa fare. Lei aveva chiarito che quella sera non voleva stare con lui, e lui avrebbe rispettato la sua volontà. I due resoconti di Tom e Vinnie, che dicevano entrambi che era apparsa inconsolabile, lo avevano lasciato in preda all'indecisione. Era combattuto tra lasciarla stare e andare a bussare alla sua porta finché non lo avesse fatto entrare, abbracciarla e non andare via finché non gli avesse detto cosa la turbava.

Si mise a camminare avanti e indietro per l'appartamento, talmente preoccupato da non riuscire a stare fermo. Quando il cellulare emise un segnale acustico, balzò in piedi, armeggiando con lo schermo in un modo che non aveva mai fatto prima e pregando che fosse un messaggio di Quinn.

Invece era da parte di Paps, e quello che lesse gli fece venire voglia di prendere a pugni qualcosa.

Calder in movimento. Serve rinforzo.

Non poteva dire di no. Era la sua missione. Se Paps lo chiamava, doveva andare.

L'ESTATE ERA STATA TRANQUILLA E, ANCHE SE OGNI GIORNO CHE passava Mercer era sempre più preoccupato per Doc e Leech, Calder non aveva fornito loro alcuna pista.

Forse era quello che stavano aspettando e, se era così, non potevano permettersi di non approfittare di qualunque cosa stesse tramando.

Senza bisogno di chiederlo, Mercer sapeva che l'aereo lo avrebbe aspettato all'aeroporto alle sei della mattina dopo. Non aveva scelta, doveva andare a parlare con Quinn.

Domani andrò fuori città, scrisse. *Per favore, parlami prima che io parta.*

Teneva il telefono in mano, sperando che lei rispondesse. Dopo ben quindici minuti, lei lo fece.

Sono qui.

Mercer corse alla porta, la chiuse dietro di sé e girò l'angolo nel corridoio. Quinn era appoggiata allo stipite e sembrava che avesse pianto per ore.

"Tesoro," sussurrò lui, accarezzandole la guancia. "Perché hai pianto?"

Lei entrò, lasciandolo in piedi nel corridoio.

"Posso entrare?" le chiese.

Quinn lo fulminò con lo sguardo. "Certo che puoi entrare," sbuffò.

Chiaramente non era il momento di dirle che stava cercando di rispettare i confini che lei aveva stabilito quel giorno. Forse stava esagerando.

Quando lei si sedette sul divano, Mercer si sedette accanto a lei e le mise un braccio intorno alle spalle. Lei non gli appoggiò la testa sulla spalla come faceva di solito, e lui provò un brivido di freddo per questo.

"Che succede?" le chiese.

"Sono stanca," rispose lei, ripetendo quello che Tom e Vinnie avevano riportato.

"Cos'altro?"

Lei alzò le spalle.

"Parlami, Quinn."

"Perché? Tu non mi hai parlato per tutto il giorno. Perché io dovrei parlarti adesso?"

"Non è vero."

"Stronzate. Sei stato cordiale. Tutto qui."

"Non sono d'accordo."

"Neanch'io."

Stava quasi per sorridere di quel tono ma si trattenne, per fortuna, dato che lei lo stava già fissando con aria minacciosa.

"Quando parti?"

"Domani mattina presto."

"Dove vai?"

Quando lui sospirò, lei si alzò dal divano e si sedette su una delle poltrone.

"Dimentica che te l'ho chiesto."

"Quinn."

"No, ho capito. Non sei tenuto a dirmi un bel niente."

"Ne abbiamo già parlato..."

"Sì, abbiamo parlato del fatto che tu non puoi dirmi nulla. Hai solo dimenticato di aggiungere che nemmeno io posso dirti nulla."

"Non è vero," ribatté lui. "Tu puoi dirmi tutto."

"Stronzate," disse lei per la seconda volta.

Mercer ne aveva abbastanza e si alzò. "Non voglio partire con le cose così tese tra noi."

"Allora non farlo."

"Sai che non ho scelta."

"Davvero? Lo so, eh? È interessante che tu la pensi così. Io non so *niente*, Mercer. *Niente*."

Lui si sedette di nuovo e aspettò, fissandola negli occhi come lei stava facendo con lui.

Quando finalmente Quinn parlò, fu per chiedergli di andarsene.

"Ti prego, non fare così," la supplicò Mercer.

"È tardi. Hai un volo domattina presto. Ne parleremo quando tornerai."

Non sapendo cos'altro fare, Mercer si alzò e si diresse verso la porta, sperando che lei cambiasse idea e gli chiedesse di restare. Rimase in piedi con la mano sulla maniglia, aspettando troppo a lungo nel silenzio. Quando lei non cercò di fermarlo, aprì la porta, uscì e la chiuse dietro di sé.

. . .

"FAMMI UN RESOCONTO," DISSE MERCER A PAPS QUANDO rispose alla sua chiamata.

"Ehi, Ottantotto. Mi dispiace..."

"Fermati subito," sbottò lui. "Siamo nel bel mezzo di una missione."

"Capito." Il resto della conversazione fu breve e diretto. Quando Lena era scomparsa, Calder si era ritirato dalla proprietà sulla Old Creek Road. Il suo piano di sfruttare il problema delle obbligazioni degli Avila e costringerli a vendere era fallito quando l'Ufficio Tributi li aveva lasciati andare senza nemmeno un richiamo. Aveva chiesto in giro se ci fossero altre aziende vinicole a rischio, i cui proprietari volessero vendere, ma non aveva avuto fortuna neanche in quel caso.

"Credi che costringerà qualcuno a cedere?" chiese Mercer.

"Ho questa sensazione," rispose Paps.

Mercer capiva l'importanza di stare all'erta, semplicemente perché il suo istinto gli diceva la stessa cosa.

"C'è un nuovo enologo in arrivo al Butler Ranch," gli disse Paps. "Bradley St. John."

"Qual è la storia?"

"La storia di lei."

"Eh?"

"Bradley è una donna. Non c'è molto da dire. È la nipote dei Jenson. Sono produttori di vino e i loro vigneti si trovano dall'altra parte della strada rispetto al Butler Ranch."

Mercer non capiva perché Paps gli stesse raccontando quelle cose. Se si trattava di altri pettegolezzi, non era interessato ad ascoltarli.

"Ha una relazione con Trey Deveux," aggiunse Paps.

Perché quel nome gli suonava familiare? Mercer aprì i file sul computer e fece una ricerca per nome. *Eccolo lì.* Era lui che, secondo Lena, aveva firmato l'accordo di riservatezza prima che Calder andasse a vedere la proprietà sulla Old Creek Road, quando era in vendita. Mercer scavò un po' più a fondo e scoprì che la famiglia Deveux aveva un legame con i Calder grazie al matrimonio tra una sorella e uno dei fratelli minori di Rory.

"Cos'altro sai di lei?" chiese Mercer dopo aver raccontato a Paps quello che ricordava e quello che aveva scoperto.

"Non credo ci sia altro. Maddox le ha offerto quel lavoro; a quanto pare, è un'enologa emergente. Onestamente, penso che il legame con Deveux sia una coincidenza, ma certamente non è una cosa che dovremmo ignorare."

"Che altro diavolo non mi hai detto?" sbottò Mercer, più arrabbiato con se stesso che con Paps.

"Non mi piace il tuo tono di voce, Ottantotto. Continueremo questo discorso quando arriverai domani."

Mercer fissò il telefono, stentando a credere che Paps gli avesse appena riattaccato il telefono in faccia. Lo sbatté sulla scrivania.

Dato che quella notte non sarebbe riuscito a chiudere occhio, organizzò la scorta per Quinn mentre lui era via, poi si tuffò a capofitto nei fascicoli che non aveva più esaminato con attenzione dall'inizio dell'estate. Si era lasciato travolgere da quella relazione, per di più con una protetta, e per quel motivo rischiavano di non riuscire a portare a termine la missione.

Giurò che non avrebbe più permesso a Quinn di distrarlo, ma dopo due ore passate a fissare lo schermo senza combinare nulla, accettò il fatto che lei fosse l'unica cosa a cui riusciva a pensare e andò a letto.

Il giorno dopo sarebbe stato diverso, però. Dal momento in cui avesse messo piede sull'aereo, la sua testa sarebbe tornata al lavoro.

"CHE MODO SCHIFOSO DI TRASCORRERE UN LUNGO WEEKEND festivo. Come stai, Ottantotto?" chiese Razor quando Mercer entrò nella casa di Harmony.

"Di merda è la definizione giusta, come sempre." Trattenne il respiro per un attimo, pregando che Razor non dicesse nulla su Quinn. Non era dell'umore giusto e dubitava di riuscire a trattenere la rabbia, se il suo partner avesse iniziato a parlargli di lei.

"Vorrei sapere che cazzo sta combinando," mormorò invece Razor.

Mercer guardò oltre la spalla di Razor e studiò il rapporto di monitoraggio h/24 sulla posizione di Calder.

"Chi è quello?" chiese, indicando un nome sullo schermo.

"Si chiama Vatos. Ha una lunga fedina penale, ma per lo più per reati minori. Droga, furti, cose del genere."

"Perché Calder si incontra con lui?"

Razor alzò le spalle. "Non ne ho idea."

"Chi lo sta seguendo?"

"Nessuno. Pensi che dovremmo assegnare qualcuno?"

"Immediatamente."

Mercer aveva un brutto presentimento, ma la cosa peggiore era che non sapeva se quell'istinto fosse dovuto alla missione o a Quinn, e ciò lo faceva infuriare.

"Deveux sta arrivando," riferì Paps. "Ehi, Ottantotto, hai un minuto?"

"Sissignore," rispose lui e seguì il partner nell'altra stanza. "Prima che tu dica qualcosa, mi dispiace per il mio atteggiamento di ieri sera. Ho esagerato."

Paps lo fissò negli occhi. "Te lo dirò una volta sola, quindi faresti meglio ad ascoltare."

Lui annuì.

"Vuoi sapere perché Calder è riuscito ad arrivare a Barbie? Perché Doc era talmente preso da lei da perdere la prospettiva. Ha perso la sua fottuta concentrazione. Non lasciare che la storia si ripeta, Ottantotto. Mi hai capito?"

"Sissignore," disse di nuovo Mercer.

"Basta con queste stronzate," sbottò Paps mentre usciva.

Cazzo. Paps aveva assolutamente ragione e Mercer non sapeva cosa diavolo fare al riguardo. *Sapeva* di doversi dare una regolata, ma il suo cervello rifiutava di collaborare.

Come al solito, dormì pochissimo. Continuava a rimuginare sul legame di Calder con Vatos, ma soprattutto sulle cose che gli aveva detto Paps.

Si alzò all'alba e incontrò Razor nella piccola cucina della casa.

"Ho bisogno di aiuto," ammise.

Razor si voltò e lo guardò dritto negli occhi. "Cosa posso fare?"

"Prendi il mio posto con Skipper. Io ho chiuso."

Razor annuì e gli offrì una tazza di caffè. "È una cosa temporanea, Ottantotto," disse, ma Mercer non era d'accordo.

Uscì sul terrazzo, dove l'alba avvolgeva le colline di rosa e arancione a est. Paps aveva ragione: quelle colline erano bellissime. Aveva ragione anche su di lui, per quanto riguardava Quinn. Aveva perso la concentrazione ed era inaccettabile.

"Uh-oh," sentì dire Razor dalla cucina.

"E adesso?" chiese, tornando dentro.

"Skipper si sta muovendo."

Cazzo. Mercer si guardò di nuovo alle spalle. "Dove sta andando?"

"Qui."

Gesù. Perché? Che diavolo aveva in mente adesso? Addio alla possibilità di ritrovare la concentrazione.

❦ 27 ❧

QUINN

Quinn non avrebbe mai passato tutto il weekend a piangersi addosso perché Mercer se n'era andato. Poteva giocare al suo stesso gioco. Lui non poteva dirle dove si trovava? Nessun problema. Neanche lei doveva dirgli dove si trovava.

Era passato troppo tempo dall'ultima volta che era andata nel posto che considerava casa sua, anche se ci era stata solo in visita e non ci aveva mai vissuto davvero. Paso Robles era la casa di suo nonno e, in quegli ultimi anni, era stata anche la casa di sua madre.

Per la prima volta in vita sua, Quinn era determinata a stabilire un legame con le uniche due persone rimaste nella sua famiglia, che lo volessero o no. L'unico problema era che non sapeva dove fossero.

Forse avrebbe trovato qualche indizio a casa del nonno.

Il primo volo per la costa occidentale sarebbe partito alle sei del mattino e lei lo avrebbe preso.

. . .

Quando atterrò all'aeroporto di San Luis Obispo, la prima persona a cui pensò fu Mercer. Aveva continuato a pensare a lui mentre era in viaggio verso LaGuardia e anche durante tutto il volo, ma questa volta era diverso.

Mentre era ferma al banco dell'autonoleggio, pronta a noleggiare la sua prima auto, fu grata che lui le avesse insegnato a guidare e l'avesse persino accompagnata a prendere la patente. Non vedeva l'ora di mettersi in viaggio, tutta sola, e andare dove voleva, quando voleva.

"Mi dispiace, signorina, ma non noleggiamo auto a conducenti sotto i venticinque anni," disse l'addetto.

"Non capisco. Ho la patente."

"Sì, ma per questioni di responsabilità, è la nostra politica."

"Ci sono altre agenzie di noleggio auto; sono sicura che un'altra non avrà una politica così assurda," mormorò, più a se stessa che a lui.

"No, signorina. Seguiamo tutti le stesse linee."

"Quinn?" sentì dire da una voce familiare alle sue spalle. Prese la patente e la carta di credito e si voltò.

"Signor Sharp, cosa ci fa qui?"

"Sono qui per lavoro. E tu?"

"Ehm... mi sto godendo un'ultima vacanza, prima di iniziare il mio nuovo lavoro."

Lui sorrise, poi guardò l'addetto al noleggio auto. "Qual è il problema?"

"Ho solo ventun anni," rispose Quinn.

"Capisco. Vieni con me."

"Dove stiamo andando?" chiese lei mentre lui la conduceva fuori dal terminal dell'aeroporto.

"Al parcheggio."

"Perché?"

Il signor Sharp rise. "Ti ho assunta per la tua natura curiosa, Quinn. Sono felice di vedere che non l'hai persa."

Lei sentì le guance arrossire. "Mi dispiace."

"Non devi scusarti. Ti ho detto che mi piace."

Le porse un mazzo di chiavi e si fermò accanto a un'auto parcheggiata. "Premi il pulsante del bagagliaio," le disse e, quando lei lo fece, lui sollevò la sua borsa, la mise dentro e chiuse il portellone.

"E la sua borsa?" chiese lei, notando che non l'aveva messa nel bagagliaio.

"Sto per partire. Puoi usare la mia auto mentre sono via."

"No, non posso. Cioè, grazie, ma..."

"Per come la vedo io, non hai molta scelta." L'uomo sorrise. "Tutto a posto. Mi fido di te."

"Lei vive qui, signor Sharp?" chiese lei, rendendosi conto che lui aveva detto che sarebbe stato in viaggio.

"Sì, e per favore chiamami Tabon. Ho una casa sulla spiaggia, a circa un'ora a nord da qui. Dove sei diretta?"

"A Paso Robles. La mia... ehm... famiglia vive lì."

"Che bello. Scommetto che non vedono l'ora di vederti."

Il cuore di Quinn si spezzò. *Magari fosse vero.*

"Ho detto qualcosa di sbagliato?"

Perché erano tutti così attenti? "Non mi stanno proprio aspettando."

"Capisco."

"Davvero?" Dannazione, il signor Sharp le ricordava Mercer. Era come se potesse leggerle nel pensiero.

"Ho avuto anch'io la mia dose di... come dire... problemi familiari," disse lui.

Quinn annuì. Non avrebbe definito la sua situazione un problema, ma capiva cosa intendeva dire.

"Senti un po'. Vedi quella chiave?" Lui indicò l'unica altra chiave nel mazzo. "Se le cose non vanno come previsto, puoi stare a casa mia."

"Davvero?" Quinn era sbalordita. "Non posso. È molto gentile e incredibilmente generoso da parte sua, ma davvero non posso."

"Fai come vuoi. Sarà vuota per diverse settimane, dato che tra pochi giorni un nuovo dipendente inizierà a lavorare e io passerò più tempo sulla costa orientale." Le fece l'occhiolino. "Nessuna pressione. Se ti trovi in difficoltà, è tutta tua."

"Grazie. Ehm, dove si trova?"

Il signor Sharp, Tabon, rise. "Un indirizzo sarebbe utile, no?" Tirò fuori una penna dalla tasca e un biglietto dal portafoglio, poi scrisse l'indirizzo sul retro. "Tutto a posto?" le chiese.

Quinn annuì. "Grazie ancora, mille grazie."

"Prego. Goditi il tuo soggiorno qui, e Quinn?"

"Sì?"

"Stai lontana dai guai."

Il signor Sharp si allontanò, lasciandola leggermente sbalordita. Era solo un modo di dire, giusto?

Le ci vollero diversi tentativi per uscire dal parcheggio, poi si perse cercando l'uscita e quindi l'autostrada, ma ora che era in viaggio non si era mai sentita così libera.

Inserì le indicazioni per Paso Robles nel navigatore satellitare dell'auto e alzò il volume della radio, godendosi la selezione jazz del suo futuro capo.

Forse, quando fosse arrivata, suo nonno sarebbe stato a casa e lei non sarebbe stata costretta a stare a casa del signor Sharp, dopotutto.

"Posso aiutarla?" le chiese un uomo anziano quando lei parcheggiò fuori dal cancello.

"Sto cercando mio nonno, John Hess."

L'uomo inarcò un sopracciglio. "Suo nonno non è qui, signorina."

"Oh, ehm, sa quando tornerà?"

"Non è più il proprietario di questa casa. Ora appartiene ai miei figli."

Gli occhi di Quinn si riempirono di lacrime. Non solo il nonno e sua madre non erano lì, ma avevano anche venduto la proprietà. "Capisco... È passato così tanto tempo," mormorò asciugandosi le lacrime. "A proposito, mi chiamo Quinn. La prego di scusare la mia maleducazione."

"Non si preoccupi. Io sono Laird Butler."

Lei gli porse la mano e lui la strinse. "Piacere di conoscerla, signor Butler."

"La prego, mi chiami Laird, il piacere è mio."

Quinn non aveva idea di cosa fare.

"Le va di dare un'occhiata in giro?" le propose lui.

"Sì, grazie. Ai suoi figli non dispiace?"

"Niente affatto. Anzi, hanno appena preso possesso della proprietà, quindi al momento non sono qui."

"Non ci metterò molto..."

"Si prenda tutto il tempo che desidera."

"Grazie, signor Butler, volevo dire, Laird. Lo faccio spesso... Vado solo a... ehm... fare due passi," balbettò lei.

Laird sorrise in un modo che le ricordò suo nonno, anche se erano anni che non lo vedeva.

"Buona giornata," disse lui e si allontanò, imboccando un sentiero che attraversava il bosco.

Quinn tornò alla macchina, aprì il bagagliaio e tirò fuori dalla borsa la crema solare. Faceva molto caldo lì, sicuramente più di 38 gradi. Tuttavia, c'era meno umidità rispetto a New York City e lo spazio era talmente ampio che il caldo non sembrava così opprimente.

Da dove si trovava poteva vedere solo un edificio, ed era la casa in cui vivevano i suoi nonni l'ultima volta che era stata lì. Anche sua madre aveva vissuto lì, prima di andarsene chissà dove.

Quinn ripose la crema solare nel bagagliaio, lo chiuse e si diresse verso la casa, desiderando di aver chiesto a Laird se poteva dare un'occhiata all'interno. Mentre camminava lungo il sentiero sterrato che, a quanto ricordava, portava ai vigneti, sbirciò furtivamente attraverso una delle finestre. Da quel punto di vista, la casa sembrava vuota. Laird aveva detto che i suoi figli avevano preso possesso della proprietà solo di recente, quindi aveva senso.

Forse, se lo avesse incontrato di nuovo, gli avrebbe chiesto se poteva entrare, visto che non ci viveva nessuno.

Ma non era la casa a interessarla maggiormente. Stava cercando qualcosa di molto più piccolo, qualcosa che ricordava a malapena, ma che era stato un luogo speciale per lei e suo nonno.

La piccola struttura in legno si trovava all'estremità della proprietà, vicino al vigneto più occidentale. Questo lo ricordava bene, ma solo perché una sera avevano guardato il tramonto da lì.

Se chiudeva gli occhi, riusciva a vedere il nonno e persino a sentire le parole che le aveva detto. All'epoca, lei non poteva avere più di sette anni, dato che era subito prima che partisse per il collegio.

"D'ora in poi, chiamerò questa capanna 'la capanna di Quinn', perché ogni volta che verrò qui, mi ricorderò di aver visto il tramonto più perfetto con la mia unica nipotina."

Non avrebbe mai immaginato che quella sarebbe stata l'ultima volta che avrebbe guardato un tramonto con lui o che avrebbe messo piede in quella proprietà. Ricordava di aver pensato che sarebbe tornata l'estate successiva.

Il suo senso dell'orientamento era molto migliore a piedi che in auto, soprattutto perché era facile capire da che parte fosse l'ovest. C'era una leggera brezza e, di tanto in tanto, Quinn poteva sentire l'odore dell'oceano e percepire il freddo che portava con sé dall'acqua e oltre le colline.

Era uno dei motivi per cui l'uva cresceva così rigogliosa in quella zona. Il calore del sole durante il giorno e il calo di temperatura durante la notte permettevano all'uva di maturare, ma non troppo rapidamente, garantendo che il succo che ne veniva estratto fosse complesso e ricco di zuccheri, che il lievito avrebbe poi trasformato in vino.

Scosse la testa, meravigliandosi delle cose che la sua memoria aveva tenuto nascoste per la maggior parte del tempo, ma che erano tornate a galla mentre vagava per la campagna, sentendo il sole sul viso e respirando il profumo della terra.

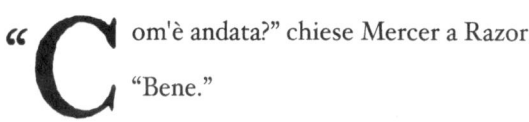

28

MERCER

"Com'è andata?" chiese Mercer a Razor.

"Bene."

"Rimane qui?"

Razor incrociò le braccia sul petto. "Cosa vuoi fare, Ottantotto? Hai finito o vuoi riprenderti la responsabilità di Skipper?"

Non era riuscito a trattenersi. Non appena Razor gli aveva detto che lei stava arrivando, la sua mente aveva iniziato a correre, pensando a cosa potesse significare. In pochi minuti aveva affittato una casa a Cambria, dove non faceva così caldo e lei avrebbe potuto godersi il mare, nel caso avesse avuto bisogno di un posto dove stare.

"Come farà a spostarsi?" aveva chiesto a Razor, pensando a cos'altro le sarebbe servito durante il soggiorno.

"*Un'auto?*"

Quando Mercer aveva detto: "Ha ventun anni," Razor aveva ammesso di non averci pensato.

Avevano seguito il volo di Quinn e fatto in modo che Tabon fosse all'aeroporto al suo arrivo, anche se lui pensava che Mercer stesse esagerando, costringendolo a portare con sé una borsa.

"È intelligente," aveva ribattuto lui, come se ciò spiegasse il suo eccessivo zelo.

Per tutto il tempo, Paps lo aveva osservato senza dire nulla, anche se le parole che aveva pronunciato un paio d'ore prima risuonavano ancora nella testa di Mercer.

Fu solo quando Razor partì per l'aeroporto che Paps gli si avvicinò.

"Burns aspetterà sulla Old Creek Road," gli disse. "Nel caso fosse quella la sua destinazione."

Mercer rimase sbalordito. "Grazie."

"Prima sono stato troppo duro con te," disse il suo amico allontanandosi.

"No, non è vero."

Paps si voltò. "Non è la stessa cosa."

Mercer non ne era poi tanto sicuro. Aveva perso la concentrazione; quello era il problema più grande e, se era successo anche a Doc, allora i problemi intrinsechi erano esattamente gli stessi.

"È ARRIVATA," GLI DISSE PAPS POCO PIÙ DI UN'ORA DOPO. "Burns l'ha contattata e lei sta passeggiando nella proprietà. Fortunatamente, Maddox e Naughton se ne sono già andati."

Giusto. Aveva sentito che erano andati nei vigneti con Alex e la nuova enologa. "Grazie per avermelo detto." Mercer annuì, ma la sua mente era altrove ed era preoccupato.

"Che succede?" gli chiese Paps.

"Calder e Vatos," rispose lui, porgendogli il telefono.

"Questo è il loro terzo incontro," commentò l'altro.

"Stanno tramando qualcosa." Era ovvio, ma il problema era che, ogni volta che quei due si incontravano, succedeva in un vigneto, dove chiunque li stesse seguendo non poteva avvicinarsi abbastanza da ascoltare quello che dicevano.

"Potremmo coinvolgere Vatos," suggerì Paps.

Mercer annuì. Era d'accordo, ma avrebbe preferito farlo dopo il loro secondo incontro. Sarebbe stato ancora possibile farlo parlare, offrendogli più soldi di quelli che, come sapevano, Calder gli stava dando. Si appoggiò allo schienale della sedia. Vatos stava per agire; lo sentiva, ma non aveva idea, né indizi, né piste su cosa potesse fare.

Quando il messaggio successivo apparve sul cellulare, Mercer balzò in piedi dalla sedia. "*Cazzo!*" gridò. "*Cazzo, cazzo, cazzo.*"

Paps arrivò di corsa dall'altra stanza. "Che succede?"

"*Calder è sulla Old Creek Road.*"

"*Vai!*" urlò Paps. "*Ti seguo all'istante.*"

"*Chiama Burns e chiunque altro possiamo trovare,*" urlò Mercer mentre usciva dalla porta che conduceva al garage.

"*Ricevuto,*" sentì rispondere Paps subito prima che la Ducati prendesse vita rombando.

Nella migliore delle ipotesi si trovava a trenta minuti di distanza ma, mentre guidava, ogni minuto sembrava durare un'ora.

Una volta arrivato al cancello, non si preoccupò minimamente di ritrovarsi faccia a faccia con Calder. L'unica cosa che gli interessava era assicurarsi che quel bastardo non entrasse in contatto con Quinn.

Paps gli aveva mandato un messaggio, dicendo che Burns lo stava aspettando e che Calder era nelle grotte, mentre Skipper era ancora nei vigneti occidentali. Nel mezzo, c'erano due agenti pronti a intervenire se necessario.

"Dove si trova esattamente?" chiese Mercer quando Burns uscì dal bosco vicino al punto in cui aveva parcheggiato.

"Ti ho mandato le coordinate," rispose l'altro.

"E Calder?"

"È ancora nelle grotte."

"Chi lo sta seguendo?"

"Gunner."

Mercer rimase momentaneamente confuso mentre si avvicinava alla moto, ma poi capì che Burns si riferiva a Paps, che era ovviamente arrivato prima di lui. Aprì le coordinate sul cellulare e studiò brevemente il percorso migliore da seguire. Era difficile capire fino a dove sarebbe riuscito ad arrivare con la moto.

"Vieni con me," disse Burns, iniziando a incamminarsi verso il sentiero. "Non ce la farai con quella, e non vorrai certo far sapere a Calder che sei qui."

Guardò di nuovo le coordinate. Era una bella camminata di quindici minuti da dove si trovavano.

"Sai andare a cavallo?" gli chiese Burns.

"È da un po' che non lo faccio, ma me la cavo." Quando vide i due cavalli nel pascolo, Mercer sperò che Burns si riferisse all'Appaloosa, perché non sarebbe mai riuscito a salire su quell'enorme cavallo da tiro.

"Quello è Shazam. Appartiene a Maddox. L'altro è Huck, che è il cavallo di Naughton."

Shazam, l'unico sellato, si avvicinò al cancello quando Burns fischiò e lo chiamò. Sembrava abbastanza docile, ma a Mercer non importava, purché fosse veloce e non cercasse di disarcionarlo.

"Tieni," gli disse Burns, porgendogli un grande sacchetto di liquirizia rossa. "Adora quella roba. Dagliene un pezzo alla volta e farà tutto quello che vuoi." Aprì il cancello e fece cenno a Mercer di seguirlo. "Al momento non è in pericolo. Il sentiero è roccioso, non andare troppo veloce."

Mercer fece scorrere la mano dalla groppa del cavallo fino al fianco, lasciando che Shazam si abituasse alla sua presenza.

"Grazie, signore," disse a Burns, quindi porse al cavallo un pezzo di liquirizia.

Shazam lo prese, poi spinse Mercer con il muso.

"Ne avrai ancora tra un minuto," gli disse lui, montando in sella e trovando la posizione giusta.

"Sei alto più o meno come Maddox, credo," disse Burns, controllando la regolazione della staffa. "Pronto?"

Mercer annuì e condusse il cavallo attraverso il cancello aperto.

MENTRE SUPERAVA UNA CURVA SUL SENTIERO STERRATO, VIDE una delle strutture che stava cercando, ma che non era riuscito a trovare quando era stato lì a giugno. Burns gli aveva detto che Quinn si trovava lì e man mano che si avvicinava notò che la porta era aperta.

Smontò da cavallo quando fu abbastanza vicino da poter essere sentito da Quinn e legò l'animale al ramo di un albero. "Starai bene all'ombra," sussurrò, porgendogli un altro pezzo di liquirizia. "Avrei dovuto pensare di portarti dell'acqua."

Quando il cavallo nitrì, Mercer si bloccò. Lì, sulla soglia, c'era Quinn, con in mano diversi fogli, le lacrime che le rigavano le guance e un'espressione sul viso che lui non aveva mai visto prima.

"Lo sapevo," disse quando lui si avvicinò abbastanza da poterla sentire.

"Cosa sapevi?" rispose lui, guardando i fogli che lei teneva in mano.

"Che saresti venuto qui."

"Cos'hai lì?" le chiese avvicinandosi.

Quinn aprì la mano e lui prese i fogli che erano stati accartocciati.

Mentre lui li esaminava, Quinn entrò in casa e lui la seguì. Lei si sedette su una vecchia sedia a dondolo dall'aspetto traballante e si coprì il viso con le mani.

"Lo sapevi?" gli chiese lei.

Lui non rispose subito; stava ancora cercando di elaborare quello che stava leggendo.

"Rispondimi, dannazione. Lo sapevi?"

Mercer la guardò negli occhi e annuì. "In parte."

"Chi è Angus Sullivan?" chiese lei.

Visto che il documento in cima alla pila che lei gli aveva consegnato era un certificato di nascita, lui capì cosa intendesse.

"Un nome fittizio."

Lei annuì e continuò a dondolarsi, le lacrime che le rigavano ancora le guance. Vicino al camino in pietra dell'edificio, Mercer vide un'apertura ricavata nelle assi grezze e sporche del pavimento.

Guardò di nuovo il certificato di nascita. Nella casella "Nome del padre" c'era scritto Kade Butler, ma non era quella la cosa peggiore che aveva letto. Era il documento successivo a preoccuparlo di più.

"È stata violentata," sussurrò Quinn tra le lacrime, notando che lui stava leggendo il rapporto della polizia.

Quando Mercer si inginocchiò davanti a lei e le posò una mano sul braccio, lei lo scostò bruscamente.

"Sì, tesoro, è vero."

"*Non chiamarmi così.*"

"Quinn, ti prego. Cerchiamo di..."

"Cerchiamo cosa, Mercer?" sbottò lei, fissandolo con aria truce.

Lui scosse la testa.

"Sarà interessante," mormorò lei. "Avanti. Di' quello che avevi da dire."

"Mi dispiace..."

"Chi è Kade Butler?" chiese lei quando lui non aggiunse altro.

"Tua madre era sposata con lui."

"Capisco. Ma non era mio padre, almeno stando alla data riportata sul rapporto della polizia."

"Non lo so."

"Ma tu conosci mia madre."

Mercer annuì. "Sì."

"Sai dove si trova?"

"Sì."

Mercer vide la sua mano avvicinarsi, ma non fece nulla per impedirle di schiaffeggiarlo. Se lo meritava, e anche di più, per tutto quello che le aveva nascosto. Lo schiaffo gli fece male, ma non reagì.

"Che fine ha fatto l'uomo che ha violentato mia madre?"

"Non lo so," ripeté, mentendo spudoratamente e odiandosi sempre di più a ogni parola che lei pronunciava.

Quinn lo osservò. "*Una domanda.* È tutto quello che mi hai concesso, eppure tu sai tutto di me, vero?"

Lui annuì, ma non parlò. Il suono della propria voce che ammetteva di averla ingannata era qualcosa che non voleva sentire.

Quando lei si alzò e uscì dal cottage, Mercer non la seguì. Si aspettava di sentirla allontanarsi, ma invece lei tornò dentro.

"Quasi non lo vedevo," mormorò, indicando l'apertura nel pavimento. "Stavo andando via. Non sarei mai tornata, ma poi qualcosa ha attirato la mia attenzione. Mi sono avvicinata e ho passato il dito lungo il bordo. Si è sollevato, proprio così. Si potrebbe pensare che le assi fossero incastrate, ma devono essersi deformate." Quinn si asciugò le lacrime che continuavano a scorrerle sulle guance.

Uscì di nuovo, tenendo le spalle curve in un modo che gli spezzò il cuore.

Avrebbe voluto seguirla, ma cosa avrebbe potuto dirle? Lei aveva tutto il diritto di sentirsi così. Cosa gli aveva detto Paps? "Lasciati odiare, se questo la terrà al sicuro." Ora, tenerla al sicuro era l'unica cosa che contava e non poteva essere lui ad assicurarsene.

Chiamò Razor. "Dove sei?"

"Qui, nella tenuta," rispose lui.

"Hai visto Quinn?"

"Sì, Ottantotto. L'ho vista."

"Ora è tua. Prenditi cura di lei."

"La terrò al sicuro, Mercer. Sai che lo farò."

Il fatto che Razor lo chiamasse per nome la diceva lunga. Apprezzava quelle rassicurazioni, soprattutto visto che doveva affrontare il fatto di averla delusa irrimediabilmente.

Se solo non avesse mai... C'erano troppe cose che non avrebbe dovuto fare e ormai capiva perché.

Non innamorarti mai di una fonte, di un obiettivo o di una protetta. Lo sapeva bene. Non sarebbe successo mai più. Ne era certo, perché Quinn era tutto per lui. Era l'unica donna che avesse mai amato e avrebbe continuato ad esserlo finché lui non fosse morto.

❧ 29 ❧

QUINN

Quinn arrancava nel bosco, fermandosi ogni tanto quando il dolore diventava talmente opprimente da impedirle di andare avanti. Si appoggiava a un albero o posava la mano sul tronco finché le lacrime non si placavano abbastanza da permetterle di concentrarsi su dove stava andando.

Ma dove stava andando? A New York? O forse avrebbe dovuto restare lì e cercare di ottenere delle risposte alle sue domande? Erano così tante che non sapeva da dove cominciare. Era andata lì in cerca di indizi sulla sorte di sua madre e invece aveva scoperto una vita di cui non sapeva nulla.

La sua vita.

I pensieri le attraversavano la mente più velocemente di quanto riuscisse a elaborarli. I ricordi le inondavano il cervello, molti dei quali assumevano un nuovo significato.

Passò davanti alla casa che avrebbe voluto esplorare un paio d'ore prima, temendo che, se fosse entrata, avrebbe scoperto altri segreti che non sarebbe riuscita a gestire.

Una volta tornata dove aveva lasciato l'auto, si chiese dove sarebbe andata se fosse salita a bordo. Notò una panchina vicino a un ruscello, si avvicinò e si sedette. Si prese la testa tra le mani, cercando di schiarirsi a sufficienza la mente da decidere cosa fare.

"Quinn?"

Alzò lo sguardo verso l'uomo che si era presentato come Laird *Butler*.

"Lo sapevi?" chiese.

L'uomo fece un passo avanti. "Posso sedermi?"

Quinn si spostò a sinistra, in attesa della risposta.

"Sì, lo sapevo," disse lui.

Lei si voltò a guardarlo. "Come fai a sapere a cosa mi riferisco?"

"Lo so e basta."

"Altri segreti," mormorò lei. "Chi è Kade per te?"

"Il mio figlio maggiore."

Quinn incrociò le braccia, aspettando le parole che Laird non pronunciò. Ovviamente, lui non pensava che Kade fosse suo padre più di quanto lo pensasse lei.

"Ho un sacco di domande..." iniziò lei.

"Puoi farle."

"Non sono ancora pronta."

Laird annuì, tirò fuori una pipa e la riempì di tabacco. La accese e Quinn ne inspirò l'aroma. Adorava il profumo del tabacco da pipa.

"*Oh, mio Dio,*" esclamò, rendendosi improvvisamente conto del perché. "Tu mi conosci, vero? Ci siamo incontrati, io ti conoscevo." Le lacrime le rigarono di nuovo le guance, anche se non sapeva come fosse possibile piangere ancora più di quanto avesse già fatto.

Laird tirò una boccata dalla pipa e annuì. "Sì."

Quinn si strinse le braccia attorno allo stomaco. Tutto quello che aveva sempre desiderato nella vita era una famiglia, e ora ne aveva una, solo che loro non volevano avere nulla a che fare con lei.

Il dolore la lacerava. Almeno ne capiva il motivo: era la figlia di uno stupratore. Non c'era da stupirsi che sua madre non la volesse con sé. Quinn era un ricordo costante dell'orrore che le era successo. Ovviamente, anche i genitori di sua madre la pensavano allo stesso modo, dato che, dopo che era stata mandata in collegio, non li aveva più rivisti.

"Quanti anni avevo?"

"Eri una neonata, poi una bambina piccola. Venivamo spesso a trovare te e tua madre."

"Perché avete smesso?"

"Credevamo che non fosse più sicuro."

"Perché sono una specie di mostro? Temevate per la vostra sicurezza a causa di una *bambina*?" Quinn si alzò e si voltò dall'altra parte.

"Credevamo che non fosse più sicuro per *te*, Quinn."

"Perché?"

"Per favore, siediti."

Pensò di non farlo, ma se fosse andata via in quel momento, forse non avrebbe mai ottenuto le risposte che voleva, di cui aveva bisogno. Quelle che, a quanto pareva, Laird Butler poteva darle.

"Nel corso della tua vita sono successe delle cose che hanno reso necessario prendere determinate decisioni per proteggerti."

"L'hai già detto. La mia domanda era: perché?"

"Il pericolo non è scomparso, Quinn. Semmai, ora hai bisogno più che mai di protezione."

Quinn scosse la testa, furiosa con se stessa per aver pensato che Laird sarebbe stato diverso da Mercer. *Aspetta.* Lo era?

"Conosci bene Mercer Bryant?" chiese.

"Non bene."

"Ma lo conosci."

Laird annuì.

"Neanche lui mi dice niente. Fino ad oggi non avevo capito che le cose che non mi diceva riguardavano *me*. Credevo che non potesse parlare del lavoro che faceva." Ormai sapeva che i due erano essenzialmente uguali. "Questa cosa dalla quale devo essere protetta ha a che fare con mia madre?"

"Sì," rispose lui.

"Sai dove si trova?"

"No."

"Mercer lo sa."

"Lui ha un ruolo diverso dal mio."

Quinn si alzò e si appoggiò a un albero. "Ho ventun anni. Non credi che sia ora che io conosca la verità? È la *mia* vita."

"Credo che la saprai, Quinn. Presto. Ma per ora ti chiedo di fidarti delle persone che ti hanno protetta."

Fiducia. Quante volte Mercer le aveva detto di fidarsi del suo istinto? Quante volte le aveva chiesto di fidarsi di lui? E per tutto quel tempo le aveva mentito.

"Mercer sa tutto di me. È lui che mi ha protetta."

"C'è dell'altro, mia cara. Lui tiene molto a te."

Quinn scosse la testa. Non importava se l'aveva protetta, e non importava se teneva a lei. Quello che avevano avuto era una bugia. Era quello che gli aveva detto quando erano nel suo appartamento e lui le aveva chiesto perché non avesse delle foto. Ne aveva scattata una insieme a lei, poi le aveva regalato una cornice che diceva che erano reali. Ma non lo erano.

"Cosa dovrei fare?" chiese.

Dallo sguardo sul volto di Laird, Quinn capì che lui non si aspettava quella domanda e gli ci volle un po' per rispondere.

"Vai a casa," le disse infine. "A New York sei più al sicuro che qui."

Lei annuì e si diresse verso la macchina parcheggiata. Lui si alzò e la seguì, poi le porse un foglio di carta. "Se hai bisogno di *qualcosa*, chiamami a questo numero."

Quinn lo ringraziò e salì in macchina. Non era ancora pronta a tornare a Manhattan. Per fortuna aveva incontrato Tabon Sharp all'aeroporto e aveva un posto dove stare.

Abbassò il finestrino prima di fare retromarcia. "Ho un'altra domanda," disse a Laird, che non si era mosso da dove si trovava. "Conosci qualcuno di nome Tabon Sharp?"

Laird appoggiò le mani sul tetto della macchina. "Non puoi permetterti di rinunciare alla protezione in questo momento, Quinn. Se non hai ascoltato nient'altro di quello che ti ho detto, sappi almeno questo: *sei in pericolo.* Persone come Mercer e Tabon, e molti altri, ti terranno al sicuro."

Gli occhi di Quinn si riempirono nuovamente di lacrime. Aveva perso il conto di quante volte fosse successo. "Anche questa è una bugia. C'è una sola verità nella mia vita?"

La sua era una domanda retorica, ma lui rispose comunque. "Ce ne sono molte."

"Non voglio andarmene ancora. Dato che Tabon mi ha offerto di stare a casa sua, presumo che lì sarò al sicuro, anche se solo per un paio di giorni."

"Lo sarai, anche se, come ho detto, New York è più sicura."

"Come fai a sapere dove abito?"

Non gli diede il tempo di rispondere, ma fece retromarcia e partì. Prima di raggiungere l'autostrada, accostò, aprì il vano tra i due sedili, ma era vuoto. Allungò la mano verso quello davanti al sedile del passeggero e lo aprì. All'interno c'erano due fogli di carta. Uno era la carta di circolazione, l'altro riportava i dati dell'assicurazione. Entrambi erano intestati a Tabon Sharp.

Per una ragione che Quinn non riusciva a spiegare, ciò la fece sentire meglio. Si asciugò le lacrime, si immise sulla strada e guidò fino all'indirizzo che lui le aveva dato.

Non appena si fermò, un cancello automatico si aprì. Tabon era seduto su una panchina davanti alla porta d'ingresso.

"Ciao, Quinn," le disse quando lei scese dall'auto. Le prese la chiave di mano e aprì il bagagliaio.

"Cosa stai facendo?"

"Ti aiuto con la borsa."

"Non ho bisogno di aiuto," ribatté lei, cercando di riprendersi la borsa. Non poteva competere con la forza di Tabon, quindi rinunciò e rimase in piedi a braccia conserte. "Perché sei qui?"

"Ho delle cose da discutere con te."

"Aspetta. Sei davvero qui per dirmi la *verità*? Sono sbalordita, *Tabon*."

Lui sorrise, e ciò le sciolse un po' il cuore.

"Prima di tutto, nessuno mi chiama Tabon tranne mia madre. E tu, da poco tempo. Mi chiamo Razor. Entriamo."

ERA QUASI IL TRAMONTO E QUINN NON NE SAPEVA MOLTO DI più di quando era arrivata, tranne che, anche se era stato Razor a farle il colloquio, la signora Patchett, l'amministratore delegato e il gruppo di conservazione erano reali e, se lei voleva ancora quel lavoro, erano pronti ad assumerla.

"Hai mangiato di recente?" chiese Razor.

"No."

"Cioè?"

Lei sospirò. "Non ricordo."

"Vediamo cosa ha messo Mercer nel frigorifero. Sto morendo di fame."

Quinn perse quel poco di appetito che aveva e rimase dov'era mentre Razor andava in cucina. Lui tornò pochi minuti dopo con due piatti di panini e delle patatine.

"Mangia," le disse, mettendole davanti uno dei piatti.

"Non ho fame."

"Certo che hai fame e, mentre mangi, ti racconterò del nostro signor Mercer."

"*Gesù*, sai come l'ho chiamato?"

"Calmati. L'ho trovato carino. A proposito, non so nulla del tempo che avete passato insieme. *Niente. Di. Niente.* Capito?"

Lei annuì, desiderando che fosse più facile odiarlo, o almeno non provare simpatia per lui. Invece, provava la stessa sensazione che aveva provato con Mercer quando si erano incontrati per la prima volta. Si sentiva al sicuro. Le altre cose che aveva sentito nei confronti di Mercer, come l'attrazione, ovviamente non c'entravano. Lui le ricordava più un fratello maggiore.

"*Oh, no.*" Ansimò, portandosi le mani alla testa.

"Cosa?" chiese lui tra una manciata di patatine e l'altra.

"Aine e Ava? E Tara e Penelope?"

Lui si ficcò in bocca un'altra manciata di patatine. "Cosa c'entrano loro?"

"Tua madre non ti ha mai detto di non parlare con la bocca piena?"

"Certo che sì, ma lei non è qui, no?"

Il sorriso di Quinn svanì rapidamente quando lei pensò alla propria madre.

"Smettila con queste stronzate," sbottò lui.

"Di cosa stai parlando?"

"Smettila di piangerti addosso."

"Come se tu avessi idea di come mi sento," ribatté lei.

"Il fatto è che lo so. Almeno so come dovresti sentirti."

Quinn aveva voglia di andarsene, ma era troppo curiosa di sentire cosa aveva da dire. "Come dovrei sentirmi?"

Razor posò il piatto sul tavolo e si sporse in avanti, guardandola negli occhi. "Capisco perché sei arrabbiata, ma non riesci a vedere il quadro generale." Si passò una mano sul viso, come lei aveva visto fare più volte a Mercer. "Mercer, io, altre persone che nemmeno conosci... tutti noi ti proteggiamo, ragazzina. Sai cosa significa?"

Quinn scosse la testa.

"Se qualcuno entrasse dalla porta principale di questo posto con una pistola, mi prenderei tutti i proiettili, prima di permettere che qualcosa o qualcuno ti facesse del male, piccola mia."

"Grazie," sussurrò lei. "Ma non capisco."

"Quale parte?"

"Perché ho bisogno di essere protetta? Non sono nessuno. Non sono *niente*." Avrebbe continuato, ma era tornata a commiserarsi e, dopo quello che lui le aveva appena detto, non ne aveva alcun diritto.

"Per molte persone, tu sei tutto." Il tono della sua voce cambiò così drasticamente che lei rimase sorpresa. Invece di sembrare arrabbiato, era triste.

"Perché sei qui?"

"Sto prendendo il posto di Mercer," rispose lui ridendo. "Beh, non in *quel* senso. Sono il tuo nuovo capo."

Lei non aveva idea di cosa significasse.

"Oh, non ho mai risposto alla domanda sulle tue amiche. Sono tue amiche, tutto qui. Noi potremo anche sapere tutto di loro, fino al loro cereale preferito per la colazione, ma loro non sanno nulla di te, oltre a quello che hanno imparato trascorrendo gli ultimi quattordici anni insieme a te."

"Grazie a Dio," mormorò lei.

"Anche Mercer è una persona vera, tesoro."

Una persona vera? Cosa significava? Scosse la testa, troppo combattuta per riuscire a mettere ordine in quello che provava.

"Ti ama e, anche se mi prenderebbe a calci in culo in tutto il nostro bel Paese per averlo detto, te lo dico comunque. E sai cos'altro? Anche Kade amava tua madre. Vuoi sapere come faccio a saperlo?" Non aspettò la sua risposta. "Ero *lì*. È così che lo so."

Le lacrime tornarono e Quinn restò senza parole.

"Ogni singola cosa che quella donna ha fatto era *per* te, Skipper. Non per colpa tua."

"Come mi hai chiamata?"

Razor rise. "Non è il nome in codice più originale, lo ammetto, ma non l'ho inventato io."

"Perché Skipper?"

"Non ti piacerà affatto." Razor continuava a sorridere, il che rendeva difficile essere arrabbiati con lui.

"Finora non ti ha impedito di usarlo."

Razor rise ancora più forte. "Cavolo, a volte mi ricordi lei. Comunque, il nome in codice di tua madre è Barbie."

"Barbie e Skipper?"

Razor fece una smorfia. "Sì."

"Skipper è la *sorella* di Barbie, non sua figlia."

"Ma dai? Mi divertirò un mondo a dirlo a Paps."

"Chi è Paps?"

L'espressione di Razor cambiò di nuovo. Non rideva più. "Tra tutti noi, è lui quello che si è preso più cura di te e di tua madre. Anche più di Mercer."

Le venne in mente una cosa. Era così che Tom era stato sul punto di chiamarla? Skipper? Significava che anche lui era coinvolto in quella storia?

"Che c'è adesso?" chiese lui.

Quinn odiava la facilità con cui lui riusciva a leggerle nel pensiero. "Tom."

"Sì. Anche Tom. E Vinnie." Razor tirò fuori il cellulare e guardò lo schermo. "Merda," mormorò.

"Cosa c'è?"

Per un attimo sembrò che stesse cercando di decidere cosa dirle. "Il Butler Ranch è in fiamme."

"*Oh, mio Dio.*" Quinn sussultò e balzò in piedi dal divano. "Stanno tutti bene? Cosa dovremmo fare?"

"Restiamo qui, Skipper."

"Non devi andare via?"

Lui scosse la testa. "No. È l'ultima cosa che farei in questa situazione."

✳ 30 ✳
MERCER

Il legame tra Calder e Johnny Vatos stava facendo impazzire Mercer. C'era qualcosa sotto, ma non riusciva a capire cosa fosse. Per quanto si sforzasse di concentrarsi sul setacciare la montagna di roba nascosta sotto il pavimento della capanna di Leech, la sua mente continuava a tornare su due cose: come stava Quinn e cosa stavano tramando Calder e Vatos. Entrambe le cose lo tormentavano.

"Ehi, Ottantotto." Paps lo raggiunse in cucina. "Trovato qualcosa?"

"Non ho nemmeno scalfito la superficie." Mercer indicò la scatola ai suoi piedi. "Chi si occupa di Vatos?"

"In questo momento? Max. Perché?"

Mercer tirò fuori il cellulare. "Dove sono?" chiese ad alta voce, ma senza aspettarsi che Paps rispondesse. Stava inviando un messaggio a Max. Allo stesso tempo, Paps stava aprendo il rapporto di monitoraggio dell'agente.

Mercer fissò il telefono, aspettando una risposta che non arrivò.

Paps si alzò. "È al Butler Ranch. Che cazzo ci fa lì? Andiamo."

Dato che era buio, presero un furgone invece della moto di Mercer. Nessuno dei due parlò durante il tragitto. Mercer continuava a controllare il telefono, ma Max non aveva risposto. "Non mi piace," mormorò quando si fermarono sul ciglio della strada, fuori dal perimetro del ranch. "Coordinate?"

Paps gliele inviò sul cellulare, poi saltarono entrambi fuori dal veicolo. Avevano superato la prima serie di vigneti sul lato nord del ranch quando sentirono odore di fumo.

"Chiama i soccorsi," urlò Mercer, mettendosi a correre.

Quando raggiunse la zona dell'incendio, questo si era già propagato, al punto che non c'era più nulla che potesse fare.

"*C'è qualcuno!*" urlò Paps, arrivando dall'altra direzione. Lo indicò, poi anche Mercer lo vide.

Paps arrivò per primo e lo tirò via dalle fiamme. "*È Max.* Sento il battito," urlò.

"Lo prendo io," urlò Mercer, che sollevò l'uomo e se lo gettò sulle spalle. "Tu corri avanti e vieni il più vicino possibile con il furgone." Paps era già fuori portata d'orecchio quando finì la frase.

Paps attraversò un cancello aperto e incontrò Mercer e Max a metà strada.

"Non ha ripreso conoscenza," gli disse Mercer mentre adagiava l'agente sul sedile posteriore.

Quando sentirono le sirene in lontananza, Paps mise di nuovo il furgone sulla strada e andò nella direzione opposta.

Mentre si allontanavano a tutta velocità, Mercer chiamò immediatamente Laird Butler. L'incendio era ancora abbastanza lontano dagli edifici principali del ranch, comprese le case, ma gli disse che dovevano comunque evacuare la zona. Mercer sapeva che lui e Sorcha erano le uniche due persone presenti nella proprietà; il resto della famiglia era stato segnalato allo Stave, il locale di Alex Avila e Peyton Wolf a Cambria, cosa che riferì a Laird.

"C'è qualcun altro lì? Qualche bracciante della vigna? Altre persone?"

Laird disse che non c'era nessun altro di cui fosse a conoscenza e che avrebbe fermato Lucia lungo la strada per Cambria.

"Dove vanno?" chiese Paps quando Mercer riattaccò.

"A casa di Alex, sulla spiaggia."

Paps annuì e Mercer inviò un altro messaggio, questa volta a Razor.

Sentirono Max tossire e sputacchiare sul sedile posteriore. "Che diavolo è successo?" gemette.

"Ti abbiamo trovato svenuto vicino al fuoco," rispose Paps.

"Vatos," gemette Max. "È stato lui ad appiccarlo. Quando ho cercato di spegnerlo, qualcuno mi ha colpito alle spalle." Si massaggiò la testa.

"Qualcuno? Non Vatos?" gli chiese Mercer.

"Non è stato lui," rispose Max massaggiandosi la nuca. Quando guardò la mano, vide che era sporca di sangue, ma non troppo.

"Come ti senti?" domandò Mercer quando Max si mise a sedere.

"Mi fa male la testa. Per il resto, sto bene."

Mercer si girò verso Paps, che sembrava altrettanto preoccupato.

Se era stato Calder a colpire Max, allora sapeva che qualcuno stava seguendo lui o Vatos.

"Dove stiamo andando?" chiese Mercer.

"Da Alex," rispose Paps.

"Perché?"

"Sorcha è lì."

Mercer odiava davvero il fatto di dovergli tirare fuori le informazioni ogni volta che parlavano. "E allora?"

"Ha ricevuto una formazione medica."

Ciò rispondeva a una domanda. Se stavano andando da Alex per far vedere a Sorcha le ferite di Max, significava che lei sapeva perfettamente perché la squadra del K19 si trovava lì.

"*¡Dios mío!*" esclamò Lucia Avila quando entrarono.

Anche se Max era l'unico dei tre a essere ferito, Paps e Mercer erano ricoperti di fuliggine, sporcizia e polvere.

"Vieni con me." Sorcha Butler afferrò la mano di Max e lo trascinò in bagno.

"Cos'è successo?" chiese Lucia.

Mercer le raccontò il meno possibile, mentre Paps e Laird andavano fuori.

"Vado a controllare l'incendio," disse Paps quando lui e Laird tornarono.

"Vieni con me," disse invece Laird a Mercer.

Percorsero il corridoio ed entrarono in una camera da letto. Laird raccontò a Mercer tutto quello di cui lui e Quinn avevano parlato in precedenza.

"Le ho detto che sarebbe stato meglio se fosse tornata a New York, ma lei ha risposto che non poteva ancora farlo. Hai accesso al suo telefono?" chiese Laird.

Mercer annuì. "Affermativo."

"Chiedi a Razor di dare un'occhiata a cosa c'è lì dentro."

"Cos'hai in mente?" domandò Mercer.

"È tornata a mani vuote."

"Giusto."

"**C**he sta succedendo?" chiese Quinn a Razor, che controllava il telefono ogni pochi secondi.

"I Butler sono stati evacuati e diverse squadre sono al lavoro per domare l'incendio."

"Non costringermi a chiedertelo," disse Quinn pochi minuti dopo.

"Ottantotto sta bene. Lui e Paps sono qui."

"*Qui?*"

"Rilassati, Skipper. Qui, in città."

Razor stava ancora guardando il cellulare. "Sì," disse distrattamente, senza rispondere a nulla di quello che lei aveva detto. Si alzò e le prese la mano. "Facciamo un giro."

"*Cosa?* Aspetta. Dove andiamo?"

Razor la condusse attraverso una porta nel garage. "Sali sul sedile posteriore e sdraiati sul pavimento," le ordinò. "*Subito!*" urlò quando lei esitò.

"Che sta succedendo?" chiese lei quando furono in viaggio da più di quindici minuti.

"Ho fame."

Quinn aspettò che Razor aggiungesse altro, ma lui non lo fece.

"Mi sta venendo il mal d'auto."

"Ora puoi tirarti su."

Si mise seduta, tenendosi lo stomaco. Non serviva a nulla. "Posso sedermi lì?" chiese.

"Se riesci a scavalcare il sedile."

Lei lo fece, poi allacciò la cintura di sicurezza. "Mi dirai di cosa si tratta?"

"No."

"Dove stiamo andando?"

"A sud."

Quinn alzò gli occhi al cielo, ma non fece altre domande. Cominciava a comprendere la gravità di quello che Laird Butler le aveva detto quel pomeriggio e Razor le aveva ripetuto quella sera. Era in pericolo e loro la stavano proteggendo. Invece di fare la rompiscatole, da quel momento in poi avrebbe cercato di fare del proprio meglio nel seguire le loro indicazioni.

"Posso farti una domanda?" disse più tardi. "Non riguarda la nostra destinazione."

"Puoi chiedere."

"Ma ciò non significa che mi risponderai, giusto?"

Razor sorrise per la prima volta da quando era arrivata la chiamata che lo avvisava dell'incendio.

"Mercer è Ottantotto, giusto?"

"Sì."

"Perché lo chiami così?"

Lui non rispose talmente a lungo che Quinn capì che non lo avrebbe fatto. Girò la testa e guardò la luce della luna sull'Oceano Pacifico. Le ricordò quella notte a Southampton, quando era seduta in riva al mare, chiedendosi chi le avesse mandato le rose per il compleanno.

"Lui mi chiama "tesoro"," mormorò, ricordando quanto si fosse sentita al sicuro con lui, anche se all'epoca la cosa l'aveva lasciata perplessa.

"Doc è stato il primo a chiamarlo Ottantotto."

Quinn rimase in silenzio, sperando che Razor continuasse.

"Cosa sai del pianeta Mercurio?" le chiese lui qualche minuto dopo.

Lei alzò le spalle. "Non molto, a quanto ricordo."

"È il pianeta più vicino al Sole e il più piccolo del nostro sistema solare."

"Ha l'orbita più corta," aggiunse lei.

"Esatto."

"*Ottantotto* giorni."

Razor annuì.

"Tutto qui?"

"No."

Oh, Signore, voleva che lei lo capisse da sola.

"Posso usare il mio cellulare?" chiese.

"Non lo hai con te."

Quinn si tastò le tasche, poi guardò sul il sedile e sul pavimento. Non aveva né il telefono né la borsa. Erano partiti così in fretta che non aveva nemmeno pensato di prenderli.

"Non funziona da quando sei atterrata all'aeroporto."

"Perché no?"

Razor non rispose, quindi lei non fece altre domande, per quanto le risultasse difficile trattenersi.

"A cos'altro si riferisce il nome Mercurio?" chiese Razor dopo un lungo silenzio.

"All'elemento."

Lui annuì. "Cos'altro?"

"Il dio greco."

"Bingo."

"Lo dici tu, ma non capisco quale sia il nesso. Mercer è un dio greco? È greco?"

Razor le sorrise di nuovo. "Ermes è l'equivalente romano di Mercurio."

Quinn alzò di nuovo gli occhi al cielo. "Anche se è *davvero* divertente, non capisco, Razor."

"Ermes era considerato il messaggero degli dei. Guidava anche le anime malvagie negli inferi."

"Mercer guida le anime fino agli inferi?"

Razor non ebbe bisogno di annuire perché Quinn capisse di avere ragione. Lui non si limitava a guidarle agli inferi, ma proteggeva lei da quelle anime malvagie.

"È stato Doc a sceglierlo. Né io e nemmeno Paps. È stato lui a scegliere Mercer."

"Per proteggermi?"

"Sì. Prima di partire per la sua ultima missione, Doc ha fatto promettere a Mercer che non avrebbe mai permesso che ti succedesse qualcosa."

Quinn appoggiò la testa al finestrino del SUV mentre altre lacrime le rigavano le guance. "Grazie, Razor," sussurrò.

Quando lui uscì dall'autostrada a Santa Barbara, Quinn avrebbe voluto chiedergliene il motivo, ma non lo fece. Aveva già fatto troppe domande per un solo giorno e ciò l'aveva sfinita. A quel punto, non le importava più.

"Andiamo," disse Razor quando entrò nel parcheggio di un negozio di alimentari. Lei scese e lo seguì.

"Cosa vuoi?" le chiese una volta entrati.

"Cosa?"

"Da mangiare, Skipper. Cavolo. Ottantotto ha detto che sei intelligente."

"Burro di arachidi e marmellata."

"Davvero?"

"Oh. Mio. Dio." Quinn si fermò in mezzo alla corsia e si mise le mani sui fianchi.

"Cosa?"

Gli si avvicinò e sussurrò: "Non mi dici dove stiamo andando né cosa faremo. Mi hai chiesto cosa volevo e io ho detto la prima cosa che mi è venuta in mente. Voglio un maledetto panino al burro di arachidi e marmellata. Ok?"

Razor alzò le mani. "Certo che sì." Non le chiese se desiderasse qualcos'altro, ma riempì il carrello con cibo sufficiente per un mese.

Da lì presero delle strade secondarie; non che Quinn potesse sapere dove si trovavano, indipendentemente dal percorso che avrebbero seguito.

Quando lui si fermò davanti a un cancello e aspettò che si aprisse, lei provò una strana sensazione. "Io vivevo qui." Rimase senza fiato.

Razor annuì e attraversò il cancello. Le luci del SUV illuminarono il garage della casa e lei vide un uomo in piedi nel vialetto, con le mani lungo i fianchi, che non distoglieva lo sguardo dal suo. *Il suo signor Mercer.*

❧ 32 ❧

MERCER

Era stato Paps a decidere di chiedere a Razor di portare Quinn fuori città. Il tizio che avevano messo sulle tracce di Calder aveva detto che si era diretto verso la costa.

Non c'era motivo di credere che avesse scoperto l'esistenza di Quinn, ma non avevano corso rischi con lei per ventun anni e non avrebbero iniziato a farlo adesso.

Sia loro che Doc avevano avuto sempre paura di quello che uno psicopatico come Calder avrebbe potuto fare, se avesse scoperto che Lena aveva una figlia che era nata dieci mesi dopo che lui l'aveva violentata. Avrebbe capito anche che c'era la possibilità che la bambina fosse figlia di Doc, il che metteva Quinn in pericolo, o peggio.

"A proposito, Razor sta trasportando Skipper a Casa Carrizo," gli disse Paps.

"Lei non vuole avere niente a che fare con me."

"Vai comunque. Si tratta di proteggerla, Ottantotto. Non perderlo di vista."

"Sì, signore," mormorò lui.

"Inoltre, stai lontano da Calder. Se ti capita di incontrarlo, vattene immediatamente."

Paps aveva ragione. Visto come si sentiva al momento, se lui e Rory Calder si fossero trovati nello stesso posto allo stesso tempo, lo avrebbe ucciso senza pensarci due volte. A quel punto, ogni speranza che lui potesse in qualche modo condurli da Doc e Leech sarebbe andata perduta.

Un'ora e mezza dopo, Mercer era fermo nel vialetto della casa dove Lena aveva vissuto con Quinn subito dopo la sua nascita, fino a quando non avevano deciso che sarebbe stato meglio mandarla in collegio.

Sebbene Lena non ci vivesse più da diversi anni, non l'aveva venduta, come aveva detto a Maddox. Come nel caso della proprietà dei suoi genitori, non era sua e non poteva venderla. Apparteneva a Kade.

Quando vide il SUV superare il cancello, Mercer si chiese se Quinn se lo sarebbe ricordato.

La vedeva chiaramente attraverso il parabrezza e trattenne il respiro, aspettando la sua reazione quando lo avesse visto. Quando i loro sguardi si incrociarono, lei non batté ciglio. Non riusciva ancora a decifrare la sua espressione, ma il fatto che non si fosse voltata gli dava speranza.

Aveva molte cose da dirle e, una volta finito, la sua opinione su di lui sarebbe potuta rimanere invariata. Doveva provarci, però. Non poteva stare lontano da lei ed era ora che lei lo accettasse come un dato di fatto.

Si avvicinò al punto in cui Razor aveva parcheggiato e aspettò che Quinn aprisse la portiera.

"È aperta," disse Razor, che stava portando in casa delle borse della spesa.

Mercer mise la mano sulla portiera nello stesso momento in cui Quinn la aprì. Lei scivolò fuori più che scendere e atterrò tra le sue braccia. Lui le accarezzò i capelli con una mano mentre con l'altra la teneva stretta a sé. Quinn gli appoggiò la testa sul petto e lui sentì l'umidità delle sue lacrime penetrare attraverso la camicia. Non sapeva da quanto tempo fossero lì fermi; sapeva solo che non si sarebbe mosso finché lei avesse continuato a piangere.

Alzò lo sguardo verso la casa e notò Razor che stava aprendo le finestre e accendendo le luci al secondo piano. La casa in stile coloniale spagnolo apparve immediatamente più calda, più accogliente.

Continuando a tenere il braccio intorno alla vita di Quinn, si voltò e la guardò.

"Te la ricordi?" sussurrò, temendo di spezzare l'incantesimo che li legava.

Lei annuì. "Avevo una bicicletta con cui giravo da queste parti." Quinn indicò il vialetto circolare fatto di pavimentazione messicana. I vasi che un tempo avevano contenuto bellissimi fiori erano vuoti e disposti sul bordo del vialetto e lungo il marciapiede.

"All'inizio aveva le rotelle, poi..." Quinn iniziò a tremare.

"Cosa c'è, tesoro?"

"Le ha tolte e mi ha detto che mi avrebbe tenuto stretta. Mi ha promesso che non mi avrebbe lasciata andare, finché non fosse stato sicuro che sapessi andare da sola."

"Chi?"

"Non ne ho idea," sussurrò lei così piano che Mercer riuscì a malapena a sentirla.

"Vuoi entrare?" le chiese lui, e lei annuì.

Attraversarono lentamente l'ingresso principale ed entrarono in una stanza con enormi travi di legno scuro sul soffitto. Un camino dello stesso colore dell'esterno della casa si trovava all'estremità opposta della stanza.

Sedie e divani in pelle marrone scuro erano disposti sul pavimento piastrellato, parzialmente coperto da tappeti messicani. Da quella stanza passarono alla cucina, alla sala da pranzo e a una doppia porta che conduceva a un patio, che sembrava più grande dell'intero primo piano della casa.

Mentre esploravano la casa, Quinn accelerò il passo. Quando raggiunsero le scale, le salì due alla volta, superando Mercer. Lui la guardò mentre si dirigeva verso l'ultima porta in fondo al corridoio.

"Questa era la mia stanza."

Quinn entrò prima che lui la raggiungesse. La trovò seduta sul bordo del letto ancora fatto. Come nel suo appartamento, le pareti erano adornate da bellissime opere d'arte. C'erano dipinti di cavalli nei prati e del mare.

Mercer si avvicinò alla finestra e salutò con la mano Razor, che stava salendo sul SUV.

"Dove sta andando?" chiese Quinn, avvicinandosi alla porta che dava sul balcone.

"Va via," rispose Mercer.

"Perché?"

"Così possiamo stare da soli. Ti va bene?"

Quinn annuì.

"Non mi è mai stato permesso di uscire qui fuori," disse, chiudendo la porta del balcone e tornando verso il letto. Poi lo guardò. "Non ho voglia di parlare adesso."

"Non siamo obbligati a farlo." Era quasi mezzanotte e, dopo la giornata che avevano passato, Quinn era probabilmente più stanca di lui.

Lei si tolse le scarpe con un calcio, poi tirò indietro il piumone e le lenzuola. Mercer rimase in piedi vicino alla finestra, in attesa. Quinn si spogliò, senza distogliere lo sguardo, finché non restò nuda davanti a lui.

"Non so cosa fare, Quinn."

"Ne parleremo domani." Gli tese la mano.

"Sei sicura di volerlo fare?"

"Ho bisogno di dormire, Mercer, e non ci riesco se non sono con te."

Lui mosse un passo dopo l'altro, valutando l'umore di lei mentre si avvicinava. Quinn si infilò nel letto e si spostò dall'altra parte. "Le lenzuola sono così fredde," disse.

"Devo chiudere le finestre?" le chiese.

"È una notte bellissima. Lasciamole aperte."

Mercer si sfilò la camicia dalla testa e scalciò via gli stivali, come aveva fatto lei. Allungandosi dietro di sé, posò la pistola sul tavolino vicino al letto. Gli occhi di Quinn seguivano ogni suo movimento.

Esitò prima di slacciarsi la cintura ma, quando lei annuì, lo fece e lasciò scivolare i pantaloni sul pavimento.

Lei si avvicinò e gli appoggiò la testa sul petto quando lui si sdraiò accanto a lei. Ci vollero solo pochi minuti prima che il suo respiro si regolarizzasse, e Mercer capì che si era addormentata. Solo allora si concesse di addormentarsi anche lui.

Quando Mercer si svegliò, fuori era ancora buio e Quinn non era accanto a lui. Era sciocato e allo stesso tempo preoccupato, perché aveva dormito così profondamente da permetterle di alzarsi dal letto senza svegliarlo.

La vide seduta su una sedia vicino alla finestra.

"Tutto bene, tesoro?" le chiese.

"Mi ricordo di lui," rispose lei a bassa voce. "Solo frammenti, però, come le rotelle della bici."

"Cos'altro hai ricordato?"

"Mia madre che piangeva tanto."

Quelle parole gli fecero male al cuore.

"Lui non era molto presente. Non so bene come o perché lo so, ma è così."

"Se è Doc che ricordi, all'epoca era ancora in servizio attivo, quindi era più spesso lontano che a casa."

"Raccontami qualcosa di più su di loro." Quinn si alzò, tornò a letto e si rannicchiò accanto a lui.

"Non posso e, quando dico così, è perché non so nulla di quella parte della vita di Doc. Quello che so l'ho appreso solo di recente, e la maggior parte di quelle cose sono successe prima che tu nascessi."

"Grazie per avermi risposto onestamente."

Solo la luce della luna le illuminava il viso, quindi lui non riusciva a capire se fosse arrabbiata o triste, o nessuna delle due cose.

"Mi dispiace. Vorrei essere più specifico, ma ci sono così tante cose di cui mi pento."

Quinn alzò le spalle e gli appoggiò la testa sul petto. "Non so come avresti potuto agire diversamente."

"Vorrei..."

"Anch'io," disse lei quando lui non terminò quella riflessione ad alta voce.

Quello che desiderava era che lei fosse ancora a New York e che l'unica cosa che li separava fosse il litigio, se poteva chiamare così quello che era successo prima della sua partenza.

Avrebbe voluto che Quinn non sapesse nulla dello stupro della madre o che suo padre potesse essere qualcun altro, e non Angus Sullivan. E per quanto amasse tenerla tra le braccia, avrebbe voluto poterla mettere su un aereo diretto a casa quel giorno stesso.

"Riesci a tornare a dormire?" le chiese.

"Non credo. E tu?"

"No, se tu sei sveglia. Che ore sono?" Mercer si mise a sedere e guardò il cellulare. Erano quasi le cinque, il che significava che ben presto sarebbe sorto il sole. "Ho un'idea. C'è un posto dove vorrei portarti."

Indossarono gli stessi vestiti del giorno prima e Mercer infilò la pistola nella cintura, chiedendosi se lei avrebbe detto qualcosa al riguardo.

"Vuoi un po' di tè?" le chiese una volta scesi al piano di sotto.

Quinn sbadigliò. "Non credo di essere ancora abbastanza sveglia."

"Non dobbiamo andare per forza."

Lei lo fissò e lui credette di intravedere un sorriso. "Ora parli come me. Andiamo."

Mercer aprì il garage e si rese conto di avere solo la moto, senza un secondo casco. Vicino all'altra estremità dell'edificio c'era un veicolo, ma era coperto, quindi non aveva idea di cosa fosse, se ci fosse una chiave da qualche parte o se funzionasse. Probabilmente avrebbe potuto noleggiare un'auto, ma non a quell'ora, e il posto dove voleva portarla era troppo lontano per andarci a piedi.

"Cos'è quello?" Quinn si avvicinò al veicolo che aveva notato.

Mercer la seguì e, quando furono vicini, tirò via il telo da un lato. Notò che si trattava di una Porsche, ma non aveva idea di quale modello fosse. La vernice giallo pallido sembrava in perfette condizioni. Quinn tirò dall'altro lato e scoprì la capote nera.

"C'è la chiave," disse lei, guardando attraverso il finestrino del lato guida.

"Vediamo se funziona," disse Mercer, senza troppa speranza. Tolse completamente il telo e trovò il pulsante per aprire il garage.

Salì a bordo e vide che l'auto aveva il cambio manuale. Se non fosse stato così e fosse riuscito ad avviarla, avrebbe chiesto a Quinn se voleva guidare.

Lei salì sul lato passeggero e aprì il piccolo vano portaoggetti davanti a sé, tirando fuori un foglio di carta e porgendoglielo.

"Non riesco a guardare," sussurrò lei.

Mercer tirò fuori il telefono e illuminò quello che scoprì essere il libretto di circolazione. Era scaduto un anno prima, a giugno, il che significava che la macchina era stata registrata un anno prima, e il nome del proprietario era Kade Butler. Guardò Quinn.

"Significa che stava qui."

"Probabilmente sì."

Mercer premette la frizione, girò la chiave e l'auto si avviò immediatamente. Inserì la retromarcia, fece marcia indietro, poi mise la prima.

"Cos'è quello?" chiese lei indicando la leva del cambio.

"È un cambio manuale. Più tardi ti insegnerò a guidarla."

"Oh," disse lei, girandosi dall'altra parte.

Mercer rimise la macchina in folle. "Se vuoi."

Lei non lo guardò e non rispose.

"So che sto fingendo che tra noi sia tutto come prima, ma è perché non so cos'altro fare, Quinn."

"Lo so," disse lei, ma continuò a non guardarlo. "Andiamo, ok?"

Mercer guidò per un breve tratto dalla casa, attraversò l'autostrada e imboccò una strada dove sapeva che c'erano tre parcheggi pubblici. Il sole non era ancora sorto, quindi dubitava che ci fosse già molta gente. Infatti, quando superarono una curva, tutti e tre i parcheggi erano vuoti.

"Potrebbe fare freddo." Guardò sul sedile ribaltabile e trovò una coperta messicana arrotolata, poi si spostò sul lato della macchina dove era seduta Quinn e, quando lei scese, gliela mise sulle spalle.

"Tu non senti freddo," mormorò lei.

Lui sorrise. "Non d'estate."

"Perché no?"

Mercer alzò le spalle. "Non lo so. Ho passato troppo tempo in posti come l'Afghanistan, dove fa un caldo insopportabile. Anche mio padre era così."

Quinn abbassò gli occhi e lui le posò le mani sulle spalle. "Ascolta, non so chi fosse Kade per te dal punto di vista biologico. Mi dispiace essere schietto, ma è la verità. Quello che so è che teneva abbastanza a te da non limitarsi a proteggerti, ma anche da assicurarsi che avessi la vita migliore che potesse offrirti."

"Cosa gli è successo, Mercer?"

"Non lo so."

Quinn lo guardò negli occhi. "È morto?"

Lui distolse lo sguardo. "Prego che non sia così."

"Ma pensi che lo sia."

"È stato dichiarato morto in azione." Rispose alle sue domande, rifiutandosi di permettere alla propria coscienza di convincerlo a non farlo. Non poteva dirle tutto, ma almeno quello che, credeva, non avrebbe messo lei o Doc in pericolo più di quanto non lo fossero già, e lei meritava di sapere.

"Capisco."

"Andiamo," disse lui, mettendole una mano sulla schiena e guidandola sulla sabbia.

"Venivamo a fare surf qui," le disse.

"Chi?"

"Io e Doc. Era un brav'uomo, Quinn. Uno dei migliori che abbia mai conosciuto, a parte mio padre, Paps, e Razor."

"Parlami di lui," disse lei, sedendosi sulla sabbia.

Quando Mercer si sedette accanto a lei, Quinn gli mise la coperta sulle spalle.

"Grazie," sussurrò lui. Lei avrebbe potuto pensare che la stesse ringraziando perché voleva tenerlo al caldo, ma non era così. La stava ringraziando perché continuava a prendersi cura di lui.

Le raccontò che aveva conosciuto Doc a Stanford e della prima volta che lui lo aveva portato su quella spiaggia. Continuò a parlare, raccontandole molte cose che avevano fatto nel corso degli anni e che non avevano nulla a che vedere con le loro missioni. Avrebbe voluto dirle di più su Doc e sua madre, ma forse un giorno avrebbe potuto convincere Razor o Paps a farlo.

"Razor mi ha detto che Kade amava mia madre," disse lei, come se gli leggesse nel pensiero.

"Cos'altro ti ha detto?"

"Non molto, *Ottantotto*." Quinn sorrise e lui sorrise a sua volta.

"Anche Doc faceva così."

"Lo so. Razor me l'ha detto, quando mi ha fatto indovinare cosa significasse il tuo nome in codice."

Mercer rise perché lei stava ancora sorridendo. A quanto pareva, lei e Razor andavano d'accordo. Avrebbe voluto chiederle come si era sentita, quando aveva scoperto che lui non era il Tabon Sharp che conosceva, ma non lo fece.

"Ci sono così tante cose che vorrei chiederti," disse Quinn.

"Lo so, e forse un giorno potrò darti delle risposte."

"Mercer, dimmi cosa è successo all'uomo che ha violentato mia madre."

"Quinn..."

"È la mia domanda."

Quella alla quale aveva promesso di rispondere sinceramente, per quanto possibile. Le aveva detto allora di farne una buona, e lei l'aveva fatto. Se avesse risposto, lei sarebbe venuta a sapere il peggio di quello che non poteva dirle.

"È lui il motivo per cui sono in pericolo?" chiese lei.

"Lui è il pericolo, tesoro."

"È qui?"

"Sì."

"È finito in prigione?" Il rapporto della polizia che aveva letto forniva solo dettagli sullo stupro in sé, non su quello che era successo a quell'uomo in seguito.

Mercer non rispose.

"Ho visto il suo nome."

"Non ripeterlo, Quinn."

Lei spalancò gli occhi, ma annuì. "Tu proteggi gli innocenti dal male," sussurrò.

"Io proteggo te."

Gli occhi di Quinn si riempirono di lacrime, come era successo tante volte negli anni in cui lui l'aveva protetta. "Sono preoccupata per mia madre."

"È al sicuro."

Lei piegò le gambe e appoggiò la testa sulle braccia incrociate. Quando le lacrime si trasformarono in singhiozzi, Mercer se la mise sulle ginocchia e la strinse a sé.

"Ho ancora un sacco domande."

Le posò le dita sul mento e le sollevò il viso per guardarla negli occhi. "Ti dirò tutto quello che posso. Tutto quello che so."

"Lei mi odia? È per questo che non ha mai voluto vedermi? Gli assomiglio?" Fece un respiro profondo ed espirò lentamente. Percependo che aveva altro da aggiungere, Mercer attese. Quando lei riprese a parlare, desiderò di non averlo fatto. Le sue parole, il suo dolore, lo distrussero.

"Dio, Mercer. È per questo che nessuno mi vuole?"

Lui si spostò e le accarezzò la guancia. "Ti sbagli, tesoro. Non è così. Sei desiderata e amata."

"Ma mia madre..." Piangeva, soffocata dalle sue stesse parole.

"Tu sei qui, con me, grazie a tua madre. Sei al sicuro, e questo grazie a lei. Tutto quello che tua madre ha fatto per te è stato per amore."

I singhiozzi si placarono e lei fece diversi respiri profondi. "Vorrei poterla vedere in questo modo."

"Penso che ci riuscirai. Alla fine."

"Razor mi ha detto di smetterla di piangermi addosso. Ha detto che tu, un certo Paps e altre persone che non conoscerò mai avete messo a rischio la vostra vita per proteggere la mia."

Mercer annuì.

"Hai rischiato la vita per me, Mercer?"

"L'ho fatto e continuerò a farlo fino al giorno della mia morte."

Un altro singhiozzo le tolse il respiro. "Mi dispiace tanto."

"Non hai nulla di cui scusarti, tesoro," le assicurò Mercer.

"Possiamo tornare a casa?"

"Certo che sì." Lui si alzò e la tirò su con sé.

Quando arrivarono alla macchina, ce n'erano diverse altre con tavole da surf legate sul tetto, che si contendevano il loro posto nel parcheggio.

"Deve essere un bel posto per fare surf," disse lei.

"Uno dei migliori al mondo." Mercer le aprì la portiera e aspettò che salisse.

I suoi occhi saettavano tra i veicoli in attesa e teneva la mano destra non lontano da dove aveva nascosto la pistola.

"Ora mi è tutto chiaro," disse Quinn quando lui salì in macchina. "Ricordo quando siamo andati al ristorante indiano. Ti ho chiesto se fossi una spia."

"Ti ho detto di fidarti del tuo istinto, Quinn."

"Voglio che tu mi dica tutto quello che puoi, Mercer. Se sta succedendo qualcosa, voglio che me tu me lo dica. Se devi andare via, o se succede qualcosa a mia madre, o anche se sto facendo qualcosa che non dovrei fare, qualcosa che rende il tuo lavoro più difficile, voglio che tu me lo dica."

Lui avviò il motore e fece retromarcia, ma una volta fuori dal parcheggio si fermò sul ciglio della strada per lasciare il posto a qualcun altro. "Ci saranno dei motivi per cui non potrò sempre farlo, Quinn."

"Fai tutto quello che puoi," ripeté lei.

33

MERCER

"Hai fame? Che ne dici di prendere una tazza di tè?" le chiese mentre attraversavano il piccolo centro di Montecito.

"Sto morendo di fame. Ieri sera non sono riuscita a mangiare il mio panino al burro d'arachidi e marmellata."

Lui socchiuse gli occhi. "Un panino con burro di arachidi e marmellata?" In tutto il tempo in cui era stato assegnato alla sua scorta, non l'aveva mai vista mangiarne uno. Non che l'avrebbe notato, se lei se lo fosse preparato a casa.

"Razor mi stava mettendo fretta ed era l'unica cosa a cui riuscivo a pensare, dato che eravamo in quel reparto."

"Mi dispiace che ti abbia messo fretta."

"Non ti scusare. Sarebbe un ottimo fratello maggiore," disse lei, poi aggiunse sottovoce: "Non avrei scampo con lui."

Mercer sorrise. "È un brav'uomo."

"Sì," mormorò lei, guardando fuori dal finestrino. "Non riesco a credere che ricordo così tante cose di questo posto. Non ci torno da quattordici anni. Oh, wow!" esclamò quando lui accostò davanti alla Jeannine's Bake Shop. "Hanno i *migliori* pancake alle mele."

"Io preferisco l'aragosta alla Benedict."

Lei alzò gli occhi al cielo. "Le bambine di sette anni non mangiano l'aragosta alla Benedict, Mercer."

Quinn mangiò fino all'ultimo boccone di pancake e anche una parte della colazione di Mercer.

"Ti senti meglio?" le chiese lui mentre tornavano alla macchina.

Lei salì sull'auto, poi Mercer chiuse la portiera, osservò la strada, gli edifici circostanti, l'auto stessa, ma non c'era nulla che attirasse la sua attenzione. Tuttavia, c'era qualcosa che non andava. Lo sentiva.

"Possiamo andare a casa?" chiese di nuovo Quinn quando lui salì. "Intendo a casa nostra."

"Sì." Mercer annuì, grato che fosse solo a un paio di isolati di distanza e sotto costante sorveglianza. "Sbrigati," mormorò, sperando che il cancello si aprisse più velocemente.

Se lei avesse trascorso del tempo lì, avrebbero dovuto installarne uno nuovo. Superò il cancello, si fermò e aspettò che si chiudesse dietro di loro, poi entrò nel garage.

Chiuse anche quello e, nello stesso momento, sentì il cellulare squillare.

"Dammi un secondo," disse a Quinn quando scese per leggere il messaggio.

Trasferimento, diceva il messaggio di Paps.

Ricevuto.

Il trasporto sta partendo.

"C'è qualcosa che non va?" chiese Quinn quando lui riaprì il garage invece di entrare in casa attraverso la porta comunicante.

"Ce ne andiamo."

"Perché?"

"Perché sì." Mercer superò di nuovo il cancello e incrociò lo sguardo del rinforzo in arrivo.

Un SUV si fermò davanti a loro, con un altro che lo seguiva. A parte il fatto che dovevano trasferirsi, Mercer non sapeva cosa stesse succedendo più di quanto lo sapesse Quinn.

"Ehi, Ottantotto," disse Razor, scendendo dal SUV. "Che bella macchina hai portato in spiaggia. Mi è sempre piaciuta quell'auto. Ehi, Skipper," la salutò con la mano nel punto in cui lei stava aspettando.

Quinn ricambiò il saluto, ma non accennò ad andare nella loro direzione.

"Fammi un resoconto."

"La sorveglianza ha individuato qualcuno che stava perlustrando la casa. Abbiamo controllato l'auto e il riconoscimento facciale, ma non è venuto fuori nulla. Ora lo stiamo seguendo."

"Merda," mormorò Mercer.

Razor si voltò in modo da non guardare più Quinn. "C'è dell'altro. Tom e Vinnie hanno intercettato qualcuno che stava entrando nel tuo palazzo a New York. Sono arrivati fino all'ascensore di servizio."

Mercer lo guardò negli occhi. "Chi?"

Razor fece un respiro profondo. "Un russo."

"Porca puttana," imprecò Mercer sottovoce, guardando Quinn.

"Andiamo," disse Razor.

"Dove andiamo?"

"All'appartamento che ho affittato a Cambria per stanotte. Abbiamo altro in programma, a partire da domani."

Mercer annuì e fece cenno a Quinn.

"Come va, Skipper?" le chiese Razor, aprendo la portiera posteriore.

"Devo sedermi sul fondo?"

"Sai come funziona."

"Bene. Posso salire?" Quinn indicò il SUV.

"Mi piace," affermò Razor. "Sta migliorando, fa quello che le viene detto."

Quinn alzò gli occhi al cielo, ma tenne le braccia incrociate davanti a sé. Aveva paura, ed era il suo istinto a farle fare quello che doveva.

"Odio questa parte," la sentì dire Mercer. Lui chiuse la portiera dietro di lei e salì sul sedile anteriore. Avrebbe voluto chiedere se era necessario che lei si accucciasse sul fondo, ma Razor non glielo avrebbe mai fatto fare, se non fosse stato necessario.

"Hai già il mal d'auto, Skipper?" chiese Razor quando erano in viaggio da qualche minuto.

"Non puoi prendere l'autostrada? È più dritta."

"L'altra sera mi hai detto che ti faceva venire la nausea."

"Oh, sì."

Razor sorrise, ma Mercer rimase serio. Le cose stavano per arrivare al punto culminante e lui non voleva che Quinn restasse coinvolta.

"E la macchina?" chiese lei.

"Cosa?" chiese Mercer.

"La macchina," ripeté lei, alzando la voce più del necessario.

"Ora puoi alzarti," le disse Razor. "Non le piace nemmeno sedersi sul sedile posteriore," disse a Mercer.

"Ci scambieremo i posti appena possibile."

"Allora, la macchina," ripeté lei.

Razor scosse la testa. "Non vuole sapere nient'altro, eccetto cosa succederà alla Porsche."

Fa le domande che può, pensò Mercer.

"È al sicuro dove si trova," le disse Razor.

"Che tipo di auto è?"

"Una Porsche," rispose lui.

"Questo lo so già. Che tipo di Porsche?"

"Una Porsche 356B T6 Twin Grille Roadster del 1962."

Mercer sentiva le loro battute, ma la sua mente stava correndo, cercando di elaborare un piano. Quella sera avrebbe finito di passare al setaccio la roba che aveva portato via dalla baita. Forse, con l'aiuto di Paps e Razor, avrebbero trovato altre informazioni da usare su Calder.

"Un sacco di soldi," sentì che Razor diceva.

Non aveva sentito cosa aveva chiesto Quinn.

"Quanto?"

"Quasi mezzo milione."

"Oh."

"Questa volta l'ho zittita," mormorò Razor a Mercer.

"*Ti sento*, lo sai?"

Quando Razor rise, Mercer si distrasse di nuovo, felice che il partner gli stesse concedendo il tempo necessario per riflettere.

Pochi minuti dopo, Razor accostò sul lato della strada. "È ora di cambiare posto," disse. "Guida tu. Io mi metto dietro."

Mercer scese, aprì la portiera di Quinn e le scostò i capelli dal viso quando lei gli si parò davanti. "Come stai?"

"Morta di paura." Quella risposta lo sorprese.

"Lo nascondi bene."

"Sto imparando."

La baciò sulla fronte. "Sai che sei proprio fantastica?"

Lei scosse la testa e distolse lo sguardo, ma lui le fece girare il viso verso di sé. "Fottutamente fantastica."

Razor fischiò. "Forza, andiamo."

Non passò molto tempo prima che Quinn si addormentasse, concedendo a Mercer più tempo per pensare. Aveva bisogno di maggiori informazioni sul russo di New York. Razor aveva detto che Tom e Vinnie lo avevano intercettato, ma cos'era successo dopo? Era stato interrogato? Erano risaliti alla sua affiliazione?

Mercer guardò Quinn, che si era spostata sul sedile ma dormiva ancora. "Speravo di esaminare il contenuto della scatola oggi."

"Paps ci sta lavorando a fondo. Prevede di concludere entro fine giornata."

"Ha trovato qualcosa di utile?"

"Negativo."

Quando guardò nello specchietto retrovisore, vide sul volto di Razor lo stesso livello di frustrazione che provava lui.

"MA CHE DIAVOLO...?" MORMORÒ MERCER QUANDO SUPERÒ IL cancello della casa in affitto di Razor e vide la Porsche giallo pallido parcheggiata vicino al garage. "Come hai fatto?"

"L'ho praticamente portata qui in volo." Razor indicò Quinn. "Le piace."

"Lei ti piace."

"Sì, è vero."

"Anche a me," disse Mercer, chinandosi per svegliarla.

"Siamo arrivati," disse, accarezzandole la guancia con un dito.

Lei si mise a sedere e si guardò intorno. "Lo faccio sempre. Mi dispiace. Siamo a Cambria?"

"Sì, tesoro." Mercer vide i suoi occhi illuminarsi quando guardò oltre la sua spalla e riconobbe l'auto.

"È qui!" Quinn batté le mani e guardò Razor. "Grazie."

Mercer le diede una gomitata. "Ehi, come fai a sapere che non sono stato io a organizzare tutto?"

Quinn e Razor scoppiarono a ridere. Lui non colse la battuta, ma era troppo felice di vederla sorridere per preoccuparsene. Scese, si avvicinò al suo lato del SUV e le aprì la portiera.

"Grazie," sussurrò lei.

"Per cosa? È evidente che non sono stato io a farti consegnare qui l'auto," scherzò lui.

"Non per la macchina, Mercer, ma perché mi ami abbastanza da non abbandonarmi."

"Ti ho mandato il codice via SMS," disse Razor indicando la porta d'ingresso, poi porse a Mercer la chiave della Porsche. "I vostri bagagli sono già in casa. Ci sentiamo presto." Salì sul SUV e salutò con la mano.

Una volta dentro, Quinn andò direttamente alle finestre con vista panoramica sull'oceano. Mercer le si avvicinò da dietro e le cinse la vita con le braccia.

"Ti va un bicchiere di vino?" le chiese.

Lei si voltò tra le sue braccia. "Stavo per chiederti se ce n'era, ma sembra che Razor abbia pensato a tutto."

Mercer guardò oltre la sua spalla e vide una bottiglia, due bicchieri e un piatto con frutta, diversi tipi di salumi e formaggi, e del pane. Accanto c'era il menu di un ristorante a pochi passi dalla casa.

"Come stai?" le chiese.

"Sto bene. Meglio, ora che sei qui con me. Vorrei farmi una doccia."

Anche se a Mercer era piaciuto molto avere il suo corpo nudo accanto al proprio la notte precedente, dovevano parlare della loro relazione prima che lui decidesse di raggiungerla.

"A cosa stai pensando?" gli chiese lei.

"Ai vestiti," rispose Mercer, indicando le loro borse vicino alla porta.

"Speravo di non averne bisogno subito."

Mercer inarcò un sopracciglio. "Dovremmo parlare, Quinn."

"No, non dovremmo. E preferisco "tesoro" a "Quinn"."

"Ieri mi hai detto di non chiamarti così."

"Quello era prima di sapere quanto mi ami."

"Prima non lo sapevi?"

"Lo sapevo, ma oggi l'ho sentito in modo diverso. Ho capito, Mercer. È difficile perché sono ancora arrabbiata perché mi hai mentito, ma so perché *l'hai fatto*: perché mi ami tantissimo."

"È vero."

"Allora dimostramelo."

QUINN GLI FECE SCORRERE LE DITA SUL TATUAGGIO SUL PETTO, mentre l'acqua calda della doccia scorreva su di loro.

"A cosa stai pensando?" le chiese lui.

Lei sorrise. "A te. Sei il mio angelo custode e il mio protettore."

"Sono più di questo. Almeno, voglio esserlo."

"Mi hai detto che per te il sesso non era mai stato così bello prima d'ora. Non è proprio quello che hai detto, ma qualcosa del genere. Qualcosa riguardo a un amore così profondo da poter sentire l'altra persona nel cuore. Quando senti che è così giusto, nient'altro potrà mai esserlo."

"Quello che abbiamo non è mai stato e non sarà mai solo sesso. È amore."

"Lo so."

TRASCORSERO IL POMERIGGIO SOTTO LA DOCCIA, POI A LETTO, prendendosi il tempo di esplorare i rispettivi corpi. Ogni volta che parlavano di cibo, finivano per banchettare l'uno con l'altra.

"Hai già fame?" le chiese lui, facendole scorrere le dita lungo il braccio.

"Sono affamata, in realtà."

"Prima hai guardato il menu del ristorante. Ti va qualcosa da quello?"

"Dove si trova?" chiese lei.

"Proprio in fondo alla strada, ma fanno anche consegne a domicilio."

"Potremmo..."

L'espressione sul volto di Mercer le fece capire che qualsiasi cosa lei stesse per suggerire era fuori discussione. Il che significava che probabilmente lo era anche una passeggiata sulla spiaggia.

"Posso farti una domanda che non c'entra nulla?"

"Certo."

"Mia madre è al sicuro?"

"Sì."

"In un posto dove non è costretta a stare chiusa in casa, senza poter nemmeno fare una passeggiata?" Quinn scosse la testa. "Sono stata più dura di quanto volessi. Mi dispiace."

"Non preoccuparti. Capisco quanto sia difficile per te e, credimi, desidero che tu sia al sicuro e libera di vivere una vita normale tanto quanto lo desideri tu, se non di più."

Nascondersi, stare rinchiusa, non era una cosa in cui Quinn fosse brava. Non aveva passato la vita a guardarsi le spalle, come aveva fatto sua madre.

Mercer inviò un messaggio a Razor, chiedendogli se poteva organizzare una cena fuori per loro. Lui rispose in pochi secondi, dicendo che se ne sarebbe occupato.

Organizzerò anche il trasporto, aggiunse.

Mercer si avvicinò a Quinn, che era ferma vicino alla finestra, avvolta in una coperta che aveva preso dal letto. "Vestiamoci."

"Perché? Insomma, non possiamo andare da nessuna parte, giusto?" chiese lei.

"Sbagliato. Ho organizzato tutto per poter cenare fuori."

"Dove?"

"È una sorpresa." Le fece l'occhiolino.

"Bisogna prenotare?"

"È tutto sistemato."

"Lasciami riformulare la domanda. Abbiamo tempo per un'altra doccia?"

Lui sorrise, trascinandola verso il bagno mentre lei si lasciava scivolare la coperta dalle spalle.

MERCER SCOPRÌ CHE RAZOR AVEVA CONTATTATO IL proprietario del Sea Chest e lo aveva convinto ad aprire una sala privata sul retro per loro. Dovevano entrare dalla cucina ma, una volta dentro, l'ambiente si rivelò privato e romantico e risollevò il morale di Quinn.

Lei parlò della casa a Montecito e di come avesse ricordato altri dettagli. Mercer avrebbe desiderato che potessero rimanere più a lungo o tornare prima.

Era stata progettata come una fortezza, anche se con una tecnologia ormai obsoleta. Forse lui si sarebbe offerto di supervisionare un aggiornamento della sicurezza della proprietà, in modo che potessero farne la loro base, invece che trasferirsi dove dovevano andare il giorno dopo.

Durante il breve tragitto in auto verso casa dopo cena, Quinn gli sembrò irrequieta.

"Stai bene, tesoro?" le chiese una volta entrati.

"Riavrò mai indietro il mio telefono?" chiese lei.

"Certo che sì."

"Funzionerà?"

Mercer socchiuse gli occhi. "Perché non dovrebbe?"

"Tabon mi ha detto che ha smesso di funzionare quando sono atterrata all'aeroporto di San Luis Obispo."

"Mi assicurerò che funzioni e, se così non fosse, te ne procureremo uno nuovo."

La guardò mentre passava dall'apparire nervosa ad agitata.

"Non ne voglio uno nuovo. Voglio il mio telefono."

"Va bene."

Lei lo guardò negli occhi. "Me lo prometti?"

Lui annuì. Era una promessa facile da pronunciare. Le copie delle foto che lei aveva scattato alla baita erano state scaricate.

"Ehi, Razor. Dove andremo?" chiese Mercer quando lo chiamò la mattina seguente, mentre Quinn dormiva ancora.

"Laird ha organizzato tutto. La proprietà si chiama Happy Valley Ranch e si trova tra Cambria e Paso Robles. Ti mando subito i dettagli."

"Ricevuto. Senti, ho la sensazione che le cose stiano precipitando."

"Sono d'accordo," disse Razor. "La calma prima della tempesta."

"Ci dobbiamo essere tu, io o Paps a proteggere Quinn. Non mi fido di nessun altro."

"E Burns?"

Mercer non aveva preso in considerazione quella possibilità, che era certamente plausibile, ma Burns sarebbe stato disposto e in grado di farlo?

"Come ultima risorsa, che ne dici?" aggiunse Razor. "A proposito, Naughton ha visto Burns a Harmony stamattina."

"È qualcosa di cui dobbiamo preoccuparci?"

"Non saprei."

"Ci sono novità su Calder?"

"Paps ha raccolto delle voci secondo le quali è previsto un altro attacco a un vigneto, ma non è riuscito a individuare chi, cosa o quando."

Quella notizia non era una sorpresa. Il suo istinto gli diceva che Calder stava tramando qualcosa, dopo i fallimenti relativamente clamorosi dei suoi ultimi due tentativi di sabotare un'azienda vinicola.

L'emissione di obbligazioni non aveva portato a nulla con Los Caballeros e, sebbene l'incendio al Butler Ranch avesse causato dei danni, un numero sufficiente di vigneti era stato risparmiato quindi, grazie anche all'assicurazione su quelli distrutti, la famiglia non avrebbe subito un danno finanziario troppo grave.

In base a quanto aveva appreso da Paps, Calder doveva essere furioso, in particolare a causa del Butler Ranch. Ancora una volta, Doc lo aveva battuto, che fosse ancora vivo o meno. Era stata la squadra di Doc, composta da lui e Paps, ad aver segnalato l'incendio con una tempestività sufficiente a consentirne un rapido contenimento.

"A proposito, Vatos è stato arrestato."

Agendo su una soffiata di Paps, il California Bureau of Investigation aveva arrestato Johnny Vatos per incendio doloso, anche se la notizia non sarebbe stata resa pubblica prima del giorno dopo. A quel punto, l'ufficio dello sceriffo locale sarebbe stato incaricato dell'arresto. Vatos era troppo conosciuto nella zona perché il CBI potesse inventare una storia che reggesse a lungo, ma almeno per le ventiquattr'ore successive avrebbero detto che l'incendio era stato appiccato da un bracciante agricolo migrante.

In quel lasso di tempo, Paps avrebbe organizzato il trasferimento di Vatos in un luogo dove avrebbero potuto convincerlo a indicare chi lo aveva assunto. Che voleva dire, speravano, Rory Calder.

Dopo aver chiuso la telefonata, Mercer aprì la cartella di Razor. La proprietà nella quale sarebbero stati trasferiti apparteneva alla figlia adulta dell'erede dell'impero di William Randolph Hearst. Era stata rapita da adolescente e, anni dopo essere stata salvata, aveva acquistato il terreno e costruito il complesso. Laird aveva svolto un ruolo nella progettazione dei sistemi di sicurezza del ranch, anche se attraverso un'altra entità, che gli aveva permesso di mantenere l'anonimato nella comunità che lo considerava soltanto un proprietario di vigneti.

Secondo quanto Mercer aveva letto nel rapporto di Razor, c'erano chilometri di strade sterrate dove Quinn avrebbe potuto imparare e fare pratica alla guida di un'auto con cambio manuale.

"Buongiorno," disse quando una Quinn dall'aria assonnata uscì dalla camera da letto.

"Buongiorno," rispose lei, gettandosi tra le sue braccia aperte. "Mi sono svegliata e non eri a letto con me."

Lui le baciò la tempia. "Mi dispiace, tesoro. Avevo alcune cose da sbrigare."

"Quando partiamo?"

"Tra un'ora circa. Vuoi fare colazione?"

Lei scosse la testa, si allontanò e andò alla finestra. "Mi piace questo posto."

La tristezza nella voce di Quinn lo straziò. Avevano dovuto lasciare Montecito prima di quanto avrebbe voluto e ora stavano lasciando una casa con vista sull'oceano. Sperava solo per Quinn che l'Happy Valley Ranch fosse all'altezza del suo nome.

MERCER USCÌ DALLA CAMERA DA LETTO QUANDO SENTÌ RAZOR E Quinn parlare nell'altra stanza.

"Non può essere così difficile guidare un'auto con il cambio manuale. Hai imparato, vero?" lo stuzzicò lei.

Mercer ridacchiò, ricordando che Quinn aveva accennato al fatto che Razor fosse un ottimo fratello maggiore. I due avevano sicuramente una forte rivalità fraterna.

Una volta fuori, Quinn continuò a stuzzicare Razor. "Posso sapere dove stiamo andando? O devo stare di nuovo sul fondo del tuo SUV? Forse dovresti pensare di tenere dei sacchetti per il mal d'auto lì dietro." Si mise le mani sui fianchi e aggrottò la fronte quando notò il posto auto vuoto accanto al SUV. "Dov'è la Porsche?"

"Già trasferita. Andiamo."

Mercer suggerì a Quinn di sedersi davanti insieme a Razor durante il viaggio verso la sua nuova sistemazione, così lui avrebbe potuto lavorare un po'.

"Mercer ha detto che posso riavere indietro il mio telefono," la sentì dire, poi guardò Razor che glielo porgeva.

"L'ho persino ricaricato per te."

Quinn era troppo occupata a controllare i messaggi di testo e vocali per rispondere. Mercer sapeva che le sue amiche avevano cercato di contattarla, perché Aine gli aveva lasciato un messaggio nel quale gli chiedeva se stesse bene.

❧ 34 ❧

MERCER

Mercer aveva pensato di incontrare Paps a Harmony quel giorno, per esaminare il materiale che Quinn aveva trovato nella baita, ma decise che era meglio passare del tempo con lei.

Fino a quel momento non avevano trovato nulla di abbastanza significativo da poter essere quello che Calder stava cercando. "Si tratta principalmente di informazioni che Doc non avrebbe voluto che lui avesse. Stiamo cercando qualcosa che Calder stesso non vorrebbe che fosse reso pubblico," gli disse Paps riferendosi a quello che aveva esaminato fino a quel momento. "C'è un'altra possibilità," aggiunse. "E cioè che Doc l'abbia trovato e spostato, offrendo a Boiler un motivo per prendere di mira il Butler Ranch e le proprietà limitrofe."

Mercer aprì una mappa del Butler Ranch e delle cantine nelle vicinanze sull'Adelaida Trail. Le più vicine erano Los Caballeros e il Wolf Family Vintners. Anche se dubitava che Doc avrebbe messo in pericolo Peyton Wolf o la sua famiglia nascondendo qualcosa nella loro proprietà, visto che aveva avuto una relazione con la donna che era diventata la fidanzata di suo fratello Brodie,

Calder li avrebbe potuto prendere di mira. Mandò un messaggio a Paps per vedere se era d'accordo. In caso affermativo, avrebbero dovuto prendere in considerazione di aumentare la sorveglianza.

RAZOR SI FERMÒ DAVANTI AI CANCELLI DELL'HAPPY VALLEY Ranch e porse a Mercer e Quinn dei braccialetti. "Indossate questi," disse loro.

Secondo quanto era stato detto a Mercer, i braccialetti impedivano al sistema di sicurezza di attivarsi quando i residenti si muovevano all'interno del ranch. Inoltre, tracciavano la posizione di ciascuno degli apparecchi, che probabilmente erano stati sviluppati appositamente a causa del rapimento.

Esaminò i posti di controllo di sicurezza che apparivano sulla mappa mentre attraversavano i cancelli e si dirigevano verso la casa principale. Se c'era un posto più sicuro di quanto ritenesse necessario, era proprio quello.

"Oggi resto qui," gli disse Razor quando scesero dall'auto. "Magari inizierò a darti lezioni di guida."

"Lo apprezzo, ma voglio passare la giornata con Quinn."

"Ricevuto."

"Domani."

"Come vuoi, Ottantotto."

Quinn li raggiunse. "Per quanto tempo resteremo qui?"

"Almeno per i prossimi giorni," rispose Mercer.

"È carino," disse lei guardandosi intorno. "Quelli sono cavalli?"

"Sai montare?" le chiese lui.

Quinn annuì. "Come per la vela, è una cosa che io e la tribù abbiamo imparato insieme."

"Posso controllare se sono disponibili per fare un giro, se ti va."

"Forse." Quinn guardò l'auto.

"Dopo le lezioni di guida, ovviamente. Ti piace molto quella macchina."

"Penserai che sia sciocco, ma mi sento legata a lui, quando ci salgo."

Non aveva bisogno di dirgli a chi si riferisse quando diceva «lui», e Mercer era felice che dalla scoperta del suo certificato di nascita fosse scaturito qualcosa di buono.

"Anche la Jaguar è sua."

"Lo immaginavo. E sono contenta che tu abbia detto "è"."

Mercer le accarezzò la guancia con un dito. "Finché non avremo delle prove del contrario, Doc è vivo per noi."

Trascorsero il resto della giornata nel modo più normale possibile per Quinn. La sua prima lezione di guida sulla Porsche durò quasi tre ore. Quando lui le chiese se voleva provare a cavalcare, lei rifiutò.

"Voglio solo stare con te. Vicina a te."

"Provo la stessa cosa, tesoro."

Fecero l'amore, prepararono da mangiare, poi fecero di nuovo l'amore prima di trovare una biblioteca piena di libri e sedersi in veranda a leggere fino al tramonto.

"Grazie per oggi," disse Quinn quando furono a letto, entrambi esausti.

"Grazie, Quinn."

"Domani non sarà come oggi, vero?"

"Non pensiamoci stasera, tesoro."

Lei annuì, gli appoggiò la testa sul petto e si addormentò. Non appena fu sicuro che lei dormisse, anche Mercer si addormentò.

"RAZOR STARÀ QUI CON TE OGGI," DISSE A QUINN LA MATTINA seguente.

"Va bene." Lei gli strinse la mano.

"Con lui sei al sicuro."

Quinn annuì. "Lo so. È solo che..."

Mercer sorrise, aspettando che finisse la frase.

"Mi sento meglio quando sono con te."

"Anch'io mi sento meglio quando sei con me, ma se non posso esserci io..."

"Pensi che vorrà farmi una lezione di guida?"

"Ne sono sicuro. Prevedo anche che sarai pronta a smettere prima di lui."

"TI RICORDI DI BURNS?" GLI CHIESE PAPS QUANDO MERCER arrivò alla casa di Harmony.

"Certo che me lo ricordo, Gunner. Ne abbiamo parlato diverse volte."

Mercer era felice di vedere Burns. Aveva intenzione di trovare un modo per parlare della possibilità che lui entrasse a far parte della squadra di Quinn.

I tre uomini parlarono della cantina successiva che Calder avrebbe potuto prendere di mira; Paps e Burns concordarono che la Wolf Family Vintners fosse la scelta più sensata. In termini di produzione, la loro era piuttosto bassa, il che significava che non ci sarebbe voluto molto per compromettere la loro stabilità finanziaria. Tuttavia, Jamison e August Wolf avevano già ripagato il terreno e recuperato il loro investimento di capitale diversi anni prima, quindi era improbabile che fossero costretti a vendere.

"Cos'altro c'è?" chiese Mercer a Burns.

"L'inventario."

"Sarebbe peggio, in termini di perdita?"

"Molto peggio. Ogni anno di inventario in cantina rappresenta diversi anni di reddito, dato che un'azienda vinicola ne ritarda il rilascio."

"Razor ti ha detto che Naughton ha visto Burns a Harmony?" chiese Paps.

"Ha detto che non era sicuro se fosse qualcosa di cui preoccuparsi. Lo è?"

Burns annuì. "Naughton tende a fare ipotesi e successivamente a indagare più di Maddox. Prevedo che ci saranno delle domande."

"Sei pronto a rispondere?"

Burns non rispose, ma fissò Mercer negli occhi.

"Vorrei parlare anche di Quinn," continuò. "Razor ha suggerito che potresti prendere in considerazione l'idea di far parte della sua scorta."

Burns annuì.

"Porti con te una pistola?"

"Sempre."

"Ottantotto..." intervenne Paps, ma Burns alzò la mano per zittirlo.

"Avevo previsto questo interrogatorio, Gunner. Lascialo finire."

"Sei in pensione," affermò Mercer.

"Come potresti esserlo tu un giorno."

Il pensionamento non poneva fine allo stile di vita o al pensiero intuitivo che diventava sempre più radicato man mano che una persona rimaneva attiva nel proprio campo di lavoro.

"Mi metto a disposizione, se necessario," si offrì Burns.

"Grazie, signore," rispose Mercer. "Cambiando argomento, cosa pensi che stia cercando Calder?"

"La sua polizza assicurativa," rispose Paps.

Mercer concordò che aveva senso. Calder sapeva qualcosa sui russi, che gli avrebbe garantito che non gli si rivoltassero contro. Non riuscire a localizzare qualunque cosa fosse lo avrebbe reso sempre più disperato nel cercarla.

"Abbiamo parlato della possibilità che Doc l'abbia scoperto," aggiunse Laird.

L'unico motivo per cui Mercer dubitava di quella teoria era che mancava qualsiasi indizio da parte di Doc che lo indicasse. Quell'uomo aveva pianificato nei minimi dettagli quello che sarebbe successo dopo la sua morte, quindi perché non avrebbe lasciato qualche indizio che permettesse loro di neutralizzare Calder?

"Leech," disse Mercer ad alta voce. "Non Doc. È stato Leech a trovarlo."

"Forse c'era anche qualcosa che ha fatto credere a Leech di poter localizzare Calder," aggiunse Paps.

"Leech l'avrebbe spostato? Magari nascosto da qualche altra parte?" chiese Mercer.

Era la domanda da un milione di dollari. Calder aveva catturato Leech e poi lo aveva interrogato? In tal caso, una volta trovato quello che aveva nascosto ventuno anni prima, Leech sarebbe diventato sacrificabile.

C'era anche la possibilità che i russi tenessero prigionieri sia lui che Doc, perché credevano che uno dei due potesse condurli alle informazioni compromettenti che Calder aveva raccolto.

Era la prima teoria che Mercer aveva elaborato e che gli offriva la speranza concreta di trovare i due uomini vivi. Ciò significava che dovevano innanzitutto trovare la «polizza assicurativa» o impedire a Calder di farlo.

Catturarlo non sarebbe servito a nulla. Mercer sospettava che non ci fossero prove sufficienti per processarlo per spionaggio, altrimenti lo avrebbero arrestato anni prima. La prescrizione per uno stupro era stata eliminata di recente nello Stato della California, ma metterlo in prigione per quel crimine avrebbe compromesso la ricerca di Doc e Leech.

QUINN

uinn cambiò idea una dozzina di volte sul fatto di raccontare o meno a Mercer dell'unico documento che aveva preso dalla baita.

Da un lato, capiva che lui, Razor e il resto delle persone con cui lavoravano la stavano proteggendo. Dall'altro, la lettera che aveva trovato diceva molto precisamente con chi poteva parlarne e con chi no. Dato che aveva qualche minuto tutto per sé, la tirò fuori dalla tasca dei pantaloncini e fece scorrere le dita sulle parole scritte a mano.

Cara Quinn,

le circostanze in cui stai leggendo questa lettera indicano che probabilmente sei a conoscenza di altre cose che sono successe nella tua vita. Sono sicuro che ti sentirai confusa, e forse anche arrabbiata, per i segreti che ti sono stati nascosti.

Sono anche sicuro che tu abbia molte domande su chi sono per te e sul perché ti sto scrivendo questa lettera.

Immagino che ti sentirai frustrata da quanto poco ho da dirti. Tuttavia, è importante che tu presti attenzione a quello che dice il resto di questa lettera.

Ho istituito un fondo fiduciario per te, separato da quello della famiglia di tua madre. Sarai informata della tua eredità nel momento stesso in cui la mia morte sarà confermata e, contemporaneamente, ne sarà informato anche il tuo amministratore fiduciario.

Il tuo amministratore fiduciario è mio fratello Naughton, che non è a conoscenza né del suo coinvolgimento né della tua esistenza.

Quando leggerai questa lettera, contattalo e informalo del suo contenuto.

A parte mio padre, Laird Butler, nessun altro deve venire a conoscenza di quello che ti ho detto. Assicurati che Naughton comprenda quanto sia importante che questa faccenda rimanga tra voi due. Ciò include anche gli altri membri della famiglia.

Qualunque cosa accada nella tua vita, sappi questo, Quinn Analise: io e tua madre ti amiamo più di quanto tu possa immaginare.

LA LETTERA NON ERA FIRMATA, MA LEI SAPEVA CHE ERA DI Kade. Sapeva anche che, in qualche modo, doveva trovare il modo di contattare Naughton senza che nessun altro lo sapesse.

Mise la lettera nella tasca di un paio di pantaloni nella borsa, felice di non doverla più portare con sé, poi si sdraiò sul letto, desiderando che Mercer fosse lì. Sapeva bene che era inutile chiedergli quando sarebbe tornato.

Quando riaprì gli occhi e guardò l'ora sul telefono, non riuscì a credere di aver dormito per tre ore. Mercer non doveva essere tornato, altrimenti sarebbe stato a letto accanto a lei.

"Ehi, ciao," disse Razor quando lei scese al piano di sotto. "Hai dormito bene?"

"Ero più stanca di quanto pensassi."

"È colpa dello stress."

Si sedette al tavolo, di fronte a lui che stava lavorando. "Vorrei che non dovessi farmi da babysitter."

"Lo vorrei anch'io." Razor sorrise.

Il suo sorriso si trasformò rapidamente in un cipiglio quando si alzò. "Scusami," mormorò mentre usciva. Quinn lo guardò parlare al telefono. L'espressione sul suo volto era la stessa di quando aveva ricevuto la notizia dell'incendio al Butler Ranch.

"Che succede?" gli chiese quando lui tornò da lei e si sedette al tavolo. Non si aspettava davvero che Razor rispondesse, ma lo fece.

"Sospettiamo che la persona ritenuta responsabile dell'incendio doloso al Butler Ranch stia per agire di nuovo." Si strofinò il viso. "Sia io che Ottantotto siamo necessari sul campo, quindi dobbiamo andare."

"Noi?"

"Sì. Ci incontreremo con Burns sulla Old Creek Road."

"Devo portare qualcosa con me?"

"No. Tornerai subito qui. Burns ha bisogno di te per l'accesso." Razor le porse un braccialetto simile a quello che lei indossava al polso. "Dagli questo."

Quinn cercò di trattenere le lacrime che le stavano salendo agli occhi, ma Razor se ne accorse.

"Va tutto bene, Skipper. È il nostro lavoro."

"State attenti," sussurrò lei.

Lui sorrise. "Sempre. Torno subito."

Razor uscì da una delle camere da letto al piano di sotto indossando un'imbracatura che reggeva una pistola. Si sedette sulla stessa sedia su cui si era messo prima e si legò un'altra pistola alla gamba sinistra.

Man mano che assisteva a quelle cose e ne veniva a sapere altre, Quinn si rendeva sempre più conto che avrebbe preferito non essere salita su quell'aereo ed essere rimasta seduta nel suo appartamento, annoiata a morte, chiedendosi quando Mercer sarebbe tornato a casa.

VENTI MINUTI DOPO, QUINN USCÌ DAL BOSCO DOVE UN TEMPO viveva suo nonno e salì su un vecchio furgone insieme a Laird Butler.

"Ciao, Quinn. Come stai?" le chiese lui.

"Sto bene, grazie," mormorò lei. "E tu?"

"Anch'io sto bene, ma ho fame." Laird indicò un contenitore. "Sorcha ha mandato della zuppa, del pane appena sfornato e una torta."

Nessuno dei due parlò per il resto del viaggio fino all'Happy Valley Ranch, tranne quando Quinn gli diede il braccialetto di sicurezza e gli spiegò a cosa serviva.

"Ti chiamano Burns?" gli chiese dopo essere arrivati e avere portato il cibo all'interno.

"Sì."

Quinn cercò delle ciotole e delle posate mentre Laird cercava una pentola per scaldare la zuppa. "Chi è Sorcha?"

"Mia moglie."

"Ho trovato una lettera," sbottò lei.

Laird posò la pentola e il cucchiaio che stava usando sul bancone e si voltò verso di lei. "Continua."

"Riguarda un fondo fiduciario..."

"Capisco. Dove si trova adesso questa lettera?"

"Al piano di sopra."

"Posso leggerla?"

Quinn annuì e andò a prenderla. Considerando che la lettera diceva che Laird era l'unica persona oltre a Naughton con cui poteva parlarne, non vedeva alcun motivo per cui lui non dovesse leggerla. Quando la tirò fuori dalla tasca dove l'aveva nascosta, la tolse dalla busta e la guardò di nuovo, passando le dita sull'inchiostro secco. La piegò con riverenza, prima di scendere al piano di sotto e porgergliela.

Lui si prese il tempo necessario per aprire la carta, poi chiuse gli occhi e fece un respiro profondo.

"Mi dispiace," mormorò lei. Quinn non aveva considerato che potesse essere difficile per lui.

Laird scosse la testa e lesse lentamente, poi posò il foglio sul tavolo e si sedette su una delle sedie. Fece un respiro più profondo di quanto avesse fatto prima di iniziare a leggere.

"Non ancora," fu l'unica cosa che disse.

"La lettera è chiara," rispose Quinn.

"Sì, ma è troppo presto."

Lei guardò fuori dalla finestra, tentata di chiedere se Kade fosse suo padre, ma temendo che Laird le confermasse che non lo era. Ma in caso contrario, perché avrebbe creato un fondo fiduciario per lei? Perché avrebbe dovuto preoccuparsi di quello che le era successo, o addirittura dirle che le voleva molto bene?

"Ti sto chiedendo di aspettare, ma la decisione spetta a te, Quinn."

Lei annuì, senza sapere bene cosa pensare. La lettera diceva di contattare Naughton, dopo averla letta. Non c'erano altre clausole, oltre alle parole «morte confermata».

"Non credi che sia morto, vero?" chiese.

Laird sospirò di nuovo e si girò sulla sedia per guardarla. "Non lo so."

"Allora perché devo aspettare?"

"Te lo chiedo perché al momento ci sono in ballo delle cose che potrebbero compromettere la tua sicurezza e quella di Naughton."

"Me lo chiedi, non lo dici?"

"Esatto. Sei adulta, Quinn, e l'unica cosa che posso fare è chiederti di considerare la mia opinione."

"Chi è Analise?"

Laird sorrise. "Mia madre."

"E Quinn?"

"Non conosco nessun altro con quel nome, oltre a te."

Lei annuì. "Devo rifletterci. A proposito, questo profumo è davvero invitante." Era in piedi davanti ai fornelli e stava mescolando la zuppa.

"Ti ricordi di aver mai mangiato la zuppa Cock-a-leekie?"

Quinn rifletté sul modo in cui lui aveva formulato quella domanda. Non le aveva chiesto se l'aveva mai mangiata, ma se la ricordava.

"No."

Laird le spiegò che era una ricetta scozzese a base di porri, pollo e riso. Aggiunse che, per essere autentica, doveva essere guarnita con prugne secche. Tuttavia, né a lui né a Sorcha piacevano.

"Grazie," mormorò lei.

"Riferirò a Sorcha che la ringrazi."

Quinn spalancò gli occhi. "Ma..."

"Ricorda che io e lei abbiamo trascorso molto tempo con te, quando eri piccola."

"Lei sa che sono qui adesso?" Se lo sapeva, perché non era lì con loro? Perché nella lettera non c'era scritto che avrebbe potuto parlare sia con Sorcha che con Laird? Quella donna non voleva vederla? Gli occhi le si riempirono di lacrime a quel pensiero.

"Lo sa, ed è ansiosa di rivederti. Tuttavia..."

"Non è sicuro."

"Per te, Quinn. Non è sicuro *per te*."

"Tu sei qui."

Laird non rispose, ma lei capì la differenza.

"Perché sei tornato?" chiese Quinn quando Razor entrò in casa.

"Burns ha una riunione," rispose lui.

"Pensavo che avesse bisogno di me."

"È così, e lo è ancora, ma al momento questa riunione è più importante."

Quinn si mise le mani sui fianchi. "Anche se pensi che stia per succedere qualcosa di brutto, sei ancora qui con me."

Razor annuì.

"Odio tutto questo." Quinn si allontanò a grandi passi e salì le scale. Si sedette vicino alla finestra. Tutta la sua vita era stata così? Mercer, Razor e gli altri erano stati costretti a vivere la loro vita intorno a lei? Non era più importante di chiunque altro. Perché la sua sicurezza veniva prima di tutto, quando c'era chi appiccava incendi e chissà cos'altro?

"Skipper?" sentì chiamare Razor dall'altra parte della porta. Il suo primo impulso fu quello di dirgli di lasciarla in pace, ma *Cristo*, quell'uomo non aveva una vita per colpa sua. Il minimo che potesse fare era essere gentile con lui.

"Entra," gli disse. "Mi dispiace," aggiunse quando lui si appoggiò allo stipite della porta.

Mercer si avvicinò, si lasciò cadere sulla sedia accanto a lei, si sporse in avanti e appoggiò i gomiti sulle ginocchia. "Parlami," le disse.

"Mi sento in colpa."

"Lo capisco, ma stai di nuovo perdendo di vista il quadro generale."

Quinn odiava il fatto che lui sapesse esattamente come farla sentire peggio. "Non mi sto autocommiserando. Mi sento *in colpa*," ripeté.

"Perché sei la principessa nella torre, protetta da tutti gli uomini del re?"

"In sostanza sì. Quegli uomini dovrebbero essere fuori a proteggere altre persone o a combattere delle guerre o magari a vivere la loro vita. Tu hai una vita, Razor?" Scosse la testa. "Suonava peggio di quanto intendessi dire."

Lui sorrise. "So cosa intendevi, e non è sempre stato così."

"Perché adesso è così?"

"Perché Doc è scomparso."

Quinn chinò il capo. Per l'ennesima volta, stava mettendo se stessa al centro di tutto. "Mi dispiace," ripeté. "Mi sembra di ripeterlo molto spesso. Soprattutto a te."

"È solo perché dico le cose come stanno."

"Lo apprezzo."

"Pensaci un attimo. Supponiamo che Doc sia ancora vivo, e che lo sia anche Leech. Chi pensi che siano le due persone per cui entrambi darebbero la vita?"

"Oh, Dio." Quinn gemette, le lacrime che le rigavano le guance.

"Esatto, Skipper. Tu e Barbie. Finché voi due sarete al sicuro, non dovremo preoccuparci che i cattivi vi usino per peggiorare le cose."

Quinn si asciugò le lacrime. "Devi pensare che io sia una gran piagnucolona."

Razor si alzò e le scompigliò i capelli. "No, solo una gran rompiscatole."

Lui andò alla porta della camera da letto.

"Riposati un po'."

DUE ORE DOPO, QUINN SCESE AL PIANO DI SOTTO E TROVÒ Razor intento a studiare il suo telefono.

"E adesso?" chiese lei.

"Burns sta arrivando e ha una sorpresa per te."

Quinn seguì Razor in cucina e sbirciò fuori dalla finestra. Laird stava arrivando, e c'era qualcuno sul sedile del passeggero del suo furgone.

"Questo è un regalo enorme, Skipper," mormorò lui.

"Oh, mia dolce e bellissima bambina," esclamò Sorcha entrando in casa. "Vieni qui, lasciati abbracciare."

"Non possiamo restare per molto tempo," sussurrò Laird, mettendo una mano sulla schiena di ciascuna di loro.

"*Na gabh dragh orm,*" sentì che Sorcha diceva. Anche se non capiva le parole, il tono era eloquente.

"Eravamo d'accordo."

Sorcha indietreggiò abbastanza da poter guardare Quinn negli occhi. "Molto, presto, bambina mia, tutto questo finirà e Dio finalmente esaudirà le mie preghiere."

"Dobbiamo andare," ripeté Razor.

Sorcha le strinse le spalle. "*Sai* che ti voglio bene, Quinn?"

Lei annuì. "Te ne voglio anch'io," rispose senza nemmeno pensarci.

❧ 36 ❧

MERCER

Mercer si offrì volontario per pedinare Maddox e Naughton Butler quando andarono alla degustazione di vini quel pomeriggio. Tutti gli altri avevano fatto la loro parte nella sorveglianza, che poteva essere noiosa da morire.

Li seguì fino a Pear Valley, entrò nella sala di degustazione e si sedette in fondo al bar affollato. Da lì poteva vedere fuori, dove Maddox e Naughton erano seduti insieme ad Alex e Bradley. Pochi istanti dopo, Mercer ricevette un messaggio da uno degli agenti del K19, nello stesso momento in cui i due fratelli entravano nel locale.

Calder in arrivo, diceva il messaggio.

Quando Calder entrò nella sala di degustazione poco dopo e si diresse subito verso Naughton, Mercer era pronto a intervenire, se necessario.

In pochi secondi, sentì Calder dire ai Butler che avevano una volpe nel loro pollaio, poi vide Naughton sferrare un pugno che andò a segno con forza. Mercer avrebbe riso, ma aveva troppo fretta di mettersi tra loro, prima che la situazione degenerasse.

Prima che potesse farlo, tre agenti entrarono di corsa e scortarono Calder fuori.

"Cosa è successo tra Calder e Naughton?" chiese Paps quando Mercer tornò a casa a Harmony.

"Gli agenti sono arrivati prima che la situazione degenerasse, ma cavolo... la tensione tra quei due è palpabile."

"Proprio come tra Calder e Doc. È stato immediato. Si sono odiati a prima vista, anche se entrambi hanno finto per un po' che non fosse così. Sei pronto a partire?"

"Sì." Stavano andando alla Wolf Family Vintners, a nord del Butler Ranch, e avrebbero potuto rimanere lì per ore.

"Ti stai annoiando?" chiese Mercer quando Razor lo chiamò un'ora dopo.

"Direi proprio di sì. Comunque, è appena successo qualcosa di interessante. La nuova enologa del Butler Ranch è appena uscita dalla casa di suo zio insieme a Trey Deveux."

"Dove stanno andando?"

"Non lo so, ma li sto seguendo."

"Hai bisogno di rinforzi?"

"Ti faccio sapere se le cose si mettono male. Altrimenti, è importante che tu rimanga dove sei. Ho la netta sensazione che stia per succedere qualcosa di brutto."

Mercer la pensava allo stesso modo, e anche Paps.

"Hai parlato con Skipper?" chiese Razor.

"Brevemente. Non era molto loquace."

"Non è da lei, vero?"

Mercer annuì. "Cosa vuoi dire?"

"Ha ricevuto una visita."

"Chi?"

"Sorcha Butler."

"*Gesù*," esclamò Mercer. "Dici sul serio?"

"Sai com'è Burns."

In realtà, non lo sapeva.

"Non ci crederai," disse Razor quando richiamò. "Calder si è presentato nello stesso posto in cui si trovano Deveux e l'enologa."

"Cosa sta succedendo?"

"Non ne sono sicuro ma, di qualunque cosa si tratti, lo sapremo presto. Ci sono dei microfoni nel cestino del pane. Controlla la trasmissione dalla tua parte. In questo momento, la donna sta lasciando il tavolo. Prevedo che Deveux e Calder si metteranno in contatto mentre lei è via."

Paps toccò il telefono e mise la trasmissione audio in vivavoce.

Calder stava parlando. "Il terreno ne vale la pena, è sempre stato così, soprattutto se riusciamo ad aggiungerne altro lungo l'Adelaida Trail. Ti ha *perdonato*?"

"Credo di sì, ma devo dirtelo, Ror. Gli ultimi quattro anni sono stati davvero difficili."

"Tieni gli occhi sulla ricompensa, fratello. E lei non lo è."

"Capisco," disse Trey.

"La roba arriverà molto presto da Jenson. La prossima settimana passeremo al piano B per Los Cab e il Butler Ranch."

"Ne sei sicuro?"

"Perché? Ti stai tirando indietro, Trey?"

"Certo che no, Ror. Sto solo dicendo che al momento siamo sotto pressione."

"Sotto pressione, ma non ci sono prove. Ascolta, se non sei coinvolto al cento per cento, tuo padre lo verrà a sapere."

"*Ma che diavolo?*" sentirono Trey sbuffare.

"Cosa?"

"Credo che Bradley abbia sentito la nostra conversazione."

"*Ma che cavolo? Come?*"

Il telefono frusciò.

"*Gesù,*" sibilò Calder. "*Sei proprio un idiota del cazzo. Dove si trova?*"

"Non lo so."

"*Beh, non startene lì seduto. Trovala.*"

"Merda," gemette Mercer, inviando un messaggio a Razor. *L'enologa è in pericolo. Servono rinforzi.*

Già sul posto. Lei è al sicuro.

Paps avviò il furgone e si lanciò lungo la strada, diretto a Jenson. Quel posto non era nemmeno nei loro radar, mentre avrebbe dovuto esserci, soprattutto vista la connessione tra Calder, Deveux e l'enologa.

. . .

ATTRAVERSARONO I VIGNETI, POI SENTIRONO DEI RUMORI provenire dalla cantina.

"Io passo dal retro," disse Mercer a Paps.

"Lo sceriffo sta arrivando," gli disse Paps.

"Ricevuto."

Con la pistola in pugno, Mercer si intrufolò dalla porta sul retro e vide il vino che fuoriusciva da delle file di botti. Proprio mentre stava per chiudere i rubinetti, dalla porta d'ingresso giunse dell'altro trambusto.

"*Oh mio Dio,*" sentì urlare da una voce maschile.

"*Chi è stato? Oh, mio Dio. È andato tutto perduto,*" gridò una voce femminile.

"*Le cantine!*" urlò un'altra voce.

"*Vai!*" rispose la prima voce maschile.

Mercer tornò fuori. Era troppo buio per vedere chi stesse correndo verso le cantine, ma lo seguì. Nell'istante stesso in cui arrivarono all'ingresso, vide due persone uscire di corsa e allontanarsi in direzioni opposte.

"Che sta succedendo?" domandò a Paps attraverso le cuffie.

"Le autorità sono arrivate. E da te?"

Con la luna nascosta da uno spesso strato di nuvole, non c'era abbastanza luce per vedere. Mercer maledisse se stesso per non aver preso i visori notturni.

"Due sospetti sono scappati nei vigneti. È troppo buio per identificarli o anche solo seguirli, a meno che non si conosca bene il territorio."

Mercer tornò al furgone a grandi passi, furioso con se stesso per aver permesso che tutto ciò accadesse sotto la sua supervisione. Avevano commesso un errore di valutazione e, di conseguenza, un'altra azienda vinicola aveva subito una perdita enorme.

Almeno ormai sapevano che Calder era pronto a colpire di nuovo Los Caballeros e il Butler Ranch. Qualunque cosa avesse pianificato, non sarebbe successa, anche a costo di chiamare l'esercito per impedirlo.

"CIAO, TESORO. MI DISPIACE DI AVERTI SVEGLIATA." MERCER SI chinò e le baciò la fronte, quando vide che Quinn aveva gli occhi aperti. "Faccio una doccia veloce."

"Stai bene?"

Lui sorrise e si sedette accanto a lei sul letto. "Sono sporco e sudato e voglio farmi una doccia prima di venire a letto con te." Le baciò la fronte una seconda volta prima di andare in bagno, togliersi i vestiti che probabilmente avrebbe dovuto buttare via e aprire l'acqua della doccia.

"Sarei molto felice di abituarmi a tutto questo," disse quando la porta si aprì e Quinn, nuda, lo raggiunse.

Lei sorrise, ma i suoi occhi erano velati.

"Cosa c'è che non va?" le chiese, girandola verso di sé.

"Ero preoccupata."

Mercer la strinse forte a sé. "Non so cosa dire."

Lei annuì. "Ho detto a Razor di stare attento e lui ha risposto: "È quello che facciamo". Lo capisco, ma..."

"Continua, Quinn."

"Prima di sapere... tutto questo... mi preoccupavo quando te ne andavi, ma non allo stesso modo. Allora temevo che non saresti tornato da me perché avevi deciso di non volerlo, non perché non potevi."

"Capisco."

"Non c'è niente che possiamo fare per cambiare le cose, giusto?."

"Non ne sono sicuro, a essere sincero." Mercer chiuse la doccia, prese un asciugamano e lo avvolse intorno a lei prima di prenderne uno per sé. "Parliamone," aggiunse.

Si era ripetuto di essere preparato per quella conversazione, ma ora che stava avvenendo, trovare le parole giuste per dire a Quinn cosa gli era passato per la mente in quegli ultimi due mesi era più difficile di quanto pensasse.

"Ho preso un impegno," esordì, ma si interruppe quando vide gli occhi di Quinn riempirsi di lacrime. "Lasciami finire, tesoro. Penso che quello che sto per dirti ti renderà le cose più facili. Almeno un po'."

Lei annuì e si asciugò le lacrime. "Mi dispiace. Mi sembra di non fare altro che *piagnucolare*."

"Noi, Razor, Paps ed io, siamo nel bel mezzo di una missione. Doc è scomparso, Quinn, e dobbiamo trovarlo. Non si tratta solo di Doc, anche tuo nonno è scomparso."

"Leech?"

Mercer annuì, chiedendosi come facesse a conoscere quel nome in codice. "Come sicuramente capirai, non posso tirarmi indietro."

"Lo so."

"Quando sarà finita, spero che accadranno diverse cose. Innanzitutto, che troviamo Doc e tuo nonno vivi. In secondo luogo, che la minaccia contro di te e contro tua madre venga neutralizzata, così che entrambe possiate vivere il resto della vostra vita sapendo di non essere più in pericolo." Mercer fece un respiro profondo, poi espirò lentamente. "Infine, il mio piano è quello di andare in pensione, dopo essermi assicurato che tutto questo accada."

"Quando pensi che succederà?" sussurrò lei.

"Non c'è modo di saperlo."

"Non so se riuscirò a..."

Mercer la zittì con le labbra. Sapeva che nelle settimane o nei mesi successivi Quinn sarebbe stata sottoposta a uno stress in apparenza insostenibile, ma non c'era alternativa. Lei sapeva troppo e, anche se non fosse stato così, la minaccia a New York avrebbe reso impossibile per Mercer permetterle di tornare lì.

Lei gli avvolse le braccia intorno al collo e lo tirò giù sul letto con sé.

"Ho bisogno di te, Mercer," sussurrò.

"Anch'io ho bisogno di te, tesoro."

Mercer si lasciò spingere indietro e la guidò mentre lei gli saliva sopra. "Sei pronta per me?" le mormorò, e lei annuì.

Mentre lei affondava sulla sua erezione, gli occhi di Mercer non lasciarono mai i suoi. Quinn non aveva ancora pronunciato quelle parole, ma lui sapeva che lei lo amava tanto quanto lui amava lei.

QUINN DORMIVA, MA MERCER AVEVA TROPPI PENSIERI PER LA testa per riuscire a fare lo stesso.

Prima che lei si addormentasse, le aveva chiesto come facesse a conoscere il nome in codice di suo nonno, e lei gli aveva spiegato che Razor le aveva detto che una persona con quel nome era scomparsa insieme a Doc. Da lì, aveva fatto due più due quando lui le aveva parlato di suo nonno.

Questo, insieme al fatto che Laird aveva portato Sorcha a trovare Quinn, lo preoccupava.

L'altra cosa che lo preoccupava era qualcosa che Trey aveva detto a Calder. *"Devo dirtelo, Ror. Gli ultimi quattro anni sono stati davvero difficili."*

Quattro anni? Calder era tornato da così tanto tempo? Non aveva senso. Si sarebbe fatto vivo prima che Leech partisse per cercarlo. Era in qualche modo coinvolto nell'attività vinicola della sua famiglia da lontano? Forse aveva iniziato a gettare le basi allora, convincendo la sua famiglia che dovevano espandersi nella Central Coast. In tal modo, avrebbe potuto informarsi sulle proprietà in vendita senza destare sospetti.

Per quanto riguardava Deveux, a quanto pareva credeva che il loro obiettivo fossero i terreni, indipendentemente dal modo in cui li avrebbero ottenuti. Tuttavia, sembrava anche incerto sulle metodologie di Calder. Avrebbe parlato della possibilità di convertire Deveux alla propria causa, la volta successiva che avesse parlato con Paps.

Il suo telefono vibrò sul tavolino e Mercer lo prese.

Calder è sparito, diceva il messaggio di Paps. Tre semplici parole, e Mercer capì che sarebbero potuti passare giorni prima che riuscisse a dormire di nuovo.

Cinque minuti dopo, Mercer ricevette un altro messaggio da Paps.

Deveux si sta muovendo. Sembra diretto verso l'Adelaida Trail.

Ci penso io, rispose.

Scivolò giù dal letto, assicurandosi che Quinn dormisse ancora, afferrò i vestiti, la pistola e il telefono e, il più silenziosamente possibile, sgattaiolò fuori dalla camera da letto e scese al piano di sotto.

"Hai ricevuto il messaggio di Paps?" chiese a Razor, che era in cucina a trafficare con la caffettiera.

"Sì. Ha detto che ci saresti andato tu, ma posso andare io."

"Ci penso io. Tu resta con Skipper."

"Ricevuto." Razor posò la caffettiera sul bancone.

L'HAPPY VALLEY RANCH ERA PIÙ VICINO AL BUTLER RANCH che alla casa di Harmony. Mercer lo raggiunse in meno di cinque minuti. I cancelli del ranch erano rimasti aperti dopo l'incendio quindi, se Deveaux si fosse presentato lì, avrebbero potuto accedere entrambi alla proprietà.

"Qual è la posizione di Deveux?" chiese attraverso la radio.

Prima che Paps potesse rispondere, Mercer vide arrivare l'Alfa Romeo rossa.

"L'ho visto." Si posizionò al riparo degli alberi più vicini ai cottage.

Deveux accostò e spense il motore nello stesso momento in cui Naughton e Bradley uscivano dalla porta principale di uno dei cottage.

"State violando una proprietà privata," sentì che Naughton diceva.

"Devo parlare con Bradley," ribatté Trey.

"Esci dalla nostra proprietà o chiamo lo sceriffo."

"Aspetta un attimo..."

"Allora chiamerò lo sceriffo."

Mercer osservò Trey che strappava il telefono dalle mani di Naughton. Portò la mano alla pistola, pronto a intervenire se la situazione fosse degenerata.

"Che succede qui?" chiese una voce nell'oscurità. Assomigliava così tanto a quella di Doc che Mercer si aspettò di vedere lui al posto di Maddox.

I due fratelli Butler si misero a litigare con Deveux, che iniziò a prendersela anche con Bradley, finché Naughton non le chiese di rientrare in casa. Con lo sceriffo in arrivo, la frase di commiato di Trey, «Me ne vado, ma non finisce qui», non sembrò turbare nessuno.

Mercer tirò un sospiro di sollievo quando Deveux salì in macchina e se ne andò.

"Sta venendo nella tua direzione," disse a Paps, che si trovava fuori dal perimetro del ranch.

Bradley era tornata fuori e i tre stavano parlando di Deveux. Mercer non riusciva a sentire granché, finché Naughton non si voltò nella sua direzione. "Non devi avere paura di lui, tesoro. Abbiamo occhi e orecchie ovunque," disse.

Aveva più ragione di quanto pensasse.

"Nessuna traccia di Calder?" chiese Mercer a Paps.

"Negativo. Dopo essere uscito dal ristorante ieri sera, è riuscito a seminare chi lo seguiva, disturbando il localizzatore che gli avevamo messo addosso. Ci ho messo cinque minuti per rendermene conto."

Non avevano a che fare con un civile. Calder aveva ricevuto il loro stesso addestramento. Non solo, ma lavorava con i russi da decenni. "Merda. Sa che gli stiamo alle calcagna."

"Ricevuto," concordò Paps.

"E adesso?"

"Riorganizziamoci."

"Dove?"

"Harmony."

Mercer inviò un messaggio a Laird e Razor per aggiornarli. Laird rispose che sarebbe arrivato all'Happy Valley Ranch in quindici minuti e Razor confermò che sarebbe partito non appena Laird fosse arrivato.

Erano poco dopo le quattro del mattino. Con un po' di fortuna, Mercer sarebbe tornato al ranch e a letto con Quinn prima che lei si svegliasse. Invece, quando tornò, erano quasi le sei.

"DOVE SEI STATO?" GLI CHIESE QUINN QUANDO LUI SI INFILÒ nel letto.

"Sono dovuto uscire per un attimo."

Lei non si era ancora girata a guardarlo. "Non era questa la domanda che ti ho fatto."

"Quinn..."

Lei si alzò dal letto.

"Dove stai andando?" le chiese quando lei si diresse verso la porta della camera da letto invece che verso il bagno.

"Ho bisogno di stare un po' da sola, Mercer."

. . .

MERCER OSSERVÒ I MOVIMENTI DI QUINN SULLO SCHERMO DEL computer per oltre un'ora.

"Cosa sta facendo?" gli chiese Razor, guardando oltre la sua spalla.

"Sta guidando."

"Eh?"

"Si è svegliata e io non c'ero più."

"È arrabbiata," constatò Razor.

"Non posso farci un bel niente. Soprattutto adesso che Calder è sparito."

"Vuole un po' di spazio. Devi concederglielo." Razor si stava allontanando quando Mercer lo sentì mormorare: "A volte è proprio uguale a Barbie."

Aveva ragione. In quegli ultimi ventidue anni, Lena era stata costretta a vivere come una detenuta rilasciata dal carcere, ma costretta a indossare un braccialetto elettronico alla caviglia. Non c'era mossa che facesse della quale almeno uno di loro non fosse al corrente. Non aveva alcuna privacy, almeno per quanto riguardava gli spostamenti. Gli unici uomini con cui aveva a che fare regolarmente, li disprezzava.

Fino a quel momento, Mercer non aveva mai pensato che quella donna non avrebbe potuto avere una relazione anche se lo avesse voluto, il che significava che lei aveva quarant'anni e non aveva avuto amore nella vita per più anni di quanti Mercer ne immaginasse. Non aveva idea di quanto fosse durata la relazione tra lei e Doc, ma era ovviamente finita prima che lui si mettesse con Peyton Wolf.

Quinn aveva lui, ma non perché avesse una scelta. Se si fosse arrabbiata, se non avesse più voluto stare con lui, Mercer sarebbe rimasto comunque nella sua vita. Aveva fatto un voto e lo avrebbe onorato a tutti i costi.

Quinn era fuori, stava girando in tondo, senza un posto dove andare, e lui avrebbe rispettato quella scelta.

Mercer bussò alla porta di Razor. "Devo riposarmi un po'," disse quando la porta si aprì.

"Ricevuto. La terrò d'occhio."

QUANDO MERCER SI SVEGLIÒ QUALCHE ORA DOPO E SCESE AL piano di sotto, Quinn era in biblioteca a leggere.

"Com'è andata la giornata?" le chiese, non sapendo cos'altro dire.

"Bene."

"Posso portarti qualcosa?"

"No."

"Quinn?"

"Lasciami in pace, Mercer."

"Capito."

La lasciò sola fino a mezzanotte, quando la trovò addormentata in biblioteca. "Dai, tesoro," le disse. "Ti porto a letto."

Lei lo seguì volentieri, ma Mercer ebbe l'impressione che fosse solo perché era mezza addormentata. Quando lui si infilò nel letto accanto a lei, Quinn gli voltò le spalle.

❦ 37 ❦

QUINN

Q uando Quinn si svegliò, Mercer non era nel letto insieme lei, di nuovo. Scese al piano di sotto e trovò Razor seduto al tavolo.

"Buongiorno, Skipper," disse lui, senza quasi alzare lo sguardo dal portatile. "Ottantotto mi ha detto di dirti che tornerà il prima possibile."

Lei non si preoccupò di chiedere altro.

Il giorno prima, aveva passato tutto il tempo a riflettere sulla propria vita. Era stanca di sentirsi impotente. Era una donna adulta che aveva ricevuto una lettera con istruzioni molto precise, ma non le stava seguendo perché gli uomini che la circondavano continuavano a dirle che non era al sicuro. Non che Mercer o Razor sapessero della lettera, in ogni caso. Non poteva fare *nulla* senza che uno di loro sapesse dove si trovava, con chi era, persino cosa pensava. Tirò fuori il telefono. Quel giorno sarebbe stato diverso. Quel giorno avrebbe vissuto la propria vita secondo le *proprie* regole.

"Ciao, Quinn," rispose Laird.

"Mi hai detto di contattarti, se avessi avuto bisogno di qualcosa," gli disse.

"Sì."

Quinn sentì Sorcha in sottofondo, che chiedeva a Laird con chi stesse parlando.

"Di cosa hai bisogno?" le chiese lui.

Quinn fece un respiro profondo. Non era da lei essere scortese o esigente, ma in quel caso doveva farlo. "Di' a Razor che devi vedermi. Digli di portarmi alla tenuta di mio nonno, poi raggiungimi lì."

"Di cosa si tratta?" chiese lui.

"Credo che tu lo sappia." Riattaccò, tirò fuori i jeans dalla borsa, controllò che la lettera fosse ancora nella tasca e si vestì.

Kade, Doc, o chiunque fosse, le aveva detto di contattare Naughton quando avesse ricevuto la lettera, ed era quello che avrebbe fatto. Se lui avesse voluto che chiedesse prima il permesso, glielo avrebbe detto.

"Che succede?" le chiese Razor quando lei scese al piano di sotto. "Perché devo accompagnarti da Burns?"

"Non te l'ha detto?" rispose lei.

"No, Skipper. Non me l'ha detto, e tu lo sai bene. Che succede?"

Quinn si mise le mani sui fianchi. "Non posso dirtelo."

"Sii seria."

"Sono seria. Andiamo."

Razor era arrabbiato. Quinn poteva percepire la collera che emanava da lui. Se Laird non lo avesse chiamato per chiedergli di portarla da lui, niente di tutto ciò sarebbe successo. Quinn lo sapeva. E per quanto riguardava la collera, anche lei era arrabbiata.

"Non mi piace questa situazione," disse Razor quando lei scese dal SUV.

"Ci sono molte cose che non piacciono a me." Si addentrò nel bosco, come aveva fatto l'ultima volta che aveva incontrato Laird lì.

"Quinn," la salutò Laird, scendendo dal furgone.

"Voglio vedere Naughton. Adesso."

"Puoi vedere Naughton, ma non adesso," rispose lui.

"Ho bisogno di vederlo."

"È nel bel mezzo della vendemmia, Quinn. Non posso portarti da lui adesso."

"Non mi interessa cosa sta facendo. La lettera diceva di contattarlo, dopo averla letta. È quello che mi *ha detto* di fare Kade."

Laird sospirò, il che per Quinn significava che lui sapeva che almeno in parte aveva ragione. Kade le aveva detto di contattare immediatamente Naughton per un motivo. Capiva che Laird stava pensando la stessa cosa.

"Capisco, e farò in modo che tu possa incontrarlo, ma non ora. Non può interrompere la vendemmia senza destare sospetti. Ti prometto che lo farò, ma non prima che il raccolto sia terminato. Smettila di chiedermi di mettere a repentaglio la tua sicurezza e quella di mio figlio."

Il tono di voce di Laird la convinse che non stava cercando scuse. Per il momento avrebbe accettato, ma se fosse passato troppo tempo, avrebbe trovato una soluzione da sola.

Quinn annuì.

"Forza, andiamo," disse lui.

"Dove stiamo andando?" chiese Quinn quando arrivarono all'autostrada e Laird svoltò a sinistra invece che a destra.

"A casa."

"Ma è dall'altra parte."

"A casa mia, al Butler Ranch."

"Perché?" Aveva cambiato idea? La stava portando da Naughton, dopotutto?

"C'è una cosa che voglio farti vedere."

QUANDO POCHI MINUTI DOPO VARCARONO I CANCELLI DEL Butler Ranch, Quinn rimase senza fiato.

"È così bello," disse.

I raggi del sole illuminavano i vigneti coperti da uno strato di nebbia. Quando si avvicinarono, vide che le viti erano cariche di frutti.

"Dov'è?" chiese.

"Se intendi Naughton, ti ho detto che sta vendemmiando. Non è per questo che sei qui."

"Allora perché?"

"Lo vedrai."

. . .

"Questo era l'appartamento di Kade," le disse Laird, guidandola su per una stretta scala. "A quanto ne so, nessuno è entrato qui, da quando se n'è andato."

Erano fermi sulla soglia e Laird aveva la mano sulla maniglia.

"Stai bene?" gli chiese Quinn, appoggiandogli la mano sul braccio. "Non siamo obbligati a farlo."

"Io non sto facendo nulla," rispose lui. "Tu sì. Mandami un messaggio quando hai finito."

Quinn scoppiò a ridere, dopo aver superato lo shock per il fatto che lui avesse aperto la porta dell'appartamento di Kade e le avesse detto di dare un'occhiata in giro.

Quell'uomo era stato un maniaco dell'ordine. Non c'era una sola cosa fuori posto, ma c'era di più. I libri erano divisi in narrativa e saggistica, poi in sottocategorie di entrambe. Inoltre, ogni scaffale era ordinato in base all'altezza e i libri erano tirati in avanti fino al bordo.

La cucina era organizzata in modo simile. Aprì un cassetto e trovò degli utensili di legno, mentre quello superiore conteneva quelli di metallo. In un altro trovò le spezie in un portaspezie, disposte in ordine alfabetico.

Aprì il frigorifero e, come si era aspettata, lo trovò vuoto, così come il congelatore.

La camera da letto era altrettanto ordinata e organizzata, ma di *lui* non c'era traccia. Avrebbe potuto essere la camera di chiunque. In fondo al corridoio trovò un'altra porta, ma era chiusa a chiave.

Stava per mandare un messaggio a Laird per dirgli che aveva finito, ma cambiò idea. C'era un motivo per cui quella porta era chiusa a chiave e voleva scoprirlo. Si guardò intorno, chiedendosi dove un uomo come Kade avrebbe potuto nascondere una chiave di riserva.

Cercò nei posti che le sembravano più ovvi, almeno per lei, poi si sedette al tavolo quando ebbe esaurito le idee. Qualcosa che prima non aveva notato sugli scaffali attirò la sua attenzione. Una tartaruga di legno reggeva una fila di libri ma, data la sua forma, non sembrava un normale fermalibri.

Si avvicinò, la prese e la girò tra le mani. La base era di legno massiccio e, mentre ne studiava la parte superiore e i lati, non vide nulla che potesse aprirsi. Stava per rimetterla sullo scaffale quando il suo dito sfiorò la coda e questa si mosse. Quinn la afferrò con il pollice e l'indice e si mosse ancora. Tirò e un vassoio con una sola chiave scivolò fuori.

Tornò alla porta chiusa per provarla, sperando che quello che aveva trovato la aprisse. Quando accadde, rimase senza fiato. Niente avrebbe potuto prepararla a quello che trovò quando entrò.

Invece dei computer o di qualsiasi altra cosa lei pensasse che qualcuno che faceva il lavoro di Kade potesse tenere dietro una porta chiusa a chiave, c'erano foto di lei ovunque.

Alcune erano con sua madre. In alcune era sola, in altre con Kade. Sembravano essere state tutte scattate prima che lei compisse sette anni e fosse mandata in collegio.

Ce n'erano altre di lei da sola, scattate in ogni fase della vita, e la maggior parte, ad eccezione delle foto scolastiche, erano spontanee. Erano state scattate a sua insaputa.

C'era sicuramente un fattore inquietante, ma anche un senso di sicurezza diverso dal rendersi conto che lui aveva organizzato la sua protezione per tutta la vita. Nessuno conservava così tante foto di una persona che stava *proteggendo*. Ogni foto era incorniciata e sembrava essere stata collocata lì deliberatamente.

Ce n'era una nascosta dietro un'altra, e lei si avvicinò per guardarla meglio. Era l'unica, tra quelle che aveva visto, in cui era insieme a Laird e Sorcha.

Era stata scattata nella casa di Montecito. Forse non l'avrebbe riconosciuta, se non ci fosse appena stata.

Si sedette sulla sedia della scrivania di Kade e la studiò così a lungo insieme ad altre due foto da perdere la cognizione del tempo.

Qualcosa attirò la sua attenzione fuori dalla finestra. Era Laird, che stava venendo in quella direzione. Invece di aspettarlo, chiuse a chiave e lo raggiunse al piano di sotto.

Se quella scoperta aveva portato a qualcosa, era il fatto che fosse più determinata che mai a parlare con Naughton.

"Ti avevo chiesto di aspettarmi al piano di sopra," le disse Laird brontolando.

Quel tono di voce la sorprese. "No, non è vero. Mi hai detto di mandarti un messaggio."

"Non avrei mai dovuto accettare di portarti qui."

La stretta di Laird sul braccio mentre la conduceva al furgone le faceva male, ma non quanto la fitta di dolore che aveva spazzato via la felicità di aver trovato le foto. Si sentiva di nuovo sgradita, indesiderata e indegna.

Quinn incrociò le braccia sul petto. "Non ho più intenzione di aspettare, Laird."

"Devi aspettare fino alla fine della vendemmia."

"Hai detto che la decisione spettava a me. Mi hai *chiesto* di aspettare, ma non posso. Lui deve sapere, e mi rifiuto di andarmene finché non lo vedrò."

"Non se ne parla, tesoro," le sussurrò Mercer all'orecchio. "Andiamo."

Quinn sussultò. Non lo aveva sentito avvicinarsi. Quando cercò di divincolarsi, lui non la lasciò andare.

"Ce ne andremo, in un modo o nell'altro. Se necessario, ti porterò fuori di qui a forza."

Lei lanciò un'occhiataccia a Laird mentre Mercer la scortava via, aggiungendo un senso di tradimento a tutte le altre emozioni che lui le aveva fatto provare in quegli ultimi minuti.

Mercer aprì la portiera del passeggero del SUV e le disse di salire. Senza aggiungere altro, la chiuse dietro di lei e non parlò fino a quando non arrivarono ai cancelli dell'Happy Valley Ranch.

"Questo pomeriggio faremo una chiacchierata," esordì.

"Perché ti preoccupi? Posso già recitare ogni parola che dirai senza bisogno di ascoltarla."

"Non è uno scherzo, Quinn."

"Hai ragione, Mercer. È *la mia vita*. Non la tua. Sei stato assunto per proteggermi. Sono sicura che Kade non si sarebbe mai aspettato che tu lo interpretassi come un invito a intrometterti nella mia vita."

Quelle parole le facevano male tanto quanto sapeva che facevano male a lui.

"Pensavo che avessimo superato questa fase," mormorò lui.

"Superato? Nel senso che mi hai blandita fornendomi il minor numero di informazioni possibile, aspettandoti che, da quel momento in poi, mi sarei semplicemente adeguata e avrei accettato di non essere altro che un uccellino grazioso prigioniero nella gabbia di qualcuno?"

"Non è così."

"No?" insistette Quinn.

"No." Mercer scosse la testa. "Perché eri al Butler Ranch?"

"Non sono affari tuoi."

"Cosa intendevi quando hai detto "lui deve sapere, e mi rifiuto di andarmene finché non lo vedrò"?"

"Come ho detto, non ti riguarda."

"Tutto ciò che ti riguarda mi riguarda," ribatté lui con un tono di voce più alto del necessario.

"Non più," replicò lei seccata.

Mercer non rispose, ma strinse la presa sul volante.

"Lasciami chiedere una cosa, Ottantotto. Sei stato tu a scattare tutte quelle foto? Sai, quelle che adornano l'ufficio del tuo capo? Non ti sei sentito uno stalker, o forse addirittura un pedofilo, mentre scattavi delle foto a una bambina innocente?"

Quando Mercer si voltò e la guardò negli occhi, lei si pentì immediatamente di quelle parole, ma non poteva rimangiarsele e non avrebbe chiesto scusa. Non era dispiaciuta per la maggior parte di quello che aveva detto, solo per l'ultima parte.

Mercer non rallentò per svoltare verso l'Happy Valley Ranch.

"Dove mi stai portando?"

Lui non rispose, così lei ripeté la domanda, questa volta alzando la voce. Mercer continuò a non rispondere. Era come se non l'avesse sentita.

"Ti odio," disse Quinn sottovoce. "Vi odio tutti."

"Sembri proprio Barbie."

QUALCUNO CHE LEI NON RICONOBBE SI AVVICINÒ ALLA SUA portiera quando Mercer scese e se ne andò a tutta velocità su una moto senza aggiungere altro.

"Ciao, Quinn," disse con una voce che le ricordò il modo in cui Hannibal Lecter parlava a Clarice Starling. "Entra."

"Chi sei?"

"Mi chiamo Gunner Gadot, ma tutti mi chiamano Paps."

Quinn lo seguì dentro e lui le indicò una sedia in cucina. "Siediti," le disse, poi uscì dalla stanza.

"Faremo una chiacchierata," disse Paps quando tornò, "che tu lo voglia o no."

MERCER

Prima di andare al Butler Ranch, Mercer aveva detto a Paps che aveva bisogno di una pausa. Stare lontano da Quinn sarebbe stata la cosa più difficile che avesse mai fatto, ma era necessario. Non solo per lui, ma anche per lei.

Il fatto che la conversazione durante il tragitto verso l'Happy Valley Ranch fosse degenerata al punto che lei gli aveva detto di odiarlo, aveva rafforzato quella decisione.

Quello che Paps gli aveva detto a giugno lo perseguitava. *Non ci sarà alcun ritorno, se lei è morta. Lascia che sia arrabbiata con te. Diamine, lascia che ti odi, se questo la terrà al sicuro.*

Quella era la vita che doveva vivere, con Quinn che lo odiava, finché Calder non avesse smesso di camminare liberamente sulla faccia della terra e finché lui non avesse saputo, in un modo o nell'altro, se Doc e Leech erano vivi o morti.

ESSERE COMPLETAMENTE LIBERO DALLA SCORTA DI QUINN PER IL momento significava che poteva essere il primo a rispondere a qualsiasi cosa succedesse. Quella sera lo aspettava una riunione d'emergenza della Westside Winery Collaborative convocata da Alex Avila.

"Ti darò man forte," gli disse Razor. "Il mio istinto mi dice che Calder ha intenzione di farsi vedere. In tal caso, potrebbero esserci grossi problemi."

Razor lo informò che si sarebbe fermato a casa sua a Harmony per prendere dell'equipaggiamento extra, poi sarebbe passato a prenderlo. Suggerì a Mercer di portare anche il suo. Lui fece di più: lo indossò. Erano anni che non indossava l'equipaggiamento tattico completo, soprattutto con il caldo di fine estate.

Tutto ciò lo riportò direttamente in Afghanistan e all'inferno opprimente che aveva sempre provato. Ecco perché non aveva mai freddo, come aveva detto a Quinn. Dopo essere stato fuori per più di ventiquattro ore di fila in missione, aveva giurato di non lamentarsi mai più del freddo, per quanto a lungo avesse vissuto.

Quando arrivarono al luogo dell'incontro, Mercer si posizionò vicino all'ingresso posteriore della cantina, mentre Razor rimase vicino all'ingresso principale.

Pochi minuti dopo, sentì Alex dare inizio alla riunione.

"Sono sicura che siate tutti a conoscenza di quello che è successo lunedì sera alla Jenson Vineyards," la sentì dire. Alex continuò informando i presenti che le autorità ritenevano che fosse collegato all'incendio doloso al Butler Ranch e a quanto era accaduto con l'ATB a Los Cab.

"Riteniamo inoltre che ci sia un'ulteriore minaccia imminente per Los Cab, il Butler Ranch e altre aziende vinicole e cantine nella zona ovest. Questo è il motivo per cui ho convocato la riunione di stasera," aggiunse.

Alex spiegò che un membro della cooperativa aveva sentito per caso una conversazione tra Rory Calder e Trey Deveux e aveva riportato le parole esatte che si erano detti.

"Perché non sono stati arrestati? Se qualcuno li ha sentiti parlare di Jenson, non è una prova sufficiente?" Mercer sentì che qualcuno chiedeva.

"Sai bene che non lo è, Bob. Per quanto vorremmo che fosse così."

"Chi era?" chiese Mercer a Razor.

"Maddox."

La discussione continuò, ma Mercer ascoltava solo a metà. Invece, si mise a osservare il perimetro dell'edificio, alla ricerca di qualcosa di sospetto.

Quando sentì qualcuno dire: "La famiglia Deveux e i Calder sono più che collegati. Sono imparentati. Per matrimonio," la sua attenzione tornò alla riunione.

"Alcuni dicono che fosse un matrimonio combinato. Uno dei fratelli di Rory ha sposato una delle figlie dei Deveux."

Di per sé, la notizia non aveva bisogno di essere tenuta segreta, ma Mercer sperava che il gruppo si astenesse da ulteriori speculazioni.

"Sta succedendo qualcosa," disse Razor pochi secondi dopo.

"Ricevuto."

Stava andando verso l'ingresso dell'edificio quando vide un SUV nero allontanarsi dal marciapiede.

"Raze, qual è la tua posizione?" chiese, osservando Maddox che accostava con un altro veicolo e gridava a Naughton di salire.

Pochi istanti dopo, Razor si fermò accanto a Mercer con la portiera del passeggero già aperta.

"Che diavolo ti è successo?" domandò Mercer notando il sangue sulla fronte di Razor.

"Quel bastardo mi ha colpito così forte che per un attimo ho visto le stelle."

"Chi?"

"L'uomo che ha appena rapito Bradley St. John."

"Era Calder? Deveux? Che diavolo è successo?" chiese Mercer mentre Razor seguiva Maddox.

"Nessuno dei due, ma chiunque fosse assomigliava abbastanza a Calder da attirare la mia attenzione. Sfortunatamente, anch'io ho attirato la sua, ed è stato allora che mi ha colpito con la pistola."

"Cosa aveva con sé? L'hai visto?"

"Una Beretta Bobcat," rispose Razor, cercando di concentrarsi sulla strada mentre il sangue gli colava dalla ferita alla testa. A parte il sangue, sembrava stare bene, e non avevano tempo di fermarsi per fare cambio di posto.

Quando Maddox sembrò intenzionato a dirigersi verso est sull'autostrada, Mercer prese una decisione. "Non seguirlo. Dirigiti verso Tablas Creek."

"Mi hai letto nel pensiero," disse Razor, svoltando su quelle che sembravano due ruote.

Quando arrivarono, il numero di veicoli davanti all'ingresso confermò che avevano indovinato. "Fammi scendere," urlò Mercer e saltò giù quando Razor si fermò.

Rimase chino, facendosi strada tra gli alberi e cercando di capire cosa stesse succedendo. Gli bastò sentire le parole "Ha una pistola" per entrare in azione.

"Lo sceriffo e l'unità SWAT stanno arrivando," disse Razor attraverso la radio.

"Ricevuto." Mercer si avvicinò furtivamente all'edificio e ascoltò.

"Mi ha riconosciuto. Che cazzo dovevo fare?" sentì urlare da qualcuno. *"Porta il tuo culo qui e aiutami a sistemare questo casino."*

Senza pensarci due volte, Mercer spalancò la porta più vicina, poi puntò la pistola contro l'uomo al telefono, che si voltò e fece lo stesso con lui.

"Lasciala cadere o sparo, e non manco mai il bersaglio," lo avvertì.

Fu un attimo, ma Mercer lo vide e sparò per primo, colpendo l'uomo al petto e al braccio.

"Esci. Esci!" gridò Razor.

"Ricevuto." Mercer uscì da dove era entrato e corse attraverso il bosco, verso le coordinate che Razor gli aveva inviato sul telefono.

Saltò sul SUV e partirono a tutta velocità.

"È morto. Credo che, di chiunque si trattasse, fosse al telefono con Calder quando gli ho sparato."

"Affermativo," disse Razor.

"Hai sentito qualcosa?"

"Sì. Naughton. La persona che è stata rapita era Bradley St. John. Il tizio a cui hai sparato era il fratello di Calder."

Mercer si strofinò il viso. "Cazzo."

Continuarono ad ascoltare finché non furono certi che la

situazione fosse sotto controllo, poi tornarono alla casa di Harmony.

"L'avrebbe uccisa," disse Mercer quando entrarono nel garage.

Razor annuì. "Ho sentito e, se fossi stato io lì dentro al posto tuo, non mi sarei preoccupato di avvertirlo, prima di farlo fuori."

Mercer chiamò Paps.

"Dovrai sparire per un po', Ottantotto."

Esattamente quello che si era aspettato che Paps dicesse. Aveva ucciso il fratello del loro obiettivo principale. Doveva sparire, prima che Calder capisse il collegamento e mettesse una taglia da un milione di dollari sulla sua testa.

La parte peggiore era che non poteva arrischiarsi a dire addio a Quinn, prima di sparire.

❧ 39 ❧
QUINN

Era tutto cambiato drasticamente per Quinn dal giorno
in cui Paps l'aveva fatta sedere e le aveva spiegato come
stavano le cose. Se prima si era sentita come un
uccellino in gabbia, ora aveva la sensazione che le avessero
tagliato le ali. Anche se fosse riuscita a scappare, non sarebbe
stata in grado di volare.

La maggior parte dei giorni vedeva solo Razor e Paps. Di tanto in
tanto, Laird era in casa, ma non parlava molto. Neanche lei
parlava, soprattutto dal giorno in cui lui le aveva detto che non
avrebbe mai dovuto portarla al Butler Ranch.

Erano passati quasi due mesi dall'ultima volta che aveva sentito
qualcuno parlare di Mercer e non aveva chiesto di lui. In realtà,
parlava raramente con qualcuno. Paps le aveva tolto il cellulare,
dicendole che le sue amiche erano state informate che era al
sicuro ma irraggiungibile per le settimane successive, esattamente
come le aveva detto sua madre. Comunque, sapeva che nessun
altro l'avrebbe cercata.

Una mattina, dopo aver creduto di sentire qualcuno che usciva, si avventurò in cucina sperando di trovare Razor da solo. Invece, Laird era seduto al tavolo.

"Buongiorno, Quinn," disse lui.

"Buongiorno," mormorò lei. Si stava dirigendo verso le scale quando lo sentì chiederle di aspettare.

Appoggiò la mano sulla ringhiera, aspettando che lui continuasse, ma si rifiutò di voltarsi.

"Ti ho fatto una promessa e intendo mantenerla."

"Di cosa si tratta?" chiese lei, continuando a rifiutarsi di guardarlo.

"È ora che tu parli con Naughton."

Si voltò lentamente, quasi temendo di guardarlo negli occhi. L'ultima volta che l'aveva fatto, lui l'aveva ferita a parole, proprio come avrebbe fatto se l'avesse schiaffeggiata.

"Mi dispiace, Quinn."

"Per cosa?"

"Non intendevo dire quello che hai frainteso."

"Sì, capisco che qualcuno possa fraintendere le parole "Non avrei mai dovuto portarti qui"."

"Non ha senso discutere. Ti ho chiesto scusa e ora manterrò la promessa che ti ho fatto."

Quinn incrociò le braccia sul petto. "Come faremo?"

"Andrai di sopra, ti vestirai e prenderai la lettera che hai ricevuto da mio figlio."

"Non ho il certificato di nascita."

"Io sì."

.   .   .

"Aspetta lì dentro," le disse Laird indicando l'ingresso della sala di degustazione.

Quando lei esitò, lui la spronò: "Vai, ragazza. È ora."

"Tu dove sarai?"

"Non lontano. Sei al sicuro."

"Non vuoi venire con me?"

"È una questione tra te e Naughton."

"Chi sei?" le chiese l'uomo pochi minuti dopo. "Non siamo ancora aperti."

"Tu devi essere Naughton," disse lei.

"Non ti ho chiesto chi sono io, ti ho chiesto chi sei tu."

Lei fece un passo avanti e gli tese la mano. "Sono Quinn."

Naughton incrociò le braccia sul petto. "Quinn chi?"

"Il mio cognome è Hess, anche se recentemente ho scoperto che sul mio certificato di nascita è riportato come Butler."

"Chi diavolo sei?"

Quinn odiò quelle parole quasi quanto il tono della sua voce. "Sono il segreto di tuo fratello maggiore e ho molte cose da dirti, *zio* Naughton," rispose in tono sprezzante.

Neanche lui pensava che lei appartenesse a quel posto? Beh, forse scoprire che era sua nipote gli avrebbe fatto cambiare idea. Non che lei ne fosse certa.

"Siediti." Il tono si addolcì quando lui le indicò uno sgabello al bancone.

"Non è stato facile ottenere di poter parlare con te."

"Ora sei qui. Comincia a parlare, Quinn."

"Non so da dove cominciare…"

"Prima che inizi, devo fare una telefonata," disse Naughton quando una porta si aprì.

Quinn annuì e aspettò, sperando che Laird avesse intercettato chiunque stesse per entrare.

Quando le sembrò di sentire la porta aprirsi di nuovo, Quinn alzò lo sguardo. Questa volta ne era sicura e si voltò. Un uomo e una donna andavano verso di lei. *Merda, merda, merda*, imprecò silenziosamente. *E adesso?*

"Chi sei?" chiese l'uomo, avvicinandosi.

"Sono Quinn."

"Sì? Quinn chi?" chiese ancora lui.

"Come stavo dicendo a tuo fratello…"

"Hess," rispose Naughton, prima che lei potesse aggiungere altro.

"Interessante." Maddox la osservò. "Ha qualche legame con la famiglia Hess che conosciamo?"

"Lena Hess è mia madre."

"Io sono Bradley, la fidanzata di Naughton."

Quinn strinse la mano alla donna, sperando che Naughton li invitasse ad andare via per poter parlare.

"Piacere di conoscerti, Quinn," disse Maddox. "Non conosciamo bene tua madre e non sapevamo che avesse una figlia."

Non era preparata a tutto ciò. Aveva semplicemente pianificato cosa dire a Naughton e anche quello non era andato come previsto. "Sono stata via... fino a poco tempo fa. Prima in collegio, poi all'università."

"Vacanze autunnali?" le chiese Maddox.

"Più o meno."

"Non vediamo tua madre da... Quando è stata l'ultima volta che abbiamo visto Lena, Naught?"

"Fine giugno, inizio luglio, da quello che ricordo."

"In realtà, è per questo che sono qui... per mia madre." Sembrava una scusa valida come qualsiasi altra, dato che avevano tirato fuori l'argomento. "Ma vedo che non è un buon momento."

"Hai ragione. Io e Bradley abbiamo un appuntamento questo pomeriggio," disse Naughton.

"Forse posso aiutarti io," si offrì Maddox.

"Grazie, ma... ti... ti faccio sapere." Prese la borsa dal bancone e si voltò per andarsene.

"Aspetta," la bloccò Maddox. "Come possiamo contattarti?"

Lei guardò Naughton. "Non potete. Sarò io a farlo."

Quando uscì dalla porta sul retro, Laird la stava aspettando dove aveva detto che sarebbe stato.

"Un disastro totale," mormorò lei.

"Mi dispiace. Sono entrati prima che potessi fermarli. Hai gestito bene la situazione."

"Non è stato molto gentile," disse Quinn sottovoce.

"Non era pronto."

Quinn guardò fuori dal finestrino mentre Laird guidava attraverso i vigneti.

Considerato l'atteggiamento di Naughton, forse avrebbe dovuto ripensare al suo piano di parlargli della lettera di Kade. Perché preoccuparsi? Non aveva bisogno della sua fiducia. Anzi, non la voleva. Se la sarebbe cavata da sola.

"CI SARÀ UN'ALTRA OCCASIONE," LE DISSE LAIRD.

"No, non ci sarà. Non mi interessa parlargli di nuovo." Fino a quel momento Sorcha era stata gentile con lei, ma si erano viste solo per un paio di minuti. All'inizio anche Laird lo era stato, ma in quel momento sembrava distaccato. Lo stesso valeva per Paps. Razor cercava ancora di parlarle, ma era lei a interrompere le conversazioni.

"Capisco."

Quando arrivò alla casa dell'Happy Valley Ranch, Quinn scese dall'auto, entrò e salì direttamente al piano di sopra. Se Razor pensava che si stesse di nuovo autocommiserando, aveva ragione. Se qualcuno aveva il diritto di farlo, era proprio lei. La sua vita faceva schifo, cazzo.

TRE SETTIMANE DOPO, QUINN ERA SEDUTA NELLA SUA CAMERA da letto, dove trascorreva la maggior parte delle giornate, e guardava fuori dalla finestra. Aveva appena finito un altro libro, l'unica cosa che poteva fare durante *la reclusione*, ma non aveva ancora scelto il successivo da leggere nella pila che aveva davanti.

Razor bussò alla porta. "La cena è pronta."

"Non ho fame." Non aveva mai fame. L'unica volta che mangiava era quando di notte sgattaiolava in cucina e prendeva frutta e pane a sufficienza per arrivare al giorno successivo. A volte Razor le portava del cibo e lo lasciava fuori dalla porta. Lei mangiava sempre quello che le portava. Non era così stupida da lasciarsi morire di fame, era solo abbastanza testarda da non voler passare del tempo con loro.

"È il Giorno del Ringraziamento, Skipper."

"Grazie per avermelo ricordato," riuscì a dire prima di scoppiare in lacrime. L'ultima volta che aveva parlato con sua madre, lei le aveva detto che sperava di tornare per il Ringraziamento.

"Per favore, fammi entrare," la supplicò Razor.

Lei continuò a tenere la porta chiusa a chiave; non che ciò potesse impedire a qualcuno di entrare, se avesse voluto. Era una di quelle serrature semplici che si potevano aprire con una forcina.

"Ho bisogno di parlarti."

Quinn si asciugò le lacrime, andò alla porta e la aprì, poi tornò al suo posto vicino alla finestra. Lo sentì avvicinarsi e chiuse gli occhi con forza.

"Ho pensato che dovessi avere questo," disse lui, porgendole il cellulare quando lei aprì gli occhi.

"Perché?"

"Perché non c'è alcun motivo per cui non dovresti averlo."

"Grazie, ma il capo me lo porterà via più tardi."

"Smettila. Non sei una prigioniera, Quinn. Sei tu che hai scelto di comportarti come tale."

"Non gli ho consegnato il telefono di mia spontanea volontà. Me l'ha preso lui."

"Paps ha fatto quello che riteneva fosse meglio in quel momento. Te l'avrei restituito settimane fa, se mi avessi detto cosa era successo."

Lei alzò le spalle. "Lo dici adesso."

"Guardami."

Quando lei non lo fece, Razor afferrò i braccioli della sedia e la girò in modo che lei fosse di fronte a lui. "Chiedimi tutto quello che vuoi sapere e io te lo dirò. Parla con noi. Smettila di nasconderti al piano di sopra, uscendo solo di notte, come un pipistrello. Ehi, sarebbe un nome migliore di Skipper per te. Comincerò a chiamarti Batgirl."

Quinn si rifiutò di sorridere, anche se sapeva che Razor stava cercando di abbattere la barriera che lei aveva eretto intorno a sé. Accese il cellulare, grata di vedere che lo aveva ricaricato.

"Nessuna notizia da mia madre, vero?" Le lacrime di Quinn tornarono con veemenza.

Razor la sollevò come se fosse una bambola di pezza, si sedette sulla sedia e la tenne sulle ginocchia, accarezzandole i capelli. "Lascia uscire tutto, Skipper. Piangi quanto vuoi."

"Mi dispiace," disse lei, quando riuscì a parlare.

"Non ti scusare. Era ora," ribatté Razor quando lei si divincolò dalle sue ginocchia.

"Ha detto che sperava di tornare."

Razor annuì. "So che lo voleva. Lo volevamo anche noi."

"Non è cambiato nulla?"

"No, anzi, è peggiorato."

"Perché?"

"Sei sicura di volerlo sapere?"

Quinn annuì.

"Ottantotto ha ucciso il fratello di Calder."

Quinn si portò una mano alla bocca e sentì che stava per vomitare. "Oh mio Dio, lui è..." I singhiozzi la sopraffecero di nuovo; si sedette sul letto, afferrò un cuscino e vi affondò la testa.

Razor glielo strappò dalle braccia. "Sta bene. Ha dovuto nascondersi per un po'. Te l'avrei detto, se me lo avessi chiesto."

Almeno ora sapeva perché lui non era lì, a parte il fatto che lei gli aveva detto di odiarlo. "Gli parli?" chiese.

"Sì."

"Puoi dirgli che non lo odio?"

"Certo, potrei farlo io, oppure potresti dirglielo tu stessa."

Quinn guardò il cellulare. Forse era per quello che Razor glielo aveva restituito, in modo che potesse chiamarlo. "Grazie."

"Prego. Ora andiamo a mangiare."

"Mi dispiace, ma davvero non ho..."

"Come pensi di dirglielo di persona, se non scendi nemmeno a vederlo?"

Quinn balzò giù dal letto e corse al piano di sotto, dove Mercer la stava aspettando a braccia aperte.

"Mi dispiace. Mi dispiace. Mi dispiace," ripeté, abbracciandolo.

"Sono io che ti chiedo scusa, tesoro."

"Non ti odio. Per niente."

Lui la guardò negli occhi e sorrise. "Lo so."

"Ero arrabbiata con te, allora..."

"Mi dispiace di essere scomparso. Non avevo scelta," disse Mercer.

"Razor mi ha raccontato cos'è successo."

"Davvero?" Mercer guardò intorno a sé e lo fulminò con lo sguardo.

"Qualcuno doveva farlo," si difese Razor, alzando le mani in segno di resa.

"In realtà, non l'ha fatto nessuno," aggiunse Paps, ma anche lui sorrideva. "Mangiamo. Sto morendo di fame."

Mercer le mise le mani sui fianchi. "Sei dimagrita. Mi hanno detto che non mangiavi."

Quinn guardò il pavimento, ma Mercer le sollevò il mento per poterla guardare negli occhi. "Ne parleremo dopo cena."

Lei annuì e si sedette sulla sedia che lui le aveva tenuto indietro. Era passato così tanto tempo dall'ultima volta che si era seduta a tavola e aveva mangiato che non era sicura che lo stomaco avrebbe retto, soprattutto con Mercer così vicino.

DOPO AVER FINITO IL PIATTO E AVER CHIESTO IL BIS, MERCER SI voltò verso di lei. "Ti va di fare una passeggiata con me?" le chiese.

"Certo," rispose Quinn alzandosi.

"Avrai bisogno di una giacca. Fuori fa freddo," disse Razor.

Lei non poté fare a meno di sorridere. "Grazie. Vado a prenderla."

"Anche delle scarpe sarebbero una buona idea," le gridò dietro lui.

Una volta scesi al piano di sotto, seguì Mercer all'esterno e rimase senza fiato quando lui si girò, le mise le mani sotto il sedere e la sollevò da terra.

"Avvolgi le gambe intorno a me," le disse, portandola in braccio fino a quando la sua schiena non fu contro la casa, poi la baciò.

Le tenne il sedere con una mano e le afferrò il viso con l'altra.

"Non potevo sopportare un minuto di più di non averti tra le braccia. Mi sei mancata così tanto, cazzo."

"Anche tu mi sei mancato." Quinn lo baciò di nuovo, non volendo che le labbra fossero altrove se non sulle sue e il corpo avvolto intorno a lui.

"Non badate a noi," sentì che Razor diceva, prima che lui e Paps salissero sul SUV. "Ci vediamo domani, Batgirl."

"Batgirl?" chiese Mercer.

"È il nuovo soprannome che mi ha dato."

"Entriamo," disse lui, aiutandola ad alzarsi.

"Non ho voglia di parlare, Mercer."

"Neanch'io, tesoro."

❧ 40 ❧

MERCER

Il bollitore fischiò e Mercer andò al fornello per spegnere il fuoco. Quando si voltò, Quinn era davanti a lui, nuda, proprio come lui la preferiva.

Quelle ultime tre settimane erano state paradisiache. Mercer aveva avuto Quinn tutta per sé. Paps e Razor avevano detto che lo avrebbero contattato solo se fossero ricomparsi Calder, Doc o Leech.

Mercer prendeva possesso del corpo di Quinn in tutti i modi che aveva immaginato mentre era lontano da lei. C'era giorni in cui non uscivano mai di casa. Dei giorni in cui non si preoccupavano nemmeno di vestirsi.

"Non voglio che lasci il nostro letto senza dirmi niente," disse lei facendo il broncio. "Odio svegliarmi e scoprire che non ci sei."

Mercer le cinse la vita con un braccio. "Vieni qui, tesoro." Con l'altra mano spazzò via tutto dal tavolo della sala da pranzo, senza curarsi che cadesse rumorosamente sul pavimento, poi la sollevò. "Sdraiati."

"Mercer." Quinn gli intrecciò le dita tra i capelli.

Lui le passò la lingua dall'interno del ginocchio, risalendo lungo la coscia, finché non fu abbastanza vicino al sesso da poter respirare il suo profumo. "Stai ferma," le sussurrò.

Dal Giorno del Ringraziamento, ogni giorno era stato così. Quinn era sua, corpo e anima, e lui glielo aveva dimostrato più e più volte. La portava al culmine del piacere, la lasciava riposare tra le sue braccia, poi ricominciava. Desiderava i suoi gemiti di estasi tanto quanto i suoi mugolii di beatitudine.

"Dimmi cosa vuoi, tesoro," le chiese, perché aveva bisogno di sentirle pronunciare quelle parole.

"Ti voglio dentro di me."

"La mia lingua è già dentro di te."

La portò al limite, poi rallentò fino a quando lei pronunciò finalmente le parole che voleva sentire.

"Ne voglio ancora," lo supplicò. "Sai cosa voglio, Mercer."

"Adoro il modo in cui mi supplichi," rispose lui, spingendosi dentro di lei e dandole quello che aveva chiesto.

A volte, come in quel momento, lei provava un piacere così intenso che sembrava che avesse gli occhi rivolti all'indietro. Altre volte, era commossa fino alle lacrime.

Più tardi, quel giorno, avrebbe dovuto dirle che il loro soggiorno all'Happy Valley Ranch stava volgendo al termine. La famiglia proprietaria del ranch aveva gentilmente concesso loro di rimanere una settimana in più, ma sarebbero arrivati il giorno dopo per le vacanze di Natale.

Mercer aveva organizzato un soggiorno nella casa sulla spiaggia, ma non sarebbe stato lo stesso.

"A cosa stai pensando?" gli chiese lei, sedendosi e avvolgendogli le gambe intorno alla vita. "Di qualunque cosa si tratti, non sembri felice." Si spostò in avanti, in modo che la sua umidità lo sfiorasse. "E in questo momento dovresti essere molto felice."

"Lo sono, tesoro."

Lei strinse più forte le gambe. "Dimmelo subito, o te lo tirerò fuori con la tortura."

"Questo pomeriggio ci trasferiamo sulla spiaggia."

"Non è poi così male." Allentò la presa delle gambe e scese dal tavolo. "Ma è un ritorno alla realtà, vero?"

"Temo di sì."

"Quando partiamo?" chiese lei.

"Quando sarai pronta."

"Possiamo andare adesso? Cioè, dopo aver fatto i bagagli e dato una pulita?"

"Certo. Perché tanta fretta?" domandò lui.

"C'è una cosa che vorrei fare lungo la strada."

"Mi dici di cosa si tratta?"

"Voglio comprare un albero di Natale."

Mercer sorrise. "Piacerebbe anche a me."

C'ERANO MOLTI NEGOZI CHE VENDEVANO ALBERI NELLA PARTE occidentale di Cambria, dove d'estate si teneva il mercato contadino. Quinn impiegò trenta minuti per decidere quale voleva, ma a lui non importava. Era la cosa più vicina alla normalità che potesse immaginare e desiderò che non finisse mai.

. . .

IL VENTITRÉ DICEMBRE, QUANDO ARRIVÒ LA TELEFONATA DI Paps, Quinn era a letto accanto a Mercer. Dalla sua espressione, lui capì che sapeva cosa significava.

"Va tutto bene," disse lei, prima che lui parlasse. "Capisco che devi partire. Quando?"

"Domani, tesoro. Mi dispiace." Aspettò, ma lei non reagì, se non stringendo e aprendo il pugno.

"Allora festeggeremo il Natale stasera," disse Quinn, stampandosi un sorriso finto sul viso.

Andarono al Sea Chest, dove cenarono nella sala privata per la seconda volta. La sera prima c'era stata una festa di Natale, quindi il locale era pieno di decorazioni e centinaia di lucine bianche scintillanti.

"Hai fatto tu tutto questo?" chiese lei.

"Mi piacerebbe potermi prendere il merito, ma no." Le spiegò della festa.

PER QUANTO CERCASSE DI CONCENTRARSI SU QUINN, MERCER continuava a pensare a tutto quello che doveva fare prima di partire. C'era un altro pacco da consegnare per conto di Kade prima di Natale, e aveva già chiesto a Laird di occuparsene.

Il K19 aveva organizzato che tre dei loro collaboratori si occupassero della sicurezza di Quinn, dato che lui, Paps e Razor avrebbero lasciato il Paese la mattina seguente. Aveva condotto missioni con tutti loro e si sentiva tranquillo ad affidarla alle loro cure. L'unico che avrebbe preferito non fosse con lei era Max.

Paps lo aveva suggerito per sostituire Laird, quando questi non era disponibile. Mercer aveva ceduto, percependo che il suo ruolo sarebbe stato limitato.

Le notizie che avevano ricevuto tramite un agente dell'MI6 a Mosca davano loro buoni motivi per credere che Doc o Leech, o entrambi, fossero ancora vivi.

La fonte era una persona di cui si fidavano e che aveva lavorato in diverse operazioni con Doc. Quando li contattò per dire che l'organizzazione russa in cui si era infiltrato un altro agente dell'MI6 nascondeva almeno un prigioniero, capirono che dovevano agire immediatamente.

"Sei distratto," disse Quinn, alzando il bicchiere di vino.

Lui glielo riempì. "Mi dispiace, tesoro."

"Sai una cosa? Ho avuto tutta la tua attenzione per un mese intero. Te ne rendi conto? Oggi è un mese. Quindi non mi lamenterò né mi preoccuperò. Mi godrò ogni minuto che posso passare con te."

"Sai quanto ti amo?" Mercer non aveva pronunciato spesso quelle parole, ma era importante ripeterle quella sera. Per così tanto tempo le cose tra loro erano state incerte, come se il loro amore fosse in qualche modo sospeso fino alla fine della missione.

"Ti amo anch'io, Mercer."

Lui si alzò e strinse Quinn tra le braccia. "Balla con me."

La strinse a sé mentre ondeggiavano al ritmo della musica natalizia che proveniva dagli altoparlanti della sala.

"Dillo di nuovo," le sussurrò lui.

"Ti amo, Mercer."

Più di ogni altra cosa, avrebbe voluto inginocchiarsi e chiederle di sposarlo, ma non lo avrebbe fatto, non finché non le avesse detto che si sarebbe ritirato e che non avrebbe mai più dovuto partire per un'altra missione.

QUINN LO STRINSE FORTE A SÉ LA MATTINA DOPO, QUANDO Laird arrivò a casa e capirono che era giunto il momento di salutarsi.

"Tornerò il prima possibile. Mentre sarò via, fai come ti dice Laird, tesoro."

"Lo farò, Mercer. Te lo prometto."

"Brava ragazza."

Mercer salì sul SUV che lo aspettava e, mentre si allontanava, si voltò per guardarla un'ultima volta, ma lei e Laird erano entrati in casa. Fu pervaso da una sensazione che non aveva mai provato prima. Era una paura che gli gelò tutto il corpo. In quel momento, si chiese se l'avrebbe mai rivista.

❧ 41 ❧

QUINN

In passato, la notte di Capodanno era quella che Quinn preferiva. Non quell'anno, però, dato che si trovava dall'altra parte del Paese e da sola, proprio come era successo a Natale.

Era ferma nella cucina della casa in affitto e fissava l'oceano buio, tetro e dall'aspetto gelido, desiderando più di ogni altra cosa che Mercer fosse lì con lei, anche se capiva perché non potesse esserci.

Dato che era uno spreco di energie altrettanto inutile di sperare di ricevere notizie da sua madre, decise di andare a correre. Forse si sarebbe sentita meglio. E se non meglio, almeno meno patetica.

Si cambiò e andò a cercare una delle guardie del corpo in servizio quel giorno, per informarlo delle proprie intenzioni. Si chiamava Monk e parlava solo quando era assolutamente necessario. Lei sapeva che era lì, però, esattamente come Max, che era rimasto fuori.

La seguirono entrambi a breve distanza dopo che ebbe fatto stretching, poi iniziò a correre lentamente. Una volta riscaldata e dopo aver preso il ritmo, aumentò la velocità. Normalmente si sarebbe fermata al parco, ma quel giorno aveva voglia di andare più lontano. Scese i gradini di legno della passerella che portava sulla sabbia e continuò a correre.

La spiaggia era più affollata di quanto si aspettasse, considerando che faceva un freddo cane.

Quando arrivò alle scogliere all'estremità della spiaggia, si fermò e controllò il telefono, senza aspettarsi davvero un messaggio da parte di Mercer, ma ciò non significava che potesse trattenersi dal guardare.

Si voltò per correre nella direzione opposta, quando andò a sbattere contro una donna che era appena sbucata da dietro una delle grandi rocce.

"Merda. Mi dispiace tanto. Non stavo guardando dove andavo," balbettò Quinn.

"Non fa niente, probabilmente è colpa mia. Neanch'io stavo guardando dove mettevo i piedi," rispose la donna.

C'era qualcosa in lei che le dava l'impressione di averla già incontrata prima.

"Mi sembri familiare," disse la donna e Quinn scoppiò a ridere.

"Stavo proprio pensando la stessa cosa."

"Davvero? Che strano. Vivi a Cambria?"

"No, sono solo di passaggio."

"Sono Ainsley Butler. Piacere di conoscerti..."

Che probabilità c'erano di incontrare una Butler proprio quel giorno?

"E tu sei..."

"Oh, ehm, scusa... sono Quinn. Quinn Hess."

Ainsley le strinse la mano, ma non la lasciò andare.

"Ehi, Ains. Tutto bene?" chiese un uomo incredibilmente attraente. "Chi è lei?" aggiunse, notando che Ainsley teneva ancora la mano di Quinn nella sua.

"Cris, lei è..."

"Sono Quinn," rispose lei.

"Cris Avila, piacere di conoscerti... Aspetta un attimo. Quinn?" L'uomo guardò Ainsley, che l'aveva presa sottobraccio.

"Quinn, può sembrare folle, ma c'è una famiglia che vorrei presentarti."

AFFERRARE IL BRACCIO DI UNA PERSONA CHE AVEVA APPENA conosciuto probabilmente non era la cosa più educata che Quinn avesse mai fatto, ma era stato un riflesso. Era talmente abituata a essere tenuta segreta che il fatto che qualcuno sapesse chi era la stupì al punto da farle girare la testa.

"Scusa, non volevo lasciarti i segni delle unghie sul braccio." Tolse la mano, scosse la testa e guardò l'oceano. "Come lo sai?"

"Mio fratello Naughton mi ha detto che sei andata a trovarlo."

"*Davvero?*"

Ainsley le strinse la mano. "Mi ha anche detto che sei la figlia di Kade, il mio fratello maggiore."

"Hai detto *figlia?*" Quinn si sentiva stordita.

"Mi dispiace. Pensavo che lo sapessi."

"Lo sapevo. Insomma, sul mio certificato di nascita c'è il suo nome."

"Cosa fai al momento?"

"Non granché." Si trattenne dal dire che era come tutti gli altri giorni della sua vita.

"C'è una lettera che vorrei mostrarti."

"È di Kade?" chiese Quinn.

"Credo di sì. Cioè, me ne ha mandata una, ma ne ho un'altra che credo sia tua. L'ho ricevuta a Natale."

Ora Quinn era confusa. "Ehm, dovrei farmi una doccia. Cosa avevi in mente?"

Ainsley scrisse un indirizzo su un foglio di carta. "Non stiamo lontani da qui. Alloggiamo a casa della sorella di Cris, a circa un isolato dalla spiaggia."

Quinn guardò Cris, che era seduto su una roccia e aspettava pazientemente che Ainsley finisse di parlare con lei, proprio come le sue due guardie del corpo.

Le ricordava Mercer.

"Tu dove alloggi?" le chiese Ainsley.

"Proprio dall'altra parte del parco," rispose Quinn. "Ehm, mi dai un'ora? A meno che tu non voglia che ci vediamo più tardi."

"Un'ora è perfetta," disse Ainsley salutando con la mano mentre si allontanava con il suo ragazzo. "A presto!"

Quinn corse a casa, fece una doccia e aspettò che Monk entrasse per dargli l'indirizzo di Ainsley. Quando non arrivò, gli mandò un messaggio, ma lui non rispose. Guardò dentro e fuori, ma non vide né lui né Max. Tornò in cucina per chiamare Laird quando vide un biglietto sul bancone.

Devo andare. Max ti coprirà le spalle.

Era strano. Non aveva detto nulla riguardo al fatto di voler andare via, prima che lei andasse a correre.

Si cambiò e andò alla porta sul retro, sperando di trovare Max. Tirò un sospiro di sollievo quando vide il SUV nero parcheggiato dall'altra parte della strada. Il finestrino era abbassato e lei salutò con la mano.

"Ciao, Max," disse avvicinandosi. Di solito scendevano dall'auto quando lei si avvicinava, ma non le dava fastidio che lui non lo facesse.

"Signorina Sullivan, dove desidera andare?"

Quinn socchiuse gli occhi. Nessuno la chiamava Sullivan da mesi. "Ehm, mi chiamo Hess. Non uso più il cognome Sullivan da... Comunque, mi chiamo Hess. E vado qui." Gli porse il foglio di carta.

Max scese e le aprì la portiera posteriore.

"Oh, non serve. Soffro il mal d'auto. Mi siederò davanti. Non è molto lontano."

"Il signor Butler ha lasciato istruzioni precise su come trasportarla. Sul sedile posteriore, sul fondo."

Il signor Butler? Non Monk? Quella conversazione stava diventando sempre più strana. "Sicuramente non è necessario. Quello era quando io..."

Quinn vide la mano dell'uomo alzarsi e il panno bianco che stava per coprirle il naso e la bocca, poi tutto diventò nero.

❧ 42 ❧

MERCER

Il volo da Mosca a Los Angeles era durato quasi tredici ore e Mercer aveva ancora un'ora prima di atterrare a San Luis Obispo, poi un'altra per arrivare alla casa a Cambria.

L'eccitazione che provava all'idea di rivedere Quinn nel giro di un paio d'ore era temperata dalla devastante delusione che lui, insieme a Paps e Razor, aveva provato quando erano arrivati nel posto in cui la loro fonte aveva detto che i russi tenevano i prigionieri: avevano trovato il loro contatto morto in una pozza di sangue e nessun altro segno di qualcuno nell'edificio.

Avevano tutti concordato che Mercer sarebbe tornato negli Stati Uniti per il momento, mentre Paps e Razor sarebbero rimasti in Russia per cercare altri indizi che potessero aiutarli a trovare Doc e Leech.

Ora, ventiquattr'ore dopo, era così vicino che poteva quasi sentire Quinn accanto a sé, eppure allo stesso tempo si sentiva ancora a seimila miglia di distanza.

Aveva cercato di contattare Quinn da quando l'aereo era atterrato, ma il suo cellulare era passato direttamente alla segreteria telefonica. La stessa cosa era successa quando aveva chiamato Laird, poi Monk, che sapeva essere a capo della scorta per quel giorno.

Stava viaggiando con un volo di linea e aveva ritardato il più possibile l'imbarco, ma quando sentì l'annuncio dell'ultima chiamata, non ebbe altra scelta che salire a bordo.

Una volta seduto, inviò un messaggio a Quinn, a Laird e a Monk, ma non ottenne alcuna risposta. Quando atterrarono un'ora dopo, provò a contattare nuovamente tutti e tre, poi chiamò Max. Quando anche il suo telefono passò alla segreteria telefonica, la paura che provava si intensificò. Qualcosa non andava. Qualcosa non andava per niente.

"Sorcha, sono Ottantotto," disse quando lei rispose.

"Cosa posso fare per te?" chiese lei con il suo solito tono di voce pratico.

"Burns è lì?"

"No. Ha passato tutta la mattina con Quinn,"

"Non sono riuscito a contattarlo."

"Dannazione," mormorò lei.

"Maddox e Naughton? Sono lì?"

"Sì, sono qui. Li mando alla spiaggia," disse lei, prima di chiudere la chiamata.

QUANDO L'AEREO ATTERRÒ, MERCER LA CHIAMÒ DI NUOVO.

"Abbiamo rintracciato sia Laird che Max a Tablas Creek," disse Sorcha. "Due dei tuoi ragazzi, Mantis e Dutch, stanno andando lì. Ti manderanno le coordinate."

Dopo averla ringraziata, Mercer corse fuori dal terminal, saltò sulla moto e sfrecciò lungo le strade secondarie fino a Tablas Creek. La struttura di quel posto gli era familiare, da quando il fratello di Calder aveva rapito Bradley St. John.

Uscì dalla strada e pochi secondi dopo arrivò Mantis, che gli riferì quello che Dutch aveva scoperto.

"Da quello che siamo riusciti a ricostruire, Max ha portato Skipper qui ma, una volta arrivato, il suo tracciamento si è interrotto."

"Voleva farci sapere che era qui," mormorò Mercer. "Per ogni evenienza." Forse quell'idiota di Max non era poi così incapace come avevano pensato.

"Affermativo, signore."

"Cos'altro?" chiese mentre indossava l'equipaggiamento tattico che Mantis gli aveva portato.

"Il Doppler ha rilevato cinque persone all'interno dell'edificio."

"Quante sono vive?"

"Quattro." Mantis gli porse un apparecchio radio.

Gli ci sarebbero voluti circa tre minuti per arrivare da dove si trovava all'edificio dove temeva che Quinn fosse tenuta prigioniera. Non sarebbe andata come con il fratello di Calder. Questa volta, la persona all'interno sapeva che stava arrivando e qualcuno era già morto.

MERCER E MANTIS SI AVVICINARONO FURTIVAMENTE A UNA delle porte laterali invece che a quella sul retro. "Aspettate il mio ordine."

"Ricevuto, signore," risposero sia Mantis che Dutch.

Mercer entrò nell'edificio e vide che aveva scelto la strada giusta per entrare, poiché era pieno di barili. In tal modo, avrebbe potuto farsi strada senza essere visto.

"*Ottantotto*, so che sei qui," sentì una voce gridare. "E ho con me *il tuo tesoro*."

"Non le farai del male, Calder. Sai chi è."

"Lei non significa nulla per me," urlò Calder.

"L'hai capito nel momento stesso in cui l'hai vista." Mercer mantenne la voce ferma, aggirando le pareti formate dai barili fino a quando non vide Quinn. Era imbavagliata, con le mani legate dietro la schiena e la pistola di Calder premuta contro la tempia.

Da dove si trovava non poteva sparare senza mettere a rischio la vita della ragazza, quindi fece il giro e si avvicinò da un'altra direzione.

Da lì poteva vedere Laird, a circa tre metri da dove Calder teneva Quinn. Era accasciato sulla sedia alla quale era legato, ma respirava. Un altro corpo, che Mercer pensava fosse quello di Max, giaceva appena oltre la porta d'ingresso dell'edificio; era stato colpito più volte alla schiena. Anche il terzo uomo, Monk, era legato a una sedia, ma aveva gli occhi aperti.

"Hai tempo fino al cinque per uscire, o ucciderò lei prima di uccidere Burns."

"È tua figlia, carne della tua carne, Rory. Non puoi ucciderla."

"Lei non è niente per me," urlò l'altro di nuovo.

"Cosa vuoi, *Boiler?*" Mercer sputò il nome in codice di Calder.

"Sai cosa voglio."

Mercer aveva la visuale libera e un tiro pulito. Appena prima che premesse il grilletto, Calder si voltò e puntò la pistola che teneva nell'altra mano direttamente contro di lui. La canna della prima era ancora premuta contro la tempia di Quinn.

"Voglio i file, e so che li hai tu."

"Non li ho. Non siamo riusciti a trovarli." Mercer cambiò angolazione e fissò lo sguardo su Calder.

"Dammi quei cazzo di file o la uccido."

"Non siamo riusciti a trovarli," ripeté.

Mercer puntò la pistola, senza sapere bene se il colpo sarebbe stato abbastanza pulito. Chi avrebbe sparato per primo? Era troppo vicino. Lei era troppo vicina.

Nel tempo che impiegò per decidere, risuonò un altro sparo.

"*No!*" urlò, balzando fuori dalla linea di tiro e guardando incredulo Calder che cadeva a terra al posto di Quinn.

Tagliò la corda che le legava le mani e chiamò Mantis e Dutch. "Portate il culo qui e aiutatemi." Più tardi avrebbe riflettuto sul perché chi aveva sparato non avesse aspettato il suo segnale. In quel momento, gli importava solo che Quinn fosse viva e tra le sue braccia.

"Dio, Mercer," gridò lei quando lui le tolse il bavaglio dalla bocca.

"Sono qui, tesoro," disse lui, stringendo il corpo tremante al suo prima di baciarle le labbra, le guance, gli occhi, il naso. "Ho avuto tanta paura," le sussurrò. "Ti amo tantissimo."

"Ti amo..." Quando lei sussultò, Mercer guardò dietro di sé e sussultò a sua volta.

"Mettiamo in chiaro una cosa, Ottantotto," sentì dire da una voce familiare mentre l'uomo in tenuta tattica completa si avvicinava. "Lei non è mai stata sua figlia. È sempre stata figlia mia."

Mercer lasciò andare Quinn e Doc allungò la mano ad accarezzarle la guancia.

"Ciao, tesoro."

Mercer sbatté le palpebre tra le lacrime, mentre guardava Quinn cadere tra le braccia di suo padre.

CONTINUA A LEGGERE
PER UN'ANTEPRIMA
DEL PROSSIMO LIBRO DELLA

Serie Butler Ranch,
Il ritorno di Kade

*Nel regno letale dell'intelligence globale,
il desiderio e il dovere si scontrano mentre si svelano secondi
fini nascosti.
Riuscirà il legame tra Kade e Merrigan a resistere al passato
esplosivo che minaccia tutti?*

KADE

Ho trascorso la vita nell'ombra, ma Merrigan Shaw mi ha portato
alla luce. Quando mi ha salvato dalla prigionia, non mi sarei mai
aspettato di innamorarmi di lei. Ora, mentre ci diamo da fare per
scoprire l'identità di un traditore, mi ritrovo diviso tra dovere e
desiderio. Merrigan risveglia sentimenti che credevo sepolti da
tempo. Ma posso fidarmi del mio cuore, quando ogni momento
potrebbe portare nuovi pericoli? Con le minacce che si avvicinano
da tutte le parti, sono determinato a proteggere quelli che amo.

Eppure, mentre la verità viene a galla, mi chiedo: il nostro amore potrà resistere al peso del mio oscuro passato?

MERRIGAN

Pensavo di conoscere i rischi di innamorarmi di un collega agente, ma Kade Butler sfida tutte le mie aspettative. Quella che era iniziata come una missione di salvataggio è diventata molto di più. Mentre ci muoviamo in un labirinto di inganni e tradimenti, mi ritrovo attratta da lui in modi che non avrei mai immaginato. Con nemici nascosti e alleanze mutevoli, posso fidarmi dell'innegabile legame che ci unisce? In un mondo di segreti e bugie, devo decidere se il nostro amore è abbastanza forte da sopravvivere alla tempesta di rivelazioni che minacciano di separarci.

KADE

Kade aveva aspettato per più di vent'anni di avvicinarsi abbastanza da uccidere l'uomo che aveva distrutto la vita della donna che aveva amato. Finalmente era riuscito a vendicare gli orrori che lei aveva affrontato il giorno in cui Rory Calder l'aveva violentata e lasciata in fin di vita. Allora l'aveva quasi ucciso, ma Leech Hess, il padre della donna, lo aveva fermato. Si chiese se anche Leech rimpiangesse che non avesse sparato.

Mentre usciva dall'ombra, si ritrovò faccia a faccia con una donna diversa. L'ultima volta che le aveva parlato di persona, era una bambina. Da allora, l'aveva solo osservata da lontano, anche se non c'era stato un solo giorno in cui non avesse pensato a lei, non si fosse preoccupato per lei o non avesse pregato di aver fatto la cosa giusta per lei.

"Mettiamo in chiaro una cosa, Ottantotto," disse Kade all'uomo al quale aveva affidato la sua sicurezza, Mercer Bryant. "Lei non è mai stata sua figlia. È sempre stata figlia mia."

Kade si avvicinò e le accarezzò la guancia con il palmo. "Ciao, Quinn," disse.

Mercer la lasciò andare e Kade la strinse tra le braccia per la prima volta dopo quattordici anni.

"Ciao," mormorò lei, nascondendogli il viso nella spalla. "Mi ricordo di te," sussurrò.

"Ne sono molto felice."

"Sei davvero mio padre?"

Kade capì perché glielo aveva chiesto. Quando era entrato di nascosto dalla porta sul retro dell'edificio dove lei era tenuta prigioniera con una pistola puntata alla testa, aveva sentito Mercer dire a Calder, l'uomo che minacciava di ucciderla, che non l'avrebbe fatto perché Quinn era sangue del suo sangue. Pochi istanti dopo, Kade aveva contraddetto quell'affermazione dicendo che lei era sua figlia.

"Bentornato a casa, figliolo," gli disse suo padre, che Mercer aveva slegato e aiutato ad alzarsi.

Kade lasciò andare Quinn e andò ad abbracciare il padre, che aveva gli occhi pieni di lacrime.

Fece un passo indietro e lo guardò. "Cosa ti ha fatto Calder?" gli domandò.

"Mi ha colpito con qualcosa. Non ricordo molto," rispose suo padre.

Laird Butler, agente dei servizi segreti in pensione, nome in codice Burns, era sempre stato l'eroe del figlio maggiore, ma quel giorno più che mai. A settant'anni era ancora in forma e forte come un uomo con la metà dei suoi anni.

Mostrare emozioni era una cosa che veniva insegnata a evitare nel loro lavoro, ma Kade non poteva negare quello che provava alla vista del padre, e nemmeno Laird era in grado di farlo.

"Dovremmo controllare Burns, Quinn e Monk," suggerì Mercer.

"Ottima idea, Ottantotto." Kade guardò dall'altra parte dell'edificio, dove Mantis e Dutch avevano slegato Monk. Un altro uomo giaceva a faccia in giù in una pozza di sangue. "Chi è quello?"

"Max Lista," rispose Mercer. "Un nostro dipendente, ma evidentemente collaborava in qualche modo con Calder."

Più tardi, Kade avrebbe parlato di quella violazione con lui e con gli altri due soci delle K19 Security Solutions, Paps e Razor. Guardò Quinn, che era ferma con il braccio di Mercer intorno alle spalle. Lo stava osservando.

"Ora sei al sicuro," le disse avvicinandosi. Sapeva che lei stava aspettando una risposta alla domanda se lui fosse o meno suo padre, e presto gliel'avrebbe data. Ma non lì, non mentre erano circondati dalla morte e dal male. "Andiamo via da qui," disse invece. "Chiederò a Mercer di portarti da mia madre," aggiunse. "Papà, vai con loro."

Sebbene Kade fosse un assistente medico qualificato, aveva delle conseguenze da affrontare e non si sarebbe sentito a proprio agio nell'esaminare Quinn o suo padre in quella situazione.

Mantis e Dutch, entrambi agenti del K19, avrebbero supervisionato il resto della squadra che stava entrando nell'edificio per rimuovere ogni traccia di quello che era successo in quell'ultima ora. Inoltre, avrebbero avuto bisogno di una squadra per ripulire e sanificare il posto il prima possibile.

"Dovremmo prendere quello, Doc?" chiese Dutch indicando il corpo di Max Lista.

Kade annuì. Era il corpo di Calder che lo preoccupava di più. Aveva fatto un patto che intendeva rispettare.

"Radunerò la famiglia," disse Laird.

"Non oggi, papà." Kade indicò Quinn. "Ho bisogno di tempo."

"Sorcha ci raggiungerà alla casa di Harmony," disse Mercer.

Per quanto riguardava i suoi fratelli, Kade avrebbe potuto vederli il giorno dopo. Quello successivo avrebbe incontrato le sue due sorelle, Skye e Ainsley.

Si massaggiò il petto, sapendo che il dolore che i suoi fratelli avevano provato in quegli ultimi due anni, mentre lo credevano morto, sarebbe stato difficile da superare. Anche scoprire la vera natura della carriera di Kade sarebbe stata una sorpresa per i suoi fratelli e sorelle. Per capire perché era stato dichiarato morto, avrebbero dovuto conoscere tutta la storia, e ciò significava raccontare loro delle K19 Security Solutions.

I quattro soci fondatori, compreso lui stesso, erano ex agenti che avevano lavorato per la Divisione Attività Speciali della CIA, parte del Servizio Clandestino Nazionale (NCS) dell'agenzia. Tre anni prima avevano lasciato collettivamente il loro impiego governativo e avevano fondato la società privata di sicurezza e intelligence. Ironia della sorte, quasi il cento per cento dei loro incarichi proveniva proprio dall'NCS. Tuttavia, in tal modo guadagnavano molto di più di prima.

"Bentornato, Doc," disse Mercer, abbracciandolo prima di accompagnare Quinn al veicolo di trasporto che li avrebbe portati al rifugio sicuro di Harmony.

"È bello essere di nuovo qui."

"Come sta Leech?" gli chiese Mercer.

"L'abbiamo portato in aereo a Ramstein. Tra qualche giorno dovrebbe essere autorizzato a viaggiare."

"Posso fare qualcosa?"

"Paps e Razor sono ancora lì. Portiamoli via il prima possibile."

"Sono già fuori, signore. Una certa Fatale ha organizzato il trasporto."

Merrigan Shaw, o Fatale come l'aveva chiamata Mercer, era un'agente dell'MI6 che lo aveva informato del ritorno di Calder negli Stati Uniti.

QUANDO MERCER SE NE FU ANDATO, KADE ispezionò l'edificio per l'ultima volta.

"Ci muoviamo, signore," riferì Dutch.

"Vengo con te." Kade intendeva trasportare personalmente i due cadaveri a Camp Roberts.

Lui e Leech avevano eliminato il resto della fazione Maskhadov quando avevano organizzato la loro fuga dopo due anni di prigionia.

A quanto ne sapeva Kade, Calder era l'unico membro sopravvissuto dell'organizzazione responsabile dell'uccisione di innumerevoli agenti e operativi statunitensi. L'unico motivo per cui era rimasto in vita fino a quel momento era perché era tornato negli Stati Uniti poco dopo che i Maskhadov avevano catturato Leech.

Per lasciare il Paese e vendicarsi, Kade era stato costretto a stringere un accordo con gli alleati più improbabili: la Russia Unita, l'unica organizzazione che voleva la morte dei Maskhadov più della CIA. Come parte dell'accordo, Kade aveva accettato di consegnare loro Calder, vivo o morto.

Non aveva alcuna intenzione di abbandonare il corpo di Calder finché non fosse stato assolutamente certo che fosse nelle mani della Russia Unita. Solo allora avrebbe saputo che l'incubo iniziato più di vent'anni prima era finalmente finito.

L'AUTRICE

Heather Slade, autrice di best seller nella Top 15 di *USA Today* e Amazon, scrive libri romantici e ricchi di suspense, spudoratamente sexy e avvincenti.

Un anno, per il suo compleanno, si è regalata la possibilità di scrivere un libro. Dopo oltre sessanta libri (e altri in arrivo), sta vivendo il momento più bello della sua vita.

Le donne descritte dalla Slade sono sicure di sé, forti, con una volontà propria e un cuore grande come il cielo del Colorado. Gli uomini sono alfa sublimemente sexy e seducenti che raccolgono la sfida di conquistare l'anima dolce di una donna il cui cuore terranno per sempre nel palmo della mano. Aggiungete un paio di colpi di scena mozzafiato, un mistero avvincente e un finale da far svenire, e vi ritroverete con uno dei suoi libri tra le mani.

Le piace ricevere commenti dai suoi lettori. Potete contattarla all'indirizzo heather@heatherslade.com

Per rimanere aggiornati sulle sue ultime novità e pubblicazioni, visitate il suo sito web all'indirizzo www.heatherslade.com e iscrivetevi alla sua newsletter.

SENZA TITOLO

BUTLER RANCH

Kade's Worth

La promessa di Brodie

La tregua di Maddox'

Il segreto di Naughton

Il voto di Mercer

Il ritorno di Kade

Natale al Butler Ranch

I MALVAGI PRODUTTORI DI VINO PRIMA ETICHETTA

L'offerta di Brix

L'uscita di Ridge

La passione di Press

Il peccato di Zin

La tentazione di Tryst

I MALVAGI PRODUTTORI DI VINO SECONDA ETICHETTA

L'amato di Beau

La cotta di Cru

Prossimamente!

La beatitudine di Bit

Snapper's Seduction

Il bacio di Kick

ROARING FORK RANCH

Prossimamente!

Il mandriano di Roaring Fork

Roaring Fork Roughstock

Roaring Fork Rockstar

Roaring Fork Rooker

Roaring Fork Bridger

K19 SOLUZIONI DI SICUREZZA TEAM ONERazor's EdgeLa redenzione di Gunner

La magia di Mistletoe

Il desiderio di Mantis

La salvezza di Dutch

K19 SOLUZIONI DI SICUREZZA TEAM DUE

La scelta di Striker

Il fuoco di Monk

Il giuramento di Halo

L'onore di Tackle

Il risveglio di Onyx

K19 OPERAZIONI SEGRETE - SQUADRA UNO

Nome in codice: Ranger

Nome in codice: Diesel

Nome in codice: Wasp

Nome in codice: Cowboy

Nome in codice: Mayhem

K19 SERVIZI SEGRETI ALLEATI - SQUADRA UNO

Nome in codice: Ares

Nome in codice: Cayman

Nome in codice: Poseidon

Nome in codice: Zeppelin

Nome in codice: Magnet

K19 SERVIZI SEGRETI ALLEATI - SQUADRA DUE

Nome in codice: Puck

Nome in codice: Michelangelo

Nome in codice: Typhon

Prossimamente!

Nome in codice: Hornet

Nome in codice: Reaper

GLI AGENTI REALI DEL MI6

Fammi rabbrividire

Fammi impazzire

Sentimi stringere

Insegui la mia ombra

Trova il mio angelo

PROTETTORI SOTTO COPERTURA SQUADRA UNO

Agente sotto copertura

Emissario sotto copertura

Prossimamente!

Salvatore sotto copertura

Infedele sotto copertura

Assassino sotto copertura

I SENZA PARI SQUADRA UNO

Nome in codice: Deck

Nome in codice: Edge

Nome in codice: Grinder

Nome in codice: Rile

Nome in codice: Smoke

I SENZA PARI SQUADRA DUE

Nome in codice: Buck

Nome in codice: Irish

Nome in codice: Saint

Nome in codice: Hammer

<u>Nome in codice: Rip</u>

I FENOMENI TEAM ONE

Nome in codice: Fury

Nome in codice: Merried

Prossimamente!

<u>Nome in codice: Vex</u>

<u>Nome in codice: Steel</u>

<u>Nome in codice: Jagger</u>

I COWBOY DI CRESTED BUTTE

La caduta di un cowboy

Il ballo di un cowboy

Il bacio di un cowboy

Un cowboy resta

Un cowboy vince